Las novelas me hacen llorar del mismo modo que lo hace la obra del hijo de Jerry, *The Chosen*, lo cual debería causar que los pañuelos de papel sigan subiendo su valor en Bolsa. No digas que no te lo advertí.

Mark Lowry, cantante, humorista

Las novelas hacen que la historia de Jesús y sus seguidores cobre vida de un modo nunca antes visto. Al imaginar historias de fondo plausibles de personajes muy conocidos, Jerry nos permite vernos a nosotros mismos en ellos, llevar nuestros propios defectos a Cristo y acercarnos más a Él. La serie de video y estas novelas bien pueden dar entrada a un avivamiento global de amor por Cristo y movernos a amar a los demás como Él nos ama.

Terry Fator, cantante, ventrílocuo/imitador y ganador de *America's Got Talent*

Si alguna vez te has preguntado cómo podría haber sido ser un amigo o un familiar de los doce discípulos de Jesús, las novelas de Jerry Jenkins, *The Chosen*, te transportarán a las mentes de los primeros seguidores de Cristo. Recordarás su humanidad e incluso podrías verte reflejado a ti mismo a medida que buscas seguir a Aquel que sigue cambiando vidas de modo radical hoy día.

Gary D. Chapman, autor de *Los cinco lenguajes del amor*

Una obra de ficción que amplia las historias bíblicas es exitosa cuando nos lleva de nuevo a la Palabra de Dios. Y las novelas de Jerry Jenkins dibujan un hermoso retrato tras bambalinas de las primeras personas cuyas vidas fueron transformadas por Jesús. Las palabras escogidas para los emotivos diálogos me tocaron de un modo profundo y poderoso. Ten a mano pañuelos de papel; tu corazón será conmovido.

Joni Eareckson Tada, Joni and Friends
International Disability Center

Las historias de la vida y ministerio de Jesús en el Nuevo Testamento constituyen algunos de los pasajes de la Biblia más alentadores y reveladores. Jerry Jenkins nos ha dado una vez más una historia fascinante que llevará a los lectores de nuevo a la belleza de Cristo como se revela en la Escritura.

Jim Daly, presidente y CEO de Enfoque en la Familia

Jerry Jenkins lo ha vuelto a hacer en la serie de novelas *The Chosen*. La profundidad de emoción que él capta en quienes rodean a Jesús solamente profundiza aún más nuestra comprensión de lo que Jesús atraviesa en este periodo más intenso y lleno de tensión de su ministerio. Estuvimos enganchados desde la primera página, y al final nos quedamos deseando que llegue más. Si te gusta ver la serie *The Chosen*, esta novela es lectura obligada.

Al & Phil Robertson, autores y copresentadores
del podcast The Unashamed

Las novelas *The Chosen* me conectan de nuevo a Jesús. Y, ¡ah, qué Salvador es Él!

Ernie Haase, tenor nominado a los Grammy y fundador de
Ernie Haase and Signature Sound

Escribiendo con precisión e inmediatez, Jerry Jenkins
nos sumerge en la mayor historia jamás contada de una
forma fresca y poderosa. Jenkins es un maestro tomando
escenas y temas profundos de la Biblia y entretejiéndolos
en viajes fascinantes, estén centrados en la época de Jesús o
en los últimos tiempos. Las novelas *The Chosen* amplían la
maravillosa serie de televisión y acompañarán a los lectores
a través de su particular forma de volver a contar la historia
del evangelio.

Travis Thrasher, autor *bestseller* y
veterano de la industria editorial

Lo único que existe mejor que la película es el libro, y lo
único mejor que el libro es la película. Jerry B. Jenkins ha
tomado el brillante proyecto de Dallas Jenkins, esta mirada
a las vidas de quienes Jesús *eligió* para ser sus seguidores,
sus amigos y su «familia», y ha ido un paso (o varios) más
allá. Los lectores se sentirán atraídos rápidamente a las
páginas, así como los espectadores fueron atraídos a los
momentos melodramáticos del proyecto cinematográfico
The Chosen. No puedo hablar lo suficiente de ambos.

Eva Marie Everson, presidenta de Word Weavers
International y autora *bestseller*

La serie cinematográfica me hizo llorar, pero el libro de Jerry me mostró al Jesús que quería conocer. Él atrae al lector a la humanidad de Jesús. La historia capta una mirada auténtica a su personalidad. Su amor, humor, sabiduría y compasión se revelan para cada persona con la que se encontró. Mediante la interacción de Jesús con los personajes de la vida real, también yo experimenté al Salvador que llama a los perdidos, a los pobres, los necesitados y olvidados a tener una relación auténtica.

DiAnn Mills, ganadora del Christy Award y directora de Blue Ridge Mountain Christian Writers Conference

Jerry Jenkins es un maestro narrador que ha captado en forma escrita la acción, el dramatismo y la emoción de la serie de videos *The Chosen*. Mucho más que hacer una mera sinopsis, Jerry ha modelado y desarrollado los episodios para convertirlos en novelas vertiginosas. Si te gustaron los videos, saborearás de nuevo las historias a medida que Jerry da vida a cada personaje. Y, si no has visto la serie en video, estas novelas harán que quieras comenzar a verla... ¡en cuanto hayas terminado de leer los libros, por supuesto!

Dr. Charlie Dyer, profesor independiente de la Biblia, presentador del programa de radio *The Land and the Book*

La serie *The Chosen* es Jesús en tiempo presente. La historia capta la atención del corazón y te permite experimentar lo que las personas ven, sienten y gustan. Ensúciate los pies con ellos. Transformará *tu* tiempo presente.

Chris Fabry, autor *bestseller* de *Cuarto de guerra* y la serie *Dejados atrás: Kids*

Qué mejor forma de darle vida al evangelio que explorar el impacto que Jesús dejó sobre aquellos con quienes tuvo contacto. Y qué mejor aliento para todos los que hoy tenemos hambre de su presencia transformadora. Recomiendo sin duda alguna tanto la serie de televisión como los libros para cualquier persona que anhele experimentar su amor transformador de una forma más profunda.

Bill Myers, autor de la novela *bestseller*, *Eli*

Por más de setenta años he escuchado los relatos de las historias de redención de la Biblia sin la emoción y la pasión que indicarían que personas reales experimentaron verdaderamente esos acontecimientos. ¿Quién agotó la vida y la energía de los corazones de aquellos hombres y mujeres? El relato que hace Jerry Jenkins es una transfusión refrescante que hace recobrar vida a las personas de la Biblia y a su historia de redención. Tendrás la sensación de estar allí.

Ken Davis, autor galardonado, conferencista, y consultor de comunicación

Para una niña que creció con las historias de la Biblia, no es una tarea fácil transformar a los archiconocidos personajes en una experiencia que sea fresca y viva. Eso es precisamente lo que ha hecho Jerry Jenkins con estas novelas. Desde el primer capítulo, quedé fascinada. Y al llegar al segundo y el tercero comencé a ver con nuevos ojos y un corazón más abierto al Jesús que he amado por tanto tiempo. Estos libros ofrecen al lector algo más que mera diversión. Le ofrecen la posibilidad de experimentar una verdadera transformación.

Michele Cushatt, autora de *Relentless: The Unshakeable Presence of a God Who Never Leaves*

La historia de Jesús ha sido contada una y otra vez, pero con esta hermosa y novelable narrativa, Jerry Jenkins aporta perspectivas únicas y atractivas a los relatos bíblicos de Jesús y sus seguidores, haciéndose eco de los que aparecen en la aclamada serie de video *The Chosen*, creada por Dallas Jenkins. Como alguien que siempre piensa que el libro era mejor que la película, me agradó mucho descubrir un libro y una serie de video que sean igualmente fascinantes e incluso transformadores.

Deborah Raney, autora de *A Nest of Sparrows*
y *A Vow to Cherish*

A cualquier autor que haya escrito y vendido tantos libros como Jerry Jenkins se le podría perdonar que tuviera tendencia a apoyarse en la estructura familiar mientras produce otro manuscrito. Por fortuna, Jenkins no es «cualquier autor». Aunque la historia general de cuando Jesús escoge a sus discípulos resultará familiar para algunos, es el hábil manejo que tiene el autor del lenguaje histórico y de las costumbres de la época lo que da a su más reciente creación un brillo que raras veces sienten los lectores de cualquier novela. Estas novelas han sido creadas con un contexto sabio y profundo. Jerry Jenkins nació para escribir estos libros.

Andy Andrews, autor *bestseller* del *New York Times* con
The Traveler's Gift, *The Noticer* y *Just Jones*

The
CHOSEN®
SOBRE ESTA ROCA

LIBRO CUATRO

JERRY B. JENKINS

BroadStreet
ESPAÑOL

Sobre esta roca

ISBN: 978-1-4245-6870-3 (tapa rústica)
e-ISBN: 978-1-4245-6871-0 (libro electrónico)

Impreso en Malasia / Printed in Malaysia

24 25 26 27 28 * 6 5 4 3 2 1

A Josh Lindstrom

Basada en *The Chosen* (Los elegidos), una serie televisiva
de varias temporadas creada y dirigida por
Dallas Jenkins y escrita por Ryan M. Swanson,
Dallas Jenkins y Tyler Thompson.

«Hay pocas dudas de que *The Chosen* se convertirá
en uno de los materiales cristianos más conocidos
y celebrados en la historia».
MOVIEGUIDE® Magazine

NOTA

La serie *The Chosen* fue creada por personas que aman la Biblia y creen en ella y en Jesucristo. Nuestro deseo más profundo es que indagues por ti mismo en los Evangelios del Nuevo Testamento y descubras a Jesús.

Contenido

*«Y bienaventurada la que creyó
que tendrá cumplimiento
lo que le fue dicho
de parte del Señor».*

LUCAS 1:45

PARTE 1

La danza de la muerte

Capítulo 1

EL NOMBRE

Nazaret

La joven María todavía está radiante por la visitación. Si hubiera escuchado esta historia en lugar de haberla experimentado, no la creería ni en un millón de años. Pero el Señor mismo le envía al ángel Gabriel a ella, una don nadie en ninguna parte, con un mensaje tan extraño que al principio simplemente le aterroriza.

Pero es cierto. Ella, una virgen, ha de dar a luz al tan esperado Mesías, el Hijo del Dios Altísimo. Ella se lo cuenta solamente a sus padres y a su prometido, que no la cree hasta que él mismo es visitado en un sueño. De modo casi tan extraño, el ángel le dice a María que la hermana de su madre, su tía Elisabet ya anciana, también dará a luz a un hijo. María tiene que ver eso con sus propios ojos.

Con casi noventa años de edad, Elisabet ha sido estéril toda su vida. Aunque las mujeres tienen prohibido viajar solas, y en contra del mejor juicio de José, María persuade a su reacio padre para que negocie el transporte para ella hasta los campos de Judea donde reside Elisabet con su esposo Zacarías, que es sacerdote.

A María le intriga que, tras haber pagado al líder de una pequeña caravana dispar y desharrapada, consistente en unos pocos animales muy flacos, su padre continúe conversando seriamente con el hombre, sin duda alguna recalcándole cuán preciosa considera esa carga tan amada. Por fin, su padre le ayuda a subir y le entrega al hombre su pequeña bolsa. A María le divierte que la esposa del hombre, a quien él llama Sofi, ni siquiera intente ocultar su curiosidad.

—¿Qué era todo eso? —pregunta Sofi a su esposo.

—Mientas la gente pague —responde él—, no hacemos preguntas.

—Es solo que… ¿qué negocio tendría que hacer alguien como ella, de Nazaret, en…?

—Él nos pidió que seamos discretos.

—¿Por qué? —pregunta Sofi— ¿Y por qué nos escogió a nosotros para el viaje?

—Mientras la gente pague, no hacemos…

—A veces, cuando envían a una virgen a quedarse un tiempo con familiares, es porque… no lo es.

—Sofi, no seas vulgar.

Incluyendo una noche durmiendo en el suelo y unas pocas y breves paradas para descansar, el viaje de unos cien kilómetros toma casi dos días. La mayor parte del tiempo ignoran a María, pero extrañamente, ella se siente segura a pesar de que el camino se considera generalmente peligroso. Además del hecho de que Sofi y su esposo van armados y está claro que han guiado caravanas por mucho tiempo, María descansa en el conocimiento de que Dios tiene un motivo para protegerla.

El hombre hace que la caravana se detenga, y observa una colección de humildes casas en lo alto de una subida.

—Su parada, señora.

María agarra su bolsa y da las gracias a la pareja.

—Que Dios sea con ustedes durante el resto del camino
—añade.

—Que Dios sea contigo —dice Sofi.

—Durante el resto de *tu* camino —dice el hombre, mirando
de reojo.

A María no le pasa desapercibido su comentario, pero no le
importa. Su espíritu mantiene un buen ánimo, ya que está cerca
de ver a su tía y su tío tan queridos. Dando un profundo suspiro,
asciende por la colina.

Elisabet está tarareando en la cocina, y trabaja rodeando su vientre ya grande mientras rebana hábilmente un panal de miel. Se
asusta cuando alguien grita su nombre.

—¡Elisabet! ¡Zacarías! ¡Shalom!

La anciana deja el cuchillo y pone una mano sobre su
vientre.

—¡Estoy aquí! ¡¿Elisabet?!

La mujer se voltea asombrada, con los ojos muy abiertos.

María sonríe y se acerca para abrazar a su sonriente tío
mientras él camina hacia la puerta. Se las arregla bastante bien
para ser un hombre de más de noventa años.

—¡Zacarías!

Pero él no responde, parece agitado, y agarra con torpeza
una pizarra.

—¿Tío? —dice María con preocupación.

Él escribe rápidamente un saludo de bienvenida.

—¿Qué? —pregunta ella. Entonces llega su tía—. ¡Oh,
Elizabet!

Se dan un fuerte abrazo, y después María se retira un poco
señalando al vientre de la anciana. Elisabet le agarra la mano.

—Zac no puede hablar ahora. Te lo explicaré después —sin
aliento, conduce a María al patio y las dos se sientan. Elisabet

cierra sus ojos y comienza a hablar—. Bienaventurada tú entre las mujeres, y bendito el fruto de tu vientre.

—¿Mi, mi vientre? Un momento, ¿cómo sabías…? Supongo que ya nada debería sorprenderme. Cuando mi mensajero me contó de tu situación me alegré mucho, sabiendo por cuánto tiempo has sufrido. Quiero saberlo todo.

—Está sucediendo algo mejor que eso —dice Elisabet, que parece hablar con más rapidez de la que puede pensar—. Me enseña humildad. ¿Por qué se me concede que la madre de mi Señor venga a mí?

—¿La madre de tu Señor? ¿Te habló sobre mí un mensajero?

—Cuando oí tu voz, tan solo el sonido de tu saludo, mi bebé dio un salto de alegría. Y bienaventurada la que creyó que tendrá cumplimiento lo que le fue dicho de parte de Adonai.

—Entonces, *sí* que te lo dijo un mensajero.

—El mensajero se le apareció a tu tío, y Zacarías dijo: «No lo creo».

María se ríe entre dientes.

—¿Podemos ir más despacio? No estás en condiciones de perder el aliento.

Elisabet sonríe y da un suspiro.

—La razón por la que Zacarías no pudo hablarte es porque no creyó el mensaje de Dios sobre mí.

—Yo tampoco estaba segura al principio —dice María.

—Me siento mal porque él tenga que atravesar esta situación —se acerca un poco más a María y susurra—, pero admito que algunas veces no me importa la tranquilidad y el silencio.

Las dos se ríen, y entonces Elisabet continúa.

—Pero él me escribió lo que le dijo el mensajero, y he memorizado cada palabra. El nombre del niño será Juan.

—Espera. ¿No será Zacarías? ¿Por qué Juan?

—No lo sé de cierto, pero tal vez porque no será un sacerdote como su padre. Quizá recorrerá un camino diferente para

Dios. Un camino más grande, porque también le dijeron a Zac que Juan hará volver a muchos de los hijos de Israel al Señor su Dios, y que irá delante de Él en el espíritu y el poder de Elías para hacer volver los corazones de los padres a los hijos y a los desobedientes a la actitud de los justos, a fin de preparar para el Señor un pueblo bien dispuesto —entonces la voz de Elisabet se llena de emoción—. A fin de preparar el camino para... —asiente con la cabeza ante el vientre de María, y María se emociona.

—¡Oh! —añade Elisabet poniendo una mano sobre su propio vientre— ¡Ahí va otra vez! —agarra la mano de María y la pone sobre su vientre— ¿Lo sientes?

—¡Sí!

—Es como si tuviera muchos deseos de que todo comience.

Capítulo 2

LA DANZA

Palacio de Herodes, Maqueronte

Una bailarina adolescente danza descalza, sudando bajo una sala bañada por los rayos del sol con arcos que llegan desde el piso hasta el techo que forman una pista de baile al aire libre. Su maestro, un hombre de treinta y tantos años, le guía en una serie de movimientos, gritando y susurrando órdenes alternativamente. Ella hace una pose, con una mano por encima de su cabeza y con los dedos abiertos y tensos.

El hombre se acerca para cerrar suavemente su mano.

—Más femenino, con más intención. Voltea la palma, no la dejes plana. Mantenla ahuecada como si fueras a agarrar las gotas de lluvia —mira con atención sus pies—. ¡Demasiado planos! Levanta el talón. ¡Más alto! ¡Arriba! Hasta los dedos.

Ella lo intenta.

—En cuanto sientas que comienzas a caer, inclínate y gira para que tu pie izquierdo te sostenga. ¡No! No puede parecer un accidente. ¡Debe parecer que tienes el control aunque no lo tengas! ¡Otra vez!

Un sirviente coloca una silla en el extremo más alejado de la sala. La bailarina repite los movimientos, ahora con más rapidez y mejor.

—Estamos más cerca —le grita su instructor—, pero todavía no hemos llegado.

Una hora después
Los dos siguen ahí. La muchacha lo va captando. Su coreógrafo dibuja con tiza una línea en el piso.

—Este es el último lugar que pisan tus pies antes del giro final, ¿lo comprendes? —da un chasquido de dedos— ¡Adelante!

Ella se voltea y hace un giro que le deja casi un metro y medio alejada de la silla.

—¡Demasiado corto! ¡Otra vez! —se desliza con desinterés en la silla, indicando a su audiencia real—. Incluyamos los instrumentos esta vez. Sean precisos.

Unos músicos que están en la esquina tocan tambores y címbalos, y él le hace otra señal a ella. Esta vez, ella se queda a centímetros de la silla, se queda quieta y parece batallar para controlar su respiración.

—Esa es mi chica.

Ella se ve aliviada.

Él le guía para hacer una larga y lenta reverencia, instándola a que se incline más y más, con los dedos de las manos arriba.

—Todo está en los dedos. Más lentamente. Hazle esperar. Hazle sufrir —ella levanta su rostro, pestañea coqueteando, y finalmente establece contacto visual directo—. ¡Eso es! Ahora, maquillemos tu cara.

—¡Todavía no! —llega una orden desde la puerta—. Una vez más —dice la reina Herodías—. Desde el principio. Debe ser perfecto.

Capítulo 3

EL REGRESO

La Casa de la misión, anteriormente el hogar de Mateo, Capernaúm

Desde que se unió al creciente grupo de seguidores de Jesús, Tamar la egipcia no puede negar que las cosas positivas han superado a las negativas. Después de ver a Jesús sanar a un leproso, ella y sus amigos hicieron descender a su amigo paralítico por el techo de una casa en la que Jesús estaba predicando, y el propio rabino le dijo que su fe era fuerte y hermosa.

Tamar pronto fue bien recibida por los discípulos y las otras dos mujeres más cercanas a Jesús: María de Magdala, quien le contó que el maestro había expulsado siete demonios de ella, y Rema, la amada de Tomás que trabajó como viticultora en una boda en Caná donde Jesús convirtió agua en vino milagrosamente. ¿Cuánto tiempo ha pasado desde que Tamar vio por última vez a la hermosa joven? Demasiado. Rema viajó a la casa de su padre con la esperanza de estar allí cuando Tomás le pidiera al hombre la mano de su hija en matrimonio. Tomás había regresado con las manos vacías, y Rema se quedó allá. Tamar la extrañaba mucho, pese a que ambas habían tenido sus diferencias.

Tamar, Rema y María habían comprobado que la familiaridad dio pie a que una pizca de desdén invadiera su camaradería. Vivir y servir a Jesús juntas y muy cercanas había revelado malentendidos, e incluso pequeños celos que Tamar sabía que no honraban a su rabino. Por lo tanto, se habían propuesto reconciliarse. María y ella habían llegado a un cálido encuentro de sus mentes y ahora parecía que iban a la par. Tamar sabía que sucedería lo mismo con Rema porque le resultaba dolorosa la ausencia de la muchacha. Uno no extraña a los rivales. Uno extraña a alguien que le importa.

Tamar reúne su bolsa y sus papeles mientras escucha disimuladamente a Zebedeo, el viejo pescador retirado, y a sus dos hijos (Santiago y Juan), a quienes Jesús puso el sobrenombre de Hijos del Trueno. El amor entre estos tres hombres es palpable, aunque se pelean como si fueran niños. Zebedeo está tan obviamente orgulloso de que Jesús escogiera a sus hijos para seguirlo, que apenas si puede contenerse. Y ahora que ha abandonado la profesión de toda su vida e incluso vendió su barca para embarcarse en una empresa totalmente nueva, parece entusiasmado por estar ayudando a financiar el ministerio de Jesús.

Los tres hombres están afuera, y Tamar los observa por la ventana cómo cargan en un carro cuatro grandes cántaros llenos del aceite recién prensado de Zebedeo. Desde luego que se están peleando, como parecen hacer todos los hombres. Tamar decide que esa debe ser su extraña manera de expresar su afecto. También le sorprende los cántaros que escogen, ya que son de origen griego. La mayoría de los discípulos tienen pocas cosas positivas que decir sobre los griegos, pero parece que todos utilizan sus jarras y cántaros para un propósito u otro. Incluso las mujeres han comprobado que el agua contenida en cántaros griegos se evapora en las épocas de mucho calor, refrescando incluso una habitación.

Tamar no puede evitar sonreír mientras los hombres parecen tener ideas claras pero distintas en cuanto a cómo deberían viajar los cántaros.

—No deben romperse —dice Zebedeo—. ¿Entendido?

—Sí, Abba —dice Santiago.

—Es nuestro primer prensado de aceite —continúa Zebedeo—, sagradas primicias, santas para Adonai.

—Pero del modo en que los ha colocado Santiago —dice Juan— no llegarán a la sinagoga de una sola pieza.

Un vehículo de transporte se detiene afuera, pero los hombres no parecen darse cuenta. Es una carreta de vino manejada por una mujer de unos treinta años que debe ser la viticultora. Pero a su lado… Tamar deja todo lo que está haciendo y sale afuera apresurada.

—¿Me están mintiendo mis ojos? —dice con una gran sonrisa mientras ayuda a Rema a bajar y se dan un abrazo.

—¡Shalom! ¡Shalom! —dice Rema exultante, agarrando su bolsa y pagando a quien maneja.

—¡Qué bueno tenerte de regreso! —dice Tamar.

—¡Lo sé!

—¡Quiero que me cuentes todo!

Los hombres parecen no darse cuenta y continúan discutiendo.

—Todos los caminos están plagados de baches —dice Juan—. ¿Dónde va todo el dinero de nuestros impuestos?

—¿Te refieres al siclo que dejaste a deber el año pasado? —dice su hermano mayor—. Mira, hay una caña entre ellos para evitar que se choquen en el viaje.

—Las cañas no nos servirán de nada si rebotan y se caen del carro.

Zebedeo da un suspiro.

—Esto no puede estar sucediendo.

—Hay que atarlos —dice Juan.

—Está bien —dice Santiago—. Entonces, ¿tienes cuerda? No creo. Ya no somos pescadores.

Rema menea su cabeza.

—Entonces, ¿nada ha cambiado?

—Así siguen desde que te fuiste —responde Tamar.

Zebedeo por fin se da cuenta de la escena.

—¡Ah, Rema! —dice—. No estás haciendo nada. Ven y échanos una mano.

—¡Rema! —exclama Santiago.

—¿Cuándo llegaste? —pregunta Juan.

Los hermanos se acercan rápidamente a ella.

—Llevo aquí un rato, pero ustedes estaban... ocupados.

—Discutir así no es bueno para el aceite —dice su padre.

Santiago le lanza una mirada.

—¿Qué? —pregunta.

—Se utilizará en las ofrendas sacrificiales como aroma agradable a Adonai, para ungir al sumo sacerdote y a sus hijos.

—No si va goteando hasta las grietas de las calles de la ciudad —dice Juan.

—Entonces, ¿qué se supone que hagamos, que los carguemos? —dice Santiago.

—¡Tropezarán! —dice Zebedeo.

—Yo no soy Andrés, Abba —dice Santiago—. Mis pasos son firmes.

Las mujeres se despiden de ellos con una sonrisa y entran de nuevo en la casa.

Zebedeo está enojado pero agradecido por volver a trabajar con sus hijos. Incluso sus discusiones le entretienen.

—Puede que tus pasos sean firmes —dice Juan—, pero tienes las manos sucias.

Santiago mira sus manos y toca rápidamente la tierra.

—¡Cuerda! ¡Ja, ja!

Los hermanos trabajan juntos para atar los cántaros y que no se muevan. Santiago se voltea hacia Zebedeo.

—Abba, la bendición. Nos esperan a tiempo.

—Ah, claro que sí. Tan bien como puedo recordarla —entonces cierra los ojos—. «Bendito eres tú, Señor nuestro Dios,

Rey del universo, que es bueno y nos otorga el bien. Que el favor del Señor nuestro Dios sea sobre nosotros, y establece la obra de tus manos sobre nosotros; sí, ¡establece la obra de tus manos!».

Zebedeo da un gran suspiro y sonríe, abriendo sus ojos para ver que sus hijos le muestran grandes sonrisas.

—¿Qué? ¿Qué están mirando? ¿Por qué sonríen? ¿Hice mal la oración?

—No es nada —dice Santiago—. Es solo que…

—Los griegos —dice Juan—, ellos hacen obras teatrales…

—¡No hablamos de esa clase de inmundicia! —dice Zebedeo.

—Sí, lo sé, pero solo digo que ellos dividen las obras teatrales en actos. Y tú estás iniciando un nuevo acto.

Zebedeo estudia su cara.

—¿Tragedia o comedia?

—Supongo que estamos a punto de descubrirlo —responde Santiago mientras avanza hacia el frente del carromato.

Aparecen entonces Shula, que antes era ciega, y Bernabé, que antes era cojo.

—Sentimos interrumpir —dice ella—, pero oímos que Rema había regresado.

—¿Cómo oyeron eso? —pregunta Juan.

Bernabé se encoge de hombros.

—Lo oímos todo. Es lo que hacemos.

—Y también resulta que sabemos que, si ella está de regreso —dice Shula—, a Tomás le gustaría verla en un claro del bosque de la Arboleda de los Lentiscos.

—No puede estar a solas con ella —dice Santiago.

—Bernabé y yo iremos de acompañantes.

Bernabé asiente con la cabeza, levantando sus cejas. Shula le indica que vayan hacia la casa.

Capítulo 4

LA SIMULACIÓN

Palacio de Maqueronte

Juana antes se deleitaba en el barrio exquisitamente señalado donde vivía con su esposo. Tenía lo que cualquier mujer habría soñado: un matrimonio con un hombre que estaba en el nivel más alto de los consejeros de más confianza del rey Herodes Antipas, con un salario sin rival. Chuza demostró su lealtad a la realeza incluso en los momentos complicados; como ahora, cuando el loco predicador y bautista del desierto, el infame Juan, llamó la atención al rey por divorciarse de su esposa para casarse con Herodías, la exesposa divorciada de su medio hermano.

Herodes había seguido el consejo de Chuza e hizo que arrestaran a Juan el Bautista, pero se negó a ejecutar al hombre porque en realidad disfrutaba de oírlo predicar. Juana se vio intrigada por el predicador vagabundo y lo visitó de manera encubierta en la mazmorra que había debajo del palacio. Cuando descubrió que también su propio esposo era culpable de adulterio, demandó saber de Juan por qué no había dejado al descubierto a Chuza también.

En su conversación con el Bautista, Juana quedó fascinada por el hombre que afirmaba que era el Mesías: Jesús de Nazaret.

Viajó una larga distancia para escucharlo predicar y se convirtió en una seguidora clandestina, apoyando su ministerio e incluso colando a uno de sus discípulos (Andrés, que originalmente era discípulo del Bautista) para ver a Juan. Mientras tanto, ella prácticamente abandonó a esposo engañoso e hipócrita, regresando a su casa cuando era necesario solamente cuando estaba segura de que él no estaba allí. Ahora regresa temporalmente, tan solo para guardar las apariencias, asistiendo al banquete del rey que está programado para esa noche.

Recorre el lujoso pasillo y coloca su oreja sobre la puerta de sus habitaciones tan sobrecargadas. Al no oír nada, mira de reojo y entra. En la suntuosa recámara abre un armario y busca entre una selección de elegantes trajes. La vanidad le motiva a lucir lo mejor posible, pero la venganza le dirige hacia algo más sencillo y más calmado. No tiene ningún sentido recompensar a su incontrolable esposo permitiendo que presuma de ella.

Se dirige hacia la ventana al escuchar el sonido de una carreta que llega. Los sirvientes descargan un ánfora inmensa de vino, una jarra con dos asideros y con cuello estrecho. Otros cargan varias lámparas y antorchas. Se abre la puerta a espaldas de ella.

—¿Juana?

Sus hombros se encorvan; es precisamente el hombre al que no quiere ver hasta que sea necesario.

—Chuza, estoy aquí —da un paso sosteniendo un vestido—. ¿Qué haces aquí? Es mitad del día.

—¿Un hombre tiene que explicar qué está haciendo en su propia casa? ¿Qué haces *tú* aquí?

—¿Una esposa tiene que explicar qué está haciendo en su propia casa?

—Te estuve buscando —dice él—, pero no esperaba que estuvieras aquí. No has dormido aquí en semanas.

—Me pregunto por qué podría ser.

Él parece preparado para responder, pero habla con calma.

—Escucha, no estoy aquí para pelear. Quería asegurarme de que estás bien para el banquete de esta noche.

—¿Por qué no iba a estarlo?

—¿Ese es el vestido que vas a ponerte? Se ve hermoso.

—Pensaré en otra cosa entonces.

—Está bien —dice él—. Asegurémonos de pasar un buen rato, y...

—¿Y?

—Y nada. Pásala bien. Coopera. A pesar de cómo discurra la noche, asegurémonos de pasar un buen rato.

—¿Cooperar? —dice ella—. ¿Qué significa eso?

—¿A qué te refieres? Simplemente quiero que pasemos un buen...

—No eres un buen mentiroso, Chuza.

—Y tú tampoco. Sabemos que has hablado en privado con el Bautista.

Eso hace que ella pause.

—¿Qué tiene que ver eso con nada? Espera, ¿quién te envió a hablar conmigo?

—Yo... nadie... no importa. Solo quería que mi esposa...

—No vuelvas a decirme que pase un buen rato. Eso no te ha interesado desde que conociste a Casandra. ¿Está planeando Herodes algo con Juan?

—¡No! No, solamente le parece interesante. Tú ya sabes eso.

—Sí, y sé que no sería sabio por su parte hacer nada imprudente cuando el pueblo considera a Juan un profeta. Herodes debería ser cauto.

—Soy consciente de tu apoyo a Juan. Simplemente sonríe y simula esta noche. Eso es lo único que pido.

—Ah, ya entiendo: sonreír y simular, Chuza. Lo he practicado mucho.

Capítulo 5

LECCIONES PARA HACER LA COLADA

Costa del Mar de Galilea

Simón, el exzelote al que los discípulos han apodado Zeta para diferenciarlo de Simón el expescador, está mostrando a Judas cómo lavar la ropa.

—¿De verdad que nunca antes has hecho esto? —pregunta al que antes era hombre de negocios.

—No. Mi compañero de negocios Hadad y yo siempre enviábamos nuestra ropa a lavar.

Debió de haber sido muy cómodo, piensa Zeta. Incluso los zelotes formaban a sus hombres para que se ocuparan de sí mismos. Y él disfruta de tales tareas no porque sean divertidas en sí mismas, sino porque le recuerdan la diferencia en su vida desde que Jesús sanó a su hermano. Eso borra cualquier duda o animosidad hacia los temas espirituales. Nada puede hacerle cambiar de idea acerca de la identidad de su nuevo maestro. Él sirve al Mesías, el Hijo del Dios viviente.

Zeta sabe que Judas comparte su devoción por Jesús, pero se pregunta cómo se siente ahora que vive como un pobre.

—¿No te queda ningún ahorro? —le pregunta. Judas menea negativamente su cabeza.

—Tuve que sacar mi parte en la empresa para seguir a Jesús.

—Un precio pequeño —dice Zeta, demostrando los pasos a seguir para hacer la colada—, y una decisión sabia.

—Bueno, sí —dice Judas—. Me refiero a que eso se queda corto, pero resulta que una decisión sabia solamente destaca cuánta sabiduría práctica *no* tengo, como lavar la ropa.

—Tienes suerte de que no es difícil de hacer.

Zeta indica a Judas que meta su ropa en cubo grande y ponga en el agua unas gotas de un líquido espeso de un jarro de alabastro.

—¿Qué es eso? —pregunta Judas.

—Unas sales, aceites extraídos de plantas, grasa animal.

—Uf. Ojalá no hubiera preguntado.

Zeta da vueltas a la ropa en el cubo con un palo.

—Ya ves que todo está empapado. Entonces, sacamos la ropa y la enjuagamos en el mar.

—Mira —dice Judas, copiando cada movimiento de Zeta—, si nuestros fondos no fueran tan escasos podríamos contratar a personas para hacer la colada, y eso nos daría más tiempo para ocuparnos del trabajo de verdad y ampliar el ministerio.

—Y ¿cómo verían eso las personas?

—Como que estamos maximizando nuestro tiempo y nuestros recursos para edificar el reino del Mesías.

—¿Crees que los seguidores de Jesús no están dispuestos a realizar tareas rutinarias y tediosas?

—Imaginas una contingencia para algo que no se dijo —dice Judas—. Nadie está examinando los libros de Jesús.

Deberíamos estar ahí afuera difundiendo la palabra y reuniendo a más seguidores.

—Pero, Judas, lo que hacen las personas a quienes hablamos es esto: la colada. Si damos la impresión de ser arrogantes y demasiado importantes para las tareas cotidianas, ya no seremos cercanos —Zeta lleva una camisa a una roca blanca muy grande —. Ahora hacemos un ovillo y lo golpeamos con fuerza contra la roca —Judas intenta hacerlo—. Con más fuerza —añade Zeta—. Eso hace que expulse el agua y quita la suciedad de entre las fibras.

—No estoy diciendo que no podría haber un problema de percepción —dice Judas mientras frota la ropa—. Solo digo que podríamos cruzar ese puente cuando lleguemos a él. Por ahora, podríamos hacer más si tuviéramos más fondos.

—Bueno, está el negocio de aceite de Zebedeo.

—Que no ha producido ni un siclo.

—Todavía no —dice Zeta mientras regresa al mar donde sumerge la ropa—. Judas, tú eres instruido.

—Gracias.

—Pero no eres sabio.

Judas se detiene y ríe.

—Ah, está bien. Gracias por eso. Me gustó la parte de ser *instruido*.

—Has dedicado tu vida a un maestro, ¿cierto?

Judas asiente con la cabeza.

—Él camina sobre el agua —dice Judas— y controla el viento y las olas, pero además es un maestro también.

—Y, sin embargo, has pasado por alto sus lecciones para buscar fallos en algo que no comprendes. Hay lecciones en todo lo que Él pide y comparte.

—Está bien. ¿Dónde comienzo?

Zeta sabe que Judas está preguntando sobre mucho más que la colada, pero se refiere a eso.

—Ahora, tienes que enjuagar lo que has frotado. Estás haciendo que la ropa vuelva a ser nueva. Ahora llega mi parte favorita —Zeta la golpea contra la roca una y otra vez, como si intentara matarla a golpes—. Esto es por esos últimos pedacitos tercos de lo que estaba ahí antes. Y, al final, esto ayudará también a que se seque más rápido.

Judas lo intenta, pero con golpes y movimientos menos gráciles.

—Siempre me pregunté cómo es que tú nunca apestas aunque estás todo el tiempo haciendo ejercicio. El sudor no es rival para tu fuerza.

—Tengo que hacer algo con mi fuerza —dice Zeta— ahora que ya no la necesito, o al menos no del modo en que pensé que lo haría.

—¿Lo ves? —dice Judas—. Tú también lo tienes.

—¿Tener qué? —dice Zeta mientras se dirige otra vez al agua.

—Tienes un viejo modo de estar en el mundo, y lo dejaste atrás. Sin embargo, realmente no puedes librarte de él por completo, de modo que lo has adaptado.

—El tercero y último enjuague. No estoy seguro de seguirte.

—Yo dejé atrás un modo de vida —dice Judas—, y aunque ahora puede que viva de modo radicalmente distinto, no puedo evitar ver cómo podríamos hacer las cosas con más rapidez y más eficacia.

—¿Te pidió Jesús que dirijas su ministerio con más eficacia?

—No, solamente que me ocupe de la bolsa del dinero.

—Entonces, ocúpate de la bolsa.

—Pero, Zeta, todas las personas a las que Él alimentó en la Decápolis eran todas pobres. Estaban lejos de sus casas y no tenían nada que comer. Si hubiéramos recolectado algo solamente del diez por ciento de los cinco mil, solo el diez por ciento, una fracción de las ofrendas de gratitud de los que podían permitirse dar, no estaríamos en una situación tan difícil, esperando hacer un trabajo importante hasta que obtengamos beneficios del aceite de Zebedeo.

Los dos se dirigen a los árboles para colgar allí la ropa.

—Si Jesús quisiera tomar una ofrenda —dice Zeta—, lo habría hecho. ¿Estás preguntando por qué no lo hizo del modo en que tú lo habrías hecho antes de conocerlo?

—Mi viejo yo habría vendido esos panes.

Zeta lo mira fijamente.

—Deberías preguntarte para quién fue una lección su obra de caridad.

—Yo creo en sus palabras y sus lecciones. Cambiaron mi vida, pero no es ahí donde esto termina. Él es el Mesías, Zeta.

—Lo sé.

—¿Lo sabes? Porque, si Él es el Hijo de David y ha de cumplir la profecía de Isaías de que «el monte de la casa del Señor será establecido como cabeza de los montes; se alzará sobre los collados, y confluirán a él todas las naciones», entonces es el momento de que nos movamos con más rapidez. No se convertirá en rey sin juntar recursos de poder. Eso es inaudito.

Zeta se detiene y mira a los ojos a Judas.

—*Él* es inaudito. Profetizado pero nunca visto —suaviza su voz—. Tu ropa sigue estando sucia.

Judas se ríe.

—Vamos, Zeta. Es mi primera vez. Además, yo no soy tan fuerte como tú.

—Entonces, utiliza tu ingenuidad. Jesús nos pidió que lo hiciéramos, y había un motivo.

—¿Estás seguro de eso? Estoy bastante seguro de que la ropa limpia es su propia virtud.

—Se irá aclarando —dice Zeta—. Cuando yo era nuevo en esto, tuve que aprender algunas lecciones difíciles, créeme.

Judas huele una camisa.

—¿Grasa animal? ¿Cómo? ¿No habría grumos?

—Bueno —responde Zeta—, se calienta, se funde y se tamiza para separar los sólidos, parecido a como cuando se tamiza el trigo sacudiéndolo para eliminar las impurezas, para separar el grano bueno y el malo.

Capítulo 6

LA CATA

Patio de la sinagoga de Capernaúm

Zebedeo no puede recordar sentir tanta tensión desde los nacimientos de sus dos hijos. Pero ahora ahí están, acompañados de Tamar, llegando con los cántaros que siguen de una sola pieza.

—¡Shalom! —saluda el administrador del templo. Es Jairo, a cuya hija Jesús resucitó de la muerte no hace mucho tiempo atrás—. Llegan a la hora acordada, y eso es ya una buena señal.

El hombre da un abrazo impulsivo a los hijos de Zebedeo; sin duda porque estuvieron presentes en la resurrección de su hija, pero recupera rápidamente la sensación de decoro.

—Está claro —dice susurrando— que no debería esperar nada menos de... *sus* seguidores.

Juan le indica que calle cuando el rabino Akiva aparece en la puerta del templo,

—¡No tenemos tiempo para cumplidos!

Zebedeo siente un escalofrío por la espalda y se acerca con reverencia, mientras los demás lo siguen.

—La mujer esperará fuera —añade el rabino.

—Pero yo ayudé a hacer el…

—Tamar —dice Zebedeo—, solo para la transacción.

Observa el gesto de dolor en su cara y se siente agradecido cuando Santiago se ofrece a quedarse con ella y cuidar de la carreta.

El bet midrash de la sinagoga de Capernaúm

Zebedeo apenas si puede controlarse mientras Jairo, el rabino Akiva y Yusef se acomodan en una mesa con lámparas de aceite y pequeños platos. Capta la obvia expresión de apoyo de Yusef cuando el fariseo parece mirarlos a él y a Juan furtivamente. Se esfuerza por no adelantarse, pero no puede evitar imaginar el honor de obtener el negocio en la sinagoga y así ayudar a financiar el ministerio de Jesús. Está atento cuando el rabino Akiva se dirige a él directamente.

—En primer lugar, ¿puedes confirmar que este aceite de la unción fue mezclado por el perfumista conforme a la fórmula establecida en el Libro de Moisés?

—A rajatabla, rabino.

—Recítala, por favor.

Zebedeo se alegra de haber tomado el tiempo para memorizar la fórmula. Ojalá pudiera recordarla bien ahora que está bajo tanta presión. Echa una mirada a un escriba que está en el rincón con un rollo abierto sobre un podio y sostiene un puntero.

—De mirra líquida, 500 siclos —comienza Zebedeo, sintiendo que su confianza aumenta a pesar de su pulso rápido—, y la mitad de canela olorosa, es decir, 250, y 250 de caña aromática, y 500 de casia, según el siclo del santuario. Y un poco de aceite de oliva.

El rabino mira al escriba, quien asiente con la cabeza.

—Palabra por palabra —añade.

Los tres hombres en la mesa levantan sus lámparas de aceite y acercan a las llamas el dracma de cristal.

—Muy bien preparado y purgado —dice Yusef.

—Claro —dice Jairo—. Brillante.

El rabino mueve sus labios y Zebedeo teme que el hombre se esté esforzando por buscar algo que criticar. Mientras tanto, Jairo y Yusef prueban el aceite y parecen sorprendidos agradablemente.

—Se mantiene en mis dedos —dice el rabino.

¡¿Se mantiene en sus dedos?!

—Con todo respeto, rabino —dice Zebedeo—, creemos que la viscosidad se debe a la cantidad correcta de mirra. La resina es cara, y tiene cualidades de unión necesarias para...

—Sí —dice el rabino—. Sé para qué es la mirra.

Entonces se limpia los dedos.

—No es a lo que estoy acostumbrado —continúa—. Es más difícil de limpiar. Jairo, de todos modos, ¿por qué estamos considerando tener un nuevo proveedor de aceite?

Oh, no.

—Nuestro proveedor actual —dice Jairo— viaja una gran distancia desde Judea y...

—Desde los huertos de Getsemaní más cercanos a la Ciudad Santa —dice el rabino—. No hay ninguno mejor.

—Puede ser cierto —dice Yusef—, en cuanto a proximidad a Jerusalén.

—¡Más cerca del templo que contiene el Lugar Santísimo! La presencia. De. Dios. ¿Crees que deberíamos trabajar con un proveedor que esté más lejos que eso?

—Pero, rabino, Roma ha demarcado Judea como una provincia separada de Galilea.

—Me gustaría dejar a Roma fuera de este tema —dice el rabino.

—Impusieron un impuesto de importación —dice Jairo— sobre los bienes de Judea.

El rabino parece pensar en eso.

—Un precio mejor y buena calidad tiene su atractivo. Aun así, el aceite de Getsemaní...

—Además del impuesto —dice Yusef—, actualmente también pagamos por el transporte y el trabajo. Zebedeo es de aquí.

El rabino se voltea hacia Zebedeo.

—¿Tú nunca nos cobrarás el envío?

—Nunca, rabino. Lo pondré por escrito.

—Creo que este aceite es de la máxima calidad —dice Jairo— por la mitad del precio, rabino Akiva. Si cree que la congregación puede manejarse sin los olivos de Getsemaní...

El rabino está en silencio.

—No sé mucho sobre economía, rabino —dice Yusef—, pero al apoyar a un pequeño negocio local, ayudamos a Capernaúm.

El rabino levanta su mirada hacia él.

—Puedes dejar de aparentar, Yusef. ¿Crees sinceramente que no sé quién es tu padre?

Yusef palidece, pero Zebedeo no entiende de qué hablan.

—Yusef tiene razón —interviene Jairo—. Se trata de una administración responsable de los diezmos del pueblo y de nuestro tiempo. Como administrador principal de esta sinagoga, considero zanjado el tema. Zebedeo, felicitaciones por tu buen trabajo.

Zebedeo comparte una sonrisa con él y siente que puede volver a respirar.

El rabino Akiva parece querer tener la última palabra, tal vez para guardar las apariencias.

—No disputo tu lógica con respecto a la distribución de los recursos, pero que conste que yo expresé mis reticencias ante la idea de abandonar al proveedor de Getsemaní. Quiero que generaciones futuras sepan que al menos una persona defendió la tradición y la costumbre por encima de las finanzas y lo práctico.

Jairo asiente con la cabeza hacia el escriba.

—Por favor, que se refleje la discrepancia del rabino.

—Así se hará —dice el hombre.

Mientras el fariseo se levanta, Jairo se dirige a Zebedeo.

—Zebedeo, por favor acompáñame a mi oficina para hablar de una estructura de pagos.

Capítulo 7

INSULTO SOBRE INSULTO

Palacio de Maqueronte

Juana anhela visitar a Juan el Bautista en la mazmorra, de modo que se disfraza y se pone una capa con capucha. Echa un vistazo al salón donde tendrá lugar el opulento banquete esa misma noche. Hay comerciantes que llenan las mesas con flores exuberantes en jarrones ornamentados mientras otros cuelgan cortinas. Vaya comedia, es todo un esfuerzo por parte del rey para publicitar un reino próspero y exitoso, a pesar de que está lleno de corrupción.

Un coreógrafo al que Juana ha visto antes supervisa a un sirviente que traza una línea hasta un punto donde se arrodilla para hacer una marca. Se levanta repentinamente y se inclina.

—¡Reina Herodías! Creo que estamos preparados.

—Estoy segura de que lo están —dice ella—, pero debemos asegurarnos de que Salomé también lo esté. Haz que ensaye la danza una vez más.

Él parece sorprendido.

—Si me permite… le estamos presionando demasiado. Debemos dejar que descanse antes de…

—¡Debe ser perfecto! —dice la reina entre dientes—. Debemos arrollarlo. Yo lo haré con bebida, y tú lo harás con su actuación.

—Mi reina, sé que el Bautista le insultó a usted, pero hay…

—¿Insultarme? —dice ella con fuego en su mirada—. Me insultó. ¿Crees que mi matrimonio con el rey es malvado?

—Desde luego que no. Yo…

—¿Crees que debería regresar con ese Felipe pobre a la horrible ciudad a la que puso su nombre?

—No, mi reina.

—¿Por qué no? Si los comentarios del Bautista delante de toda la corte real fueron solamente un insulto, como tú dices, entonces ¿por qué no endosarlo? Tal vez debería ignorar su pequeño insulto, ¡y dejar que toda la región reprenda públicamente todas mis decisiones!

—Mis disculpas, mi reina. Trabajaré con Salomé enseguida.

La mazmorra, momentos después
En las entrañas de la fortaleza, Juana siempre va donde desea, poniendo una moneda en la palma de la mano aquí y allá tal como sea necesario. Pero hoy no.

El guardia que normalmente le acompaña se interpone él mismo en su camino.

—Lo siento, hoy no hay visitas.

—¿Por qué?

—Es que un preso de alto perfil será trasladado a una celda cercana al piso de abajo, y debemos estar preparados para pasar a la acción sin previo aviso.

Ella sabe que él sabe que ella sabe exactamente de quién está hablando.

—¿Pasar a la acción?

—¿Tiene problemas de oído?

Juana saca una moneda de una pequeña bolsita llena de oro.

—Me temo que eso no funcionará hoy —dice él.

—¿De qué acción sin previo aviso estás hablando? ¿Qué está pasando?

Él se encoge de hombros.

—No se sabe de seguro, pero esta clase de cosas significan normalmente que el preso está a punto de ser liberado; o ejecutado.

—¿Por orden de quién?

Él se voltea, traga saliva y evita el contacto visual. Juana aparta su capa y deja caer en el bolsillo de él la bolsita completa.

Él parece ojear la zona, y entonces susurra: —Herodías.

Aparecen tres guardias por encima de su hombro, escoltando a Juan el Bautista. Se ve pálido, enfermizo y más andrajoso que nunca. Juana empuja un poco a su guardia y se acerca rápidamente al grupo.

—¡Juan! —grita—. ¡Algo está pasando! —los guardias sacan sus espadas—. ¡Hay un complot! ¡Van a matarte!

—¡Mujer, calla! —grita su guardia agarrándola.

—¡Juan! —pero, cuando el grupo se acerca y pasa por su lado, Juana no puede creer cuán calmado se ve Juan—. ¿Qué vas a…?

Él sonríe.

—Los ciegos ven, los cojos caminan. Los leprosos son sanados. Se predican las buenas noticias a los pobres.

—¡No! —grita ella—. ¡No!

Cuando los guardas hacen pasar a Juan a otro pasillo y queda fuera de su vista, no deja de gritar.

—Los corazones de los padres vuelven al de los hijos, ¡y los desobedientes a la sabiduría de los justos! ¡El camino del Señor está preparado!

¿Se está dirigiendo este hombre complicado y exasperante a sabiendas, voluntariamente, hacia su propia muerte con pasos alegres? Más allá de él, otro soldado afila un hacha de doble filo sobre una rueda de moler que da vueltas, y saltan chispas.

Capítulo 8

LA IDEA

La Arboleda de los Lentiscos

Tomás ha amado a Rema desde mucho antes de haberle dado ninguna indicación de ello. Cuando él proveía servicio de comidas en bodas y ella representaba los viñedos de su padre, él intentaba frecuentemente sugerir que eran un equipo, pero ella parecía no darse cuenta. ¿Era así realmente, o es que ella simplemente era reservada? Muy de vez en cuando ella lo elogiaba tímidamente, lo suficiente para evitarle una decepción total por parecer incapaz de expresarse sinceramente ante ella.

Apenas si podía recordar cuándo cambiaron las cosas y se hizo obvio que, incluso si no compartía el mismo nivel de afecto, Rema al menos era claramente consciente de la estima que él sentía por ella. A pesar de que ella lo corregía con frecuencia desde un punto de vista de negocio o de logística, e incluso intentaba restarle importancia cuando él era pesimista y lo cuestionaba todo, se fueron acercando el uno al otro gradualmente. Desde la perspectiva de él, Rema dejó claro que tenía sentimientos por él.

Fue entonces cuando él se esforzó por aclarar sus intenciones. En torno a la ocasión en la que conocieron a Jesús en la boda en Caná, Rema parecía cómoda con la familiaridad que compartían, aunque parecía tan cuidadosa como él por mantenerse perfectamente apropiada en todo momento. Él quería cortejarla tan honorablemente para que Kafni, su padre, lo aprobara; sin embargo, cuando dejaron el negocio y sus hogares para seguir a Jesús, eso demostró ser un revés ante Kafni.

Ahora estaban sentados allí juntos, con sus amigos de más edad Bernabé y Shula que los acompañaban de lejos, observándolos desde un lugar con buenas vistas para asegurarse de que solamente conversaban y nunca se tocaban el uno al otro. No hay nada que Tomás preferiría hacer que tener todo eso a sus espaldas. Quiere obtener la bendición de su padre para así poder proponerle matrimonio. Sin embargo, excepto eso, esta situación es una dicha.

—Por fin hay tranquilidad para poder estar juntos un momento —dice él.

—Benditos Bernabé y Shula —dice Rema.

—Antes de la Decápolis y de todo lo que ocurrió allí, que, para ser sinceros…

—He oído que todavía te resulta difícil aceptar…

—Pero estoy mejorando, ¿no? En aceptar cosas que no puedo explicar.

—Así es. No eres el mismo hombre que eras en Caná.

—Sí, y en realidad sí que hay alguien que sigue siendo el mismo hombre que ha sido siempre…

—Mi padre.

—Dime, ¿cómo fue la conversación con él cuando yo me fui?

Ella hace un gesto y menea negativamente la cabeza.

—Bien, ¿no? Él te ama mucho, muchísimo. No se puede negar eso.

—No se puede negar.

—Y sabía lo que yo le iba a preguntar realmente antes de que lo hiciera. Me dejó muy claro eso en Samaria.

—No se le escapa nada.

—Kafni es un hombre duro, Rema.

Ella se pone de pie y da la espalda a Tomás.

—Esperaba que lo entendería. Pensaba que me permitiría… que me dejaría crecer y madurar.

—Piensa que Jesús es inaceptable —dice Tomás mientras Rema comienza a caminar—, y no está de acuerdo con nuestra decisión de dejar la profesión y seguir a Jesús —hace una pausa—. Yo te amo de verdad, Rema —ella se detiene, y él continúa—. Tiene que haber algún modo de que esto funcione.

Rema se voltea y le muestra una sonrisa.

—Esperaba que dijeras eso.

—¿Lo esperabas?

—¡Por supuesto! Tengo una idea.

—¿De verdad?

—He investigado detalladamente todas las tradiciones rabínicas, cada pequeño detalle.

—¿Lo hiciste? —dice él, sabiendo que suena repetitivo.

—Según la Halaka —dice ella recitando—, «en caso de un padre ausente o de circunstancias excepcionalmente poco comunes», que yo creo que se aplica a que sigamos a Jesús, «hay una dispensación especial para validar un matrimonio. Un varón que tenga como mínimo trece años verbaliza la fórmula: Por la presente te consagras a mí conforme a la Ley de Moisés e Israel. Entonces, el novio debe entregar a la novia algún objeto de valor. Si ella lo acepta, valida así el *kidushin* como un acto legal y se designa comprometida: consagrada solamente a él».

Tomás la mira fijamente.

—Un momento, ¿eso es todo? Eso es todo lo que hay que…

Ella levanta uno de sus dedos.

—La fórmula debe recitarse en presencia de dos testigos varones competentes, uno de ellos en representación de la novia y el otro del novio.

—Le pediré a Juan que sea mi testigo.

Ella asiente con la cabeza.

—Y los dos sabemos que realmente hay un solo hombre que pueda representarme a mí…

—Jesús —dicen ambos al unísono.

—El único que puede entregarme —añade ella.

—Se lo pediremos.

—Y entonces, ya está.

—Tomará un tiempo redactar los contratos. Supongo que debe firmarlos un rabino oficial para confirmar que las circunstancias son ciertamente atenuantes y únicas, ¿no?

—Sí —dice ella.

—Ojalá supiéramos dónde encontrar a un rabino que pudiera hacer eso —dice él, y ambos sonríen—. ¿Puede ocurrir esto realmente dentro de nuestra fe? Parece correcto, pero ¿lo es? Supongo que no sería el primer compromiso poco ortodoxo en la historia de nuestro pueblo. Ester se casó con un rey gentil para salvar a Israel. David no esperó a su padre para escoger esposa. Incluso Jesús nos habló del compromiso poco convencional de sus padres. Él podría ser…

—Tomás.

—¿Sí?

—No nos comparamos con ellos, pero sí tenemos que preguntarle a Jesús. Él puede decidir.

—Sí, por supuesto. Bueno, el nuestro *no* será un compromiso poco convencional.

—¿Cómo? —dice ella.

—Rut era gentil, y se coló en el cuarto de Booz para pedirle matrimonio. Nosotros no vamos por ese camino. Yo te lo pido *a ti*.

—Ah, olvidé esa parte. Bueno, veamos cómo resulta.

Tomás decide que no hay mejor momento que el presente.

—¿Quieres caminar conmigo siempre, leer conmigo, recitar de un tirón leyes interminables y circunstancias atenuantes conmigo?

—¡Sí!

Él toma su mano y oye inmediatamente a Shula gritar: —¡Eh, eh!

Tomás se pone de pie de un salto y levanta los brazos al aire.

—¡Está bien! ¡Nos casamos!

Capítulo 9

LA
ESTRATAGEMA

Sala de banquetes del palacio de Maqueronte, en la noche

Herodías se estremece por la anticipación a la cabeza de la mesa real, sentada junto a su esposo el rey Herodes Antipas. Conoce a este hombre, al menos sus debilidades, por dentro y por fuera, especialmente tras haberlo seducido y haber roto dos matrimonios. Y ha visto cómo mira a su hija, que es su propia sobrina. Pues bien, esta noche podrá verla muy bien. Si el entretenimiento es de su agrado, siempre ha sido su costumbre cumplir el mayor deseo del artista. Incluso es conocido por legar una hacienda con un viñedo a un afortunado artista. Lo único que tiene que hacer esta noche es conceder una sola petición a su hija Salomé.

La reina no tiene dudas de que será muy fácil, pero no deja nada al azar. Mientras Herodes está distraído con alguien que está al otro lado, Herodías hace una indicación a uno de los camareros que pasa a su lado y toca el borde de la copa del rey. Él la llena, pero ella susurra: «Más», y él la llena hasta el borde.

Entonces, capta la mirada del coreógrafo de su hija, que ha estado supervisando calladamente la plataforma donde actuará Salomé. Él asiente con la cabeza.

¿Cómo le sentará esto a la esposa de Chuza, el confidente de su esposo? De todos modos, ¿dónde está Juana? Su asiento está vacío. Rápidamente se difunde la noticia de que fue sin pudor a la mazmorra y gritó a los guardias y al despreciado Bautista. Juana tendría merecido pasar la noche en una celda, pero el rey se niega a arriesgarse a tal bochorno para su ayudante. Es obvio que Chuza intenta encubrir a su esposa, entreteniendo de modo estridente a quienes están sentados a su mesa, probablemente inventando una coartada para justificar su ausencia. Herodías solo puede esperar que la mujer llegue a tiempo para la recompensa inevitable.

Después de la cena, con el rey un poco mareado ya y tras haber comido en exceso, Herodías no se mueve mientras lo llevan a él con mucho esfuerzo hacia un sillón tapizado muy ostentoso en medio de una plataforma. Aunque todos podrán ver bien el espectáculo él, como siempre, disfruta del mejor asiento de todos. Y, aunque Herodías podría insistir en estar junto a él, está más que contenta con quedarse donde está, y no querría otra cosa. Sin embargo, el asiento de Juana sigue vacío.

El anfitrión del banquete hace un anuncio.

—Honorables invitados, nobles, generales, comandantes, y varones principales de Galilea, les presento, para disfrute y agrado del rey y según la venerable tradición, una ofrenda especial de Salomé, hija de nuestra excelentísima reina Herodías.

Salomé comienza su danza con sutileza, expresándose casi únicamente con sus manos. Herodías hace llegar al rey otra copa de vino, y él mira fijamente a Salomé mientras bebe. Salomé se mueve y hace piruetas, y Herodías observa el sudor en la frente de su esposo. Si hay algo que pueda mantener despierto a un rey harto de comida y ebrio, será este baile seductor.

La muchacha se mueve al ritmo de la música, cada vez más deprisa, cada vez más seductora. Poco después alcanza un ritmo de movimiento e intensidad febriles, contoneándose y dando vueltas delante del rey. Para poner fin al baile, Salomé corre hacia la suave línea marcada en la plataforma y salta, haciendo un giro en el salto que termina con sus manos en el piso y pinchándose en el dedo con una astilla. Aterriza a centímetros del sillón del rey y oculta sus manos tras su espalda, aunque Herodías puede ver que está sangrando.

Herodes queda boquiabierto mientras la multitud se pone de pie y le da una clamorosa ovación. Está claro que él está sobrepasado, jadeante, bebido. La muchacha pasa a hacer una elaborada reverencia, levantando lentamente su cabeza hasta encontrarse con la mirada del rey.

—Pídeme lo que quieras —dice el rey claramente embelesado—, y te lo daré.

Salomé parece que casi no puede hablar tras el esfuerzo, pero susurra.

—¿Lo que quiera?

—Hasta la mitad de mi reino —dice Herodes, ante lo cual la multitud da un grito ahogado.

Ella se acerca a él y le susurra al oído. Herodías sabe por la expresión de su cara que le ha concedido la petición. Cuando su hija se incorpora, con su dedo sangrante a sus espaldas, la expresión de Herodes cambia, y pasa del júbilo excitante a una profunda desesperación.

Capítulo 10

EL TRATO

Patio de Zacarías, 31 años antes

Quince amigos y familiares se reúnen afuera mientras Elisabet carga a su bebé. Su esposo mudo, que es el sacerdote, está a su lado.

Un rabino recita.

—Bendito eres tú, Adonai nuestro Dios, Soberano del universo, que nos has santificado mediante tu *mitzvot* y nos ordenaste que llevemos a nuestros hijos al pacto de Abraham nuestro padre.

Todos los reunidos, excepto Zacarías, proclaman al unísono:

—¡Qué este pequeñito crezca y llegue a ser grande!

Mazmorra del Palacio de Maqueronte, pasillo
de la cámara de ejecución, al alba

Guardias flanquean a Juan el Bautista, que lleva la cara cubierta con una capucha negra. Sus manos están atadas a sus espaldas y sus pies con grilletes.

Patio de Zacarías, 31 años antes
El rabino habla.

—Dios de nuestros ancestros, sostén a este niño. Sea conocido entre el pueblo, y en estos lares, con el nombre de Zacarías, hijo de Zacarías y Elisabet.

—No, rabino —dice Elisabet—. Por mandato de Dios, su nombre será Juan.

Cámara de ejecución
Se abre una pesada puerta de madera que da a una sala circular con paredes de piedra y ventanas de arco que miran al oriente. Hacen entrar a Juan, y quitan la capucha de su cabeza. Está frente a la guillotina, pero no da muestras de sorpresa ni de temor.

En las afueras de Capernaúm
Jesús ha estado toda la noche orando a solas. Aviva las últimas brasas de una fogata, no para prenderlas de nuevo sino simplemente para acomodarlas. Su corazón está cargado.

Cámara de ejecución
Los guardias colocan la cabeza de Juan en la guillotina y su pecho sobre la piedra. Él observa que trabajan con desinterés, como si estuvieran preparando una comida. Uno de ellos pule una bandeja que brilla.

—Es una bandeja hermosa —dice Juan—. ¿Es de plata?

—Solo la mejor —responde el guardia—. Es para un banquete real, y el rey Herodes mismo la ha pedido.

Juan sonríe, y después se ríe con fuerza.

—¿Por qué te ríes? —pregunta uno de los guardias.

—Es chistoso. Nunca he estado en un banquete, pero voy de camino a uno.

—¿Qué quieres decir?

—No importa. No lo entenderían.

—¿Son esas tus últimas palabras? —dice un guardia que sostiene una pluma y pergamino.

Juan sonríe otra vez.

El guardia se encoge de hombros y murmura mientras escribe.

—No lo entenderían.

Campos de Galilea

El carruaje de Juana se apresura hacia el norte. Ella se asoma y vuelve a acomodarse dentro.

—Unos kilómetros más —dice para sí, y continúa orando.

Patio de Zacarías, 31 años antes

—Elisabet —dice el rabino—, ninguno de tus parientes se llama Juan.

Entonces se voltea con Zacarías.

—¿Qué significa esto? ¿Lo hace por lo que te ocurrió a ti?

En las afueras de Capernaúm

Jesús oye a alguien detrás de él y se voltea.

—Jesús el Nazareno —dice Avner, uno de los discípulos de su primo.

Jesús se levanta.

—¡Shalom! ¿A quién debo el…?

La expresión en el rostro de Avner hace que se detenga. Dolor.

Patio de Zacarías, 31 años antes

Zacarías escribe en su tabla.

—Su nombre es Juan —abre más sus ojos y hace un sonido gutural—. ¡Ah! Bendito eres tú —comienza a hablar titubeando, pero continúa—. Bendito eres tú, Señor nuestro Dios, Rey del universo.

Todos reaccionan cuando Zacarías se acerca al bebé y Elisabet sonríe y toca la mejilla de su esposo mientras le entrega a Juan.

Cámara de ejecución
El verdugo deja la bandeja en el piso por debajo de la cabeza de Juan, y entonces ocupa su posición mientras habla el guardia con el pergamino.

—Juan, hijo de Zacarías y Elisabet de Judea, estás aquí en este día por orden de su majestad el rey Herodes Antipas...

Juan oye y a la vez no oye mientras imagina una escena. Bajo los rayos dorados del sol matutino ve a un cordero en un claro, pastando, moviendo una de sus orejas. *He ahí...*

Siente que una lágrima baja por su mejilla, y dibuja una sonrisa.

—Gracias —dice en un susurro.

Campos de Galilea
El carruaje de Juana corre rápidamente hacia Capernaúm, y las pezuñas de los caballos retumban sobre la tierra.

Cámara de ejecución
El verdugo levanta muy alto el hacha pesada y la empuja hacia abajo con todas sus fuerzas.

En las afueras de Capernaúm
Jesús se rasga la túnica a la altura del cuello y cae de rodillas, inclinándose lentamente y apoyando su frente en la tierra cerca de las cenizas y las brasas que se van apagando.

Fuera de la casa de Simón, Capernaúm
Simón sale para encontrar reunidos a Mateo, Santiago el Joven, Tadeo y Natanael.

—¿Cuál es el reporte matutino? —pregunta.

—Todavía no han llegado quienes traen noticias —responde Natanael.

—Y eso puede ser una buena indicación —dice Mateo—. Tal vez hay detalles que solucionar.

—O ayer los rechazaron —dice Natanael— y ahogaron en la bebida su decepción en El Martillo.

—¿Durmiendo la borrachera? —dice Santiago—. Espero que no.

Tadeo se levanta de un salto.

—¡Ahí están!

—¿Qué es esto que veo? —grita Simón—. ¡No se parece a un hombre que lleva una carreta vacía!

Santiago el Joven, Juan y Tomás se acercan. Santiago mira en la carreta para comprobar que está vacía y ligera.

—¡Conseguimos el trato! —dice Juan—. ¡Compraron hasta el último cántaro!

—¡Bien! —dice Simón entre risas, moviéndose para abrazar a Juan—. ¡Tu viejo hombre interviene!

—Fue solamente Adonai —dice Santiago.

Juan mira a Tomás a propósito.

—Abba no fue el único que intentó cerrar un trato ayer.

Tomás asiente hacia María Magdalena, Rema y Tamar, que se aproximan.

—Puedes preguntarle a ella —dice Tomás.

—Ah, sí —dice Natanael—. Siento curiosidad sobre los pájaros cantores.

—Los tortolitos, querrás decir —dice Santiago el Joven.

—¿Qué? Son pájaros cantores. Siempre son pájaros cantores.

Tadeo menea su cabeza delante de Santiago.

—Vale, lo que tú digas.

—Bueno —dice Simón—, suéltenlo. ¿Cómo fue?

Tomás y Rema se miran el uno al otro sonriendo con los labios fruncidos, y finalmente Rema asiente con la cabeza.

Todos los felicitan. Tadeo abraza a Tomás.

—¡*Mazel tov*! —grita Mateo.

Santiago el Joven levanta su mirada al cielo.

—Bendito eres tú, que hace la que pareja se goce el uno con el otro.

María parece sobrepasada.

—Entonces, ¡¿de verdad va a suceder?!

—Bueno —dice Tomás—, hay un par de pasos más de los que tenemos que ocuparnos. Uno de ellos, Juan, tiene que ver contigo.

—¡Claro que sí! —dice Juan—. Solamente no me pidas que cosa el dosel de boda.

Mateo da un apretón de manos a Tomás y recupera la compostura. Por encima del hombro de Tomás ve la carreta de Juana en el extremo más lejano de la calle.

Patio de Zacarías, 31 años antes

Zacarías sostiene al bebé Juan delante de él, mirando fijamente su carita, y entonces recita con profunda pasión.

—Bendito el Señor Dios de Israel, porque ha visitado y redimido a su pueblo y ha levantado un cuerno de salvación para nosotros en la casa de su siervo David.

Calle de Capernaúm

Mientras todos los demás se abrazan y felicitan a Tomás y Rema, Mateo entrecierra sus ojos observando a Juana vestida con su túnica con capucha, que parece que va comprobando los números de las casas mientras mira un pedazo de papel.

María Magdalena ve a Juana, y la alegría se desvanece de su cara. Juana ha llegado a la puerta de Andrés. Llama y grita su nombre, atrayendo entonces la atención de todos. Ellos detienen la alegría y miran fijamente, todos ellos pareciendo temer lo que eso significa.

Patio de Zacarías, 31 años antes
Zacarías sigue recitando.

—Como habló por boca de sus santos profetas de antaño, que seríamos salvos de nuestros enemigos y de las manos de todos los que nos aborrecen.

Casa de Andrés
—¡Andrés! ¡¿Estás en casa?!
 Él abre la puerta.
—¿Juana?
 Ella lo mira con labios temblorosos, y él lo comprende poco a poco.
—No, ¡no, no!
 Judas aparece a sus espaldas y Andrés entierra su cara sobre el pecho del hombre, llorando.
—¿Eres tú Felipe? —pregunta Juana.
—Soy Judas. Felipe no está.
 Andrés se aparta.
—Yo se lo diré a Felipe.

Patio de Zacar
—Para mostrar la misericordia prometida a nuestros padres y para recordar su pacto santo, el juramente que hizo a nuestro padre Abraham.

Calle de Capernaúm
María Magdalena comprende la situación en la casa de Andrés y camina por la calle hacia ellos. Simón le adelanta corriendo, claramente lleno de compasión por su hermano. Uno por uno, los demás los acompañan. Simón se arrodilla delante de Andrés y le abraza con fuerza.

 María y Tamar intentan consolar a Juana.
—Estoy bien —dice ella—. No es mi… no soy yo quien…

—Deberíamos haber sabido que llegaría este día —dice Andrés—. Deberíamos habernos preparado.

—Lo estábamos —dice Juan. Mira fijamente al suelo y murmura—. Él fue enviado a preparar el camino, y lo hizo. No era el Mesías, pero vino para dar testimonio de que estaría aquí pronto.

—Tenemos que encontrar a Jesús y decírselo —dice Andrés.

—Iré contigo —dice Simón.

De espaldas al grupo, Mateo habla.

—No tienen que hacerlo.

Patio de Zacarías, 31 años antes

—Para otorgarnos que nosotros, siendo liberados de la mano de nuestros enemigos, podamos servirlo a Él sin temor, en santidad y justicia delante de Él todos nuestros días.

Calle de Capernaúm

Jesús camina pesadamente por la calle cubierto de cilicio y ceniza. Se detiene delante del resto del grupo, con Avner a unos pasos a sus espaldas.

Patio de Zacarías, 31 años antes

—Y tú, niño, serás llamado profeta del Altísimo; porque irás delante del Señor para preparar sus caminos; para dar a su pueblo el conocimiento de la salvación por el perdón de sus pecados, por la entrañable misericordia de nuestro Dios, con que la Aurora nos visitará desde lo alto, para dar luz a los que habitan en tinieblas y en sombra de muerte, para guiar nuestros pies en el camino de paz.

PARTE 2

Setenta veces siete

Capítulo 11

EN CAMPO ABIERTO

Estudio en la casa de la misión, temprano en la mañana
La ventana está cubierta por una tela oscura y la única luz la emite una pequeña lámpara de aceite. Jesús, profundamente angustiado, ha guardado la *Shiva* por su primo Juan. Ahora está tumbado dormitando sobre una alfombra en el piso, soñando.

Está solo en un campo abierto bajo un cielo claro y brillante. Se acerca su amado primo, con sus manos esposadas. El corazón de Jesús se rompe por él, pero Juan está sonriendo. Las esposas se rompen y Juan levanta una mano, haciendo un gesto como para decir: «Por este camino…».

El camino está preparado.

Jesús despierta y se incorpora.

—¿Rabino?

Andrés está en la puerta con su ropa hecha jirones y su camisa rasgada a la altura del cuello, como la de Jesús. Lleva un vaso de agua y un pequeño plato de pan de pita.

—Dejaré esto aquí —dice.

—Está bien. Entra, por favor —Jesús da unas palmadas al piso a su lado—. Siéntate conmigo.

Cuando Andrés deja el vaso y el plato y se sienta junto a Jesús, éste habla.

—¿Cómo lo estás sobrellevando?

Andrés titubea.

—No, no estoy seguro de qué decir. Pensé que sería mucho peor. Parece que Simón piensa lo mismo. Sigue preguntándome cada cinco minutos.

—¿Como tú sigues haciendo conmigo? —dice Jesús con una sonrisa irónica.

—Tú conociste a Juan por más tiempo que ninguno de nosotros. Pero entonces tú eres…

—Yo soy ¿qué?

—Ya sabes. Tú eres el…

—Entonces, ¿por qué tendrías que comprobar cómo estoy?

Andrés sonríe y se encoge de hombros.

—Está bien, bueno, solo diré que eres un misterio.

Jesús prueba un pedazo de pan y tose.

—Ah, vaya.

—Lo sé. Bastante rancio.

Jesús bebe un trago de agua y da un suspiro.

—¿*Bastante* rancio?

Los dos se ríen, pero Andrés se detiene abruptamente.

—¿Podemos reír?

Jesús inclina su cabeza.

—Algunas de nuestras mayores risas llegan en el tiempo de un funeral. Nuestros corazones están muy tiernos, y nuestras emociones a flor de piel. Las risas y las lágrimas están más cerca que nunca. Y, créeme, yo pasé más de una *Shiva* con Juan. Él no podía mantener un ánimo deprimente por más de siete días seguidos.

Andrés asiente con la cabeza y sonríe, y se da cuenta otra vez.

—Me siento culpable. Debería estar hecho un desastre.

—No hay ningún *debería* en el tema de la tristeza, amigo. No hay un modo correcto de hacer luto. Tú experimentaste gran parte de tu tristeza cuando Juan fue arrestado. Estar hecho pedazos otra vez no honraría su memoria, igual que tampoco lo haría no sentir nada en absoluto.

Andrés parece considerar sus palabras.

—Entonces, Andrés, dices que soy un misterio.

Al verse acorralado, Andrés dice:

—Bueno, quiero decir que tú…

—¿Quién dijo Juan que era yo?

—Pues, ¿el que…?

Jesús se pone de pie y se acerca a la ventana, apartando la pesada cortina y permitiendo que entre la luz a raudales.

—¡¿Qué estás haciendo?! —dice Andrés.

—Me has dado una idea —responde Jesús—. ¿Dónde hacemos la *Shiva* tradicionalmente?

—En el hogar del fallecido.

—Y ¿dónde estaba el hogar de Juan?

—En campo abierto.

—Reúne a los demás.

Capítulo 12

NOTICIAS

Casa de Yusef, en la mañana

Tras haberse levantado, Yusef se pone su *ketnet*, una prenda de ropa interior que le llega hasta la rodilla.

—Palabras del hijo de David: Vanidad de vanidades, dice el Predicador. Todo es vanidad.

Al ponerse su *simlah*, una prenda más pesada, continúa recitando.

—Consideré luego todas las obras que mis manos habían hecho y el trabajo en que me había empeñado, y he aquí, todo era vanidad y correr tras el viento…

Ahora se viste con su prenda exterior de manga larga, de una tela más ligera. Sujeta el *tzitzit*.

—… tiempo de buscar, y tiempo de dar por perdido; tiempo de guardar, y tiempo de desechar; tiempo de rasgar, y tiempo de coser; tiempo de callar, y tiempo de hablar…

Yusef ata alrededor de sus brazos el *tefillin*: filacterias con tiras de cuero.

—Él que ama el dinero no se saciará de dinero, y el que ama la abundancia no se saciará de ganancias.

Se pone en la cabeza un turbante en forma de caja, y revuelve en un cajón buscando una llave dorada que, una vez en la palma de su mano, le lleva a un pesado silencio.

Oficina de Yusef en la sinagoga, minutos después
Yusef está sentado en su escritorio, frente a un ciudadano, y escucha con atención.

—Al principio era solamente durante la sequía —dice el hombre—, pero ahora es todo el tiempo.

—¿Puedes señalar alguna ansiedad que pueda causar esta falta de sueño?

—No es un pensamiento sino una sensación de temor. Como si hubiera una serpiente bajo la cama o un león agazapado afuera de mi puerta.

Yusef piensa en eso.

—La angustia de nuestros ancestros sigue viviendo en nuestros cuerpos.

—¿A qué te refieres? —pregunta el ciudadano.

—Egipto. Los cuarenta años vagando por el desierto. El exilio en Babilonia. Todo el dolor y el temor se transmiten en nuestra sangre, nuestros huesos, nuestras historias.

—¡Yo solo quiero poder dormir! No puedo cambiar mi sangre ni puedo cambiar el ser judío.

—No, pero puedes orar. Puedes visitarme todos los días y oraremos juntos —inclina su cabeza—. «El que habita al abrigo del Altísimo morará a la sombra del Omnipotente».

Son interrumpidos cuando Jairo entra apresurado, con una carta en su mano.

—Gracias por venir —le dice Yusef al ciudadano.

—Gracias, rabino.

—Me gustaría poder hacer milagros.

—He escuchado hablar de uno —dice el ciudadano mientras Yusef le conduce hasta la puerta.

—Dele mis mejores deseos a Ila.

—Lo haré.

—Shalom, shalom.

De nuevo en su escritorio, Yusef habla.

—He querido preguntarte cómo es la vida en la casa desde que, ya sabes, tras todo...

—Sabes que no puedo hablar de eso —dice Jairo.

Yusef estudia su cara.

—¿Puedes imaginar tu vida si te hubieran asignado un puesto diferente?

—No quiero hacerlo —entrega la carta a Yusef—. Noticias de Jerusalén esta mañana. Samuel ha sido ascendido al Sanedrín. Shamai tiene programado dirigirse hoy a la asamblea.

—Entonces Nicodemo debería estar presente.

—Parece que recientemente ha faltado a varias sesiones, y nunca te enviamos cartas. ¿Crees que la noticia del sermón en la planicie de Corazín ha llegado a Jerusalén?

—No puedo imaginar que no llegara —responde Yusef—, pero el sermón puede desvanecerse en comparación con los rumores sobre lo que sucedió en la Decápolis.

—Es más que un rumor. Sigue leyendo.

Capítulo 13

EL BUSTO

La autoridad romana, Capernaúm

Quintus, el honorable pretor de Galilea, está sentado muy tenso en su escritorio, posando para un escultor. Piensa: *Hace mucho tiempo que esto debería estar terminado.* ¿Cuánto tiene que lograr un hombre antes de ser inmortalizado? Aunque ha ascendido hasta llegar a ser uno de los hombres más jóvenes en ese puesto, y su influencia se siente por toda la Alta Galilea, ha sido todo menos fácil.

Quintus siempre ha sido considerado por sus superiores una persona sobresaliente, una consideración que le causa gracia. ¿Qué es alguien sobresaliente sino un hombre que ha ascendido en su profesión mediante su propia inteligencia, astucia y (si lo dice para sí mismo) también ingenio? Debe lidiar con muchos contemporáneos que han puesto una diana sobre su espalda, la mayoría de los cuales llegaron a su posición gracias a un nepotismo sin freno.

Quintus siente que ha evolucionado desde el resentimiento porque su padre no le ofreció ninguna ventaja, ciertamente al no tener ninguna que darle, hasta apreciar ahora que el hombre le obligara a salir adelante él solo. Sin favoritismos, sin codearse con romanos influyentes, solamente un padre que demandaba excelencia y no aceptaba menos.

¡Cómo se rebeló Quintus en su interior en aquellos años formativos! Quería atacar verbalmente, desahogar su ira, expresarse e incluso estrangular a su padre; sin embargo, hay una cosa que sabe de seguro: si lo hubiera intentado, lo habrían servido como desayuno al Hades. Por lo tanto, se limitó a aplicarse e hizo todo lo que su padre esperaba de él, y más aún. Cuando se fue de su casa para hacer el servicio militar, cuando un adolescente común probablemente se comportaría mal y daría rienda suelta a su rebelión, él se encontró bajo capataces todavía más duros y severos.

Al principio, Quintus no reconocía que su padre y sus caminos enloquecedores lo habían preparado para esto; no, no, le tomó un tiempo. Sin embargo, cuando su estelar desempeño fue pronto recompensado con tareas cada vez mejores, supo que tenía que agradecérselo a su padre. Y, sin embargo, nunca le dio las gracias. El hombre que nunca reconoció los logros de su hijo lo habría ridiculizado por mostrar cualquier sentimiento, por cualquier indicación de ternura. Y ahora ya no está. ¿Se arrepiente Quintus de no haber expresado algún grado de gratitud? Ni en lo más mínimo.

Más bien, como ha hecho siempre, dirige su ira contra sus propios subordinados. Cada día se siente obligado a establecer su superioridad, su posición, su clase. Otros deben estar dispuestos a tener problemas tras alcanzar el límite de su competencia sobre las alas de los favores familiares. Él es un hombre hecho a sí mismo, y así debe ser siempre.

Sin embargo, eso también significa que nunca puede dejarse llevar, nunca puede dormirse en los laureles. El emperador está observando siempre; y también el gobernador. Además, también observa el *Cohortes Urbana*, el astuto Aticus a quien le encanta amenazar sutilmente subrayando que él tiene la autoridad tanto del César como de Poncio Pilato, y también tiene sus oídos atentos.

Y, hablando del diablo, escucha la voz de Aticus en el vestíbulo que se acerca fanfarroneando y pasa al lado del secretario del pretor, a pesar de la insistencia de Quintus en tener privacidad esa mañana. Ahí está instalado para recibir el insulto supremo de un hombre a quien le encanta repartirlos.

—¿Estás seguro de que este es mi lado bueno? —pregunta Quintus al escultor. El hombre duda.

—*Tú* dijiste que era…

—¿Me equivoco?

—Es un busto. El parecido se verá desde todos los ángulos.

—No te pago para que me des lecciones de arte.

Cuando aparece Aticus, los ojos de Quintus se entrecierran. *Aquí viene.* Parece como si al matón del César le hubieran presentado un insulto en bandeja de plata para que lo tome.

—Dilo ahora, de modo que podamos descartarlo ya.

—Hoy no —dice Aticus, y se voltea con el escultor—. Déjanos solos.

—¡Espera! —se queja Quintus—. Estoy en medio de… esto.

—Y normalmente le diría al hombre que está inmortalizando lo que no corresponde.

—Ahí está.

—Pero hoy necesito tu información más reciente sobre Jesús de Nazaret.

—¿Inteligencia militar? —dice Quintus—. ¿No suena eso como un oxímoron?

Está claro que Aticus no está de humor para los juegos de palabras, y entonces levanta el busto de su pedestal y lo sostiene de manera precaria. El escultor palidece y Quintus se avergüenza.

—Aticus…

—Quintus, háblame sobre Jesús.

Quintus señala al busto.

—Está bien, está bien, solo... —el escultor levanta sus brazos al aire y se va—. No hay ningún cambio. Jesús y yo conversamos. Tú estabas aquí. Lo que creemos es...

—¿No tienes información nueva?

—No —dice Quintus, sintiendo como si lo estuvieran acorralando.

—Los judíos tienen información nueva.

—¡Claro que los judíos saben acerca de un judío! No creo que comprendas mi papel como magistrado.

—Está sucediendo ante tus propias narices.

Ah, ¿sí?

—Infórmame, *Detective*. ¿Qué es tan importante?

Aticus mira fijamente, pareciendo imaginar algún lugar lejano.

—Parece que es el inicio de algo. Tal vez una guerra —Quintus se ríe en tono de burla, captando de nuevo la atención del *Urbana*—. No voy a hacer tu trabajo, pretor, y dificultar la vida para las personas que siguen a Jesús. No voy a interrumpir sus reuniones o expulsar a los peregrinos. ¿Comprendes?

Quintus entrecierra sus ojos.

—Algo te asustó. Yo conozco a mis judíos mejor que tú. ¿Qué te sucede?

Aticus deja el busto de un golpe y se voltea de manera dramática hacia Quintus.

—Ahora mismo lo único que te mantiene en el favor de Pilato son tus ingresos públicos. No te conviertas en un infame por supervisar la ciudad donde comenzó una revolución.

Aticus sale con furia y Quintus intenta tapar la escena con un ingenioso: «¡Ave, César!».

De hecho, está enojado y ofendido; y, ciertamente, asustado.

Capítulo 14

LA *SHIVA* EN EL CAMINO

La ribera occidental del Jordán

En dirección a Cesarea de Filipo, Jesús camina varios pasos por delante de los doce discípulos y María y Tamar. Rema y Tomás siguen a la cola.

Judas pregunta a Zeta si cree que Jesús podría estar dirigiéndolos hacia el valle. Zeta menea negativamente su cabeza.

—Nos dirigimos al norte.

—¡A las aguas de Merom! —dice Judas.

—¿Merom? —pregunta María.

—Donde Josué reclamó su victoria sobre los cananeos —dice Zeta.

—Tal vez —dice Judas— es donde realmente comenzarán a ocurrir cosas grandes.

—Ya han ocurrido muchas cosas grandes —dice Mateo.

—Apuesto a que vamos al monte Hermón —dice Natanael desde más atrás en la fila.

—Hace siglos que no veo nieve —dice Andrés.

—Isaías dice —interviene Tadeo—: «Si sus pecados fueran como la grana...».

—«serán blancos como la nieve» —terminan otros tres.

—¿Qué tiene que ver el monte Hermón con el primo de Jesús? —dice Felipe—. Seguimos en la *Shiva*.

—La *Shiva* tiene que ver tanto con los vivos como con los muertos —dice Simón.

Al final de la fila, Rema y Tomás conversan en privado.

—¿Estás seguro de que entendiste correctamente a Jesús? —pregunta Rema.

—Dijo que podemos conversar en el camino.

—Pero esta vez se trata del Bautista, no de nosotros.

—Solo te digo lo que él dijo, Rema. Y en realidad sonrió cuando lo dijo.

—Está bien, vayamos entonces.

Tomás observa que, cuando ellos se aproximan rápidamente hacia el frente, la mayoría de los demás se quedan en silencio. Entonces Natanael es quien comenta.

—Adelante —dice—, *probablemente* saldrá bien.

—Ah, ahí están —dice Jesús cuando llegan a su lado—. Estaba esperando. ¿Cómo fue tu visita con Kafni? —Tomás duda un poco, y Jesús continúa hablando—. Vaya. Supongo que, si hubiera ido bien, todos lo sabríamos ya.

—Sin embargo —dice Tomás—, hay otro modo.

—¿El *kidushin*?

—Tú lo conoces, claro.

—Así es.

Tomás no está seguro de qué decir, y se siente aliviado cuando Rema interviene.

—Rabino, dejé a mi padre para seguirte. Soporté muchas palabras duras y ásperas de él por decidir hacerlo.

—Yo también —dice Jesús.

—Tú eres lo más cercano a un padre que tengo ahora.

Tomás está convencido de que Jesús está conmovido por eso.

—Juan está de acuerdo en ser testigo para Tomás —continúa Rema.

Jesús se detiene, haciendo que todos los demás hagan lo mismo. A Tomás no le pasa desapercibido que los demás se acercan, sin ni siquiera intentar disimular que están escuchando.

—Como mi padre espiritual —dice Rema—, ¿querrás entregarme?

Tomás ve tristeza, compasión e incluso amor en los ojos de Jesús cuando el rabino aparta la mirada, tal vez para serenarse.

—No queremos ser una carga para ti —dice Tomás—. La negativa de Kafni a santificar nuestra unión, bueno, tú no viniste para arreglar eso.

—No. No, Tomás, te equivocas —Jesús se voltea con los demás—. Por favor, acérquense todos. La gente cree que sabe qué he venido a hacer. ¿Creen ustedes que he venido a traer paz en la tierra? No es así. No paz, sino espada.

—¿Espada? —dice Zeta.

—Me refiero a divisiones, Zeta —dice Jesús—, dentro de los hogares y más allá. Cuando alguien toma la decisión de seguirme, puede significar que en una casa habrá cinco personas divididas: tres contra dos y dos contra tres.

—¿Por qué? —pregunta Juan.

—Lo vemos con Rema y su padre. No es mi *intención* dividir familias, pero el costo de seguirme puede significar que personas serán aborrecidas por los más cercanos a ellas debido a su incredulidad.

—Pero ¿no es uno de los mandamientos honrar a padre y madre? —pregunta Andrés.

—Honrar a los padres es una de las obligaciones sociales y espirituales más elevadas, pero no es más importante que seguir a Dios. Todo aquel que ama a padre o madre más que a mí no es digno de mí.

Tomás se queda sin palabras momentáneamente. Tras un largo silencio, habla.

—Entonces, ¿está decidido?

—¿Firmarás la carta —dice Rema— y serás mi testigo?

—Hablemos de los detalles después de este viaje y cuando termine la *Shiva* —dice Jesús.

—Por supuesto —dice Tomás, observando que Rema se alegra.

—Y, Tomás —añade Jesús—, para completar el acto legal, ¿no se requiere de ti que entregues algo de valor a Rema como *mohar*?

—Ah, sí —responde él mirando a Rema—, hemos acordado que ella no necesita…

—¡Mala idea! —dice Simón.

—¿Qué es una mala idea? —pregunta Tomás.

—No hacer un regalo a tu esposa. Concretamente, tomar al pie de la letra que ella diga que no quiere un regalo. Acepta el consejo de tu amigo casado: esas palabras no significan lo que tú crees que significan. Deja que te explique algo. Rabino, ¿todavía lo necesitas a él?

—No, sigan conversando, y todos nosotros deberíamos continuar.

Capítulo 15

ASCENDIDO

El templo de Jerusalén, atrio de los sacerdotes

Ahora que se encuentra en una posición que antes anhelaba y, de hecho, más de una vez había orado por eso, Samuel no puede disfrutarla. Que le concedan un asiento en el Sanedrín mismo lo sacude hasta lo más profundo, y se pregunta si debería aceptarlo. No puede declinar, por supuesto, sin poner en movimiento más ruido y controversia de los que él mismo y sus seres queridos están preparados para soportar. ¿Quién ha rechazado alguna vez tal honor? Pero sabe que este logro tan singular fue el resultado de que él reportara a Jesús de Nazaret, de lo cual se arrepiente ahora.

Moishe, el sastre del clero, se ocupa de sus nuevas ropas ceremoniales y Yani, el ayudante de Samuel, va deprisa de un lado a otro como si fuera su propio gran día. Samuel habla entre susurros.

—Bendito eres tú, Señor nuestro Dios, Rey del universo, que nos ha dado vida, nos ha sostenido y nos permitió llegar a este momento. Generación a generación contará tus obras, y...

Mientras tanto, Yani se alegra ante el sastre.

—¡Desde las aldeas porteñas de la Alta Galilea: Capernaúm! ¿Puedes creer eso, Moishe?

Samuel mira un poco molesto a Yani, y continúa orando en silencio.

—Hablarán del glorioso esplendor de tu majestad; en tus grandes obras meditaré...

Se detiene y mira fijamente a Yani, quien sigue deleitándose en el éxito de Samuel.

—Te digo, Moishe, que el día en que este hombre llegó a la Ciudad Santa, todavía olía un poco a pescado y a ingenuidad.

El hombre parece ajeno a la incomodidad de Samuel, agarra un bote de perfume caro, y rocía el aire con él.

—¡Bergamota! Mm... —vuelve a rociar—. Jazmín y bálsamo de las costas del Mar Muerto. Créeme, Moishe, ¡estás trabajando con las túnicas de un rabino cuyo nombre será recordado en la historia! Hablarás a tus hijos acerca de este día.

Samuel ya no puede soportarlo más.

—¿Es eso lo único que te importa, Yani? ¿Ser recordado? ¿Túnicas especiales y fragancias costosas?

Yani no se muestra sorprendido en lo más mínimo.

—Si son apropiadas...

—Cualquiera podría haber alertado a los ancianos. Moishe, por favor, puedes irte.

Cuando el sastre ya no está, Samuel susurra.

—Yo oré con el hombre, Yani.

—Hiciste ¿qué?

—En la Decápolis, mientras los otros y tú estaban ocupados interrogando a testigos, me encontré con el hombre. Fue accidental.

—Pero nunca nos dijiste...

—Él no era lo que yo esperaba o quien recordaba de Capernaúm. Parecía sincero...

—La sinceridad puede ser engañosa.

—No detecté la maldad que esperaba.

—Solamente Dios puede discernir el corazón de un hombre, Samuel. No te corresponde a ti evaluarla.

—Entonces, ¿por qué deberían concederme este puesto?

—Nadie te está dando nada. Te has ganado tu lugar.

—¿Cómo? Estudié, redacté reportes, me reuní con líderes de tradiciones en pleito, ¿y qué hay para mostrar de todo eso? ¿Cómo ha mejorado de algún modo nuestra fe, nuestra nación?

Yani se ablanda.

—Estás abrumado. Es normal estar nervioso. Muchas sensaciones…

—Sí, estoy abrumado por cuán vacío es todo este ejercicio. Por adoptar poses y felicitar…

—Samuel, te prometo que cuando escuches el discurso de Shamai, todo tendrá sentido.

El hombre sencillamente no lo comprende.

Capítulo 16

LAS PUERTAS DEL INFIERNO

En el camino

Cuando Jesús y el resto de los discípulos llegan a una bifurcación en el camino, Natanael se da cuenta de que sus peores temores están a punto de hacerse realidad. Zeta lee la señal.

—Cesarea de Filipo.

Allí, Natanael soportó el peor fracaso de su carrera como arquitecto, y fue donde esa carrera profesional llegó a un final horrible. Desde allí había caminado fatigosamente por el desierto, terminando bajo una higuera, quemando sus dibujos y cubriendo su cabeza con las cenizas, demandando saber si Dios lo veía o le importaba. Sus intenciones habían sido más que honorables; habían sido divinas, al menos en su mente. Había llevado a cabo su profesión y había hecho su trabajo para Dios; sin embargo, todo había quedado en nada.

Sí, al final se había convertido en la experiencia única en la vida, en la vida de cualquier persona. Fue guiado hasta Jesús, quien milagrosamente lo había visto y oído bajo aquella higuera en medio de la nada. Y ahora Natanael sigue al Hijo del único Dios verdadero y cree en él.

Sin embargo, está claro que no quiere volver a ver nunca Cesarea de Filipo. Allí no sucedió nada bueno, sino solamente un desastre que espera no recordar más. Se voltea y menea su cabeza ante Felipe, el amigo que insistió en que fuera con él y conociera al hombre que Felipe conocía como el Mesías.

—Ese puede ser el lugar donde vivías —dice Felipe—, pero no eres el mismo hombre al que encontré borracho a medio día en un apartamento barato.

Natanael no encuentra consuelo alguno en esas palabras.

—Gracias por el recuerdo.

—Solo intentaba ayudar.

Cuando se acercan a la ciudad, Natanael pasa al lado de una deteriorada estatua que está derrumbada. Mateo ladea su cabeza y mira fijamente.

—El dios cananeo Baal —dice Tadeo—. Solían adorarlo aquí.

—Realmente en muchos lugares —dice Santiago el Joven—, pero especialmente aquí.

—¿Por qué? —pregunta Mateo.

—Por el agua —responde Tadeo—. Consideraban a Baal el dios de la lluvia.

Natanael recuerda.

—Brota una fuente de una cueva en el costado de la roca que da aquí. El manantial del Jordán.

Santiago el Joven asiente con la cabeza.

—Para sondear la profundidad del manantial hicieron descender una piedra atada a una cuerda, pero nunca llegaron al fondo.

—Las puertas del infierno —dice Felipe.

Natanael no le hace caso y sigue caminando.

Cuando el grupo da la vuelta a una esquina, Natanael tiene una vista plena de la Gruta de Pan y algunos templos griegos.

Ídolos de varios dioses están tallados en la roca con montones de ofrendas de comida podrida a sus pies. Natanael y los demás se tapan la nariz.

—¿Lo ven? —dice Jesús—. ¿Acaso no sabe mejor aquí la idea de nuestra comida kosher?

Santiago el Joven hace una mueca, pero Juan interviene.

—Él tiene razón.

Se acercan hasta un redil de cabras donde un hombre intercambia monedas con el dueño que controla a cada animal con una cuerda.

—¿Son para el sacrificio en su templo? —pregunta Mateo.

Santiago el Joven menea negativamente la cabeza.

—Se utilizan para algo mucho peor.

Mateo siente un escalofrío.

Capítulo 17

EL DECRETO

El templo de Jerusalén

Culpabilidad. Temor. Samuel siente todo eso cuando entra en el arco con forma de herradura de caballo y con tres filas de profundidad que alberga al Gran Sanedrín, el grupo de fariseos de setenta y un miembros. En cada ciudad judía hay un Sanedrín menor formado por veintitrés miembros y dirigido por un sumo sacerdote, pero este, este es el tribunal supremo. Samuel ha sabido desde su niñez que este concilio augusto tiene jurisdicción religiosa, civil y criminal sobre toda la nación judía.

Durante muchos años ha imaginado este día, esa ambición idealista de cualquier fariseo. Y casi todas las veces que llegaba a considerarlo, oraba por humildad, por la motivación correcta, sabiendo que alguien que pretende alcanzar una posición tan elevada probablemente no está calificado para tenerla. Con frecuencia se ha persuadido a sí mismo de que, si tenía esa oportunidad (y cuando llegara), sería porque él *era* lo suficientemente humilde para comprometerse con las grandes responsabilidades y el peso de la posición.

Pero ahora está aquí. Ha llegado el día. Por todas partes, a proa y a popa, caminan con pasos largos hombres imponentes, con sus egos creando una ola de pompa y circunstancia con la cual parece que se sienten muy cómodos. Él ni siquiera puede imaginar sentirse de ese modo, en especial dado lo que lo ha llevado hasta ahí.

Un secretario está sentado y registrando la asistencia meticulosamente en un diario. Samuel reconoce un asiento vacío, lo cual dará como resultado que el gran y honorable Nicodemo sea marcado como ausente debido a un viaje de investigación. El otro asiento vacío es el que espera al propio Samuel, y cuando se acerca a él, el secretario hace un anuncio.

—Nos agrada dar la bienvenida a Samuel bar Yosef de Capernaúm para suceder a Rabán Seled en el asiento séptimo.

Los demás ofrecen un aplauso cálido y apropiado, y Samuel se inclina antes de sentarse, a pesar de sus nervios y su ansiedad.

Cuando todos están sentados, el secretario continúa.

—¡Juez veterano y Av Bet Din Shamai!

Más aplausos cuando el hombre se levanta y se dirige al nivel principal, ejecutando una marcha y pausa lentas, teatrales y claramente calculadas, aparentemente para buscar el efecto incluso después de que los aplausos han concluido.

—Nos aventuramos al norte a Capernaúm en busca de pescado fresco, no para descubrir grandes mentes.

Samuel siente que sus mejillas se ruborizan mientras los demás se ríen. Shamai continúa.

—Sin embargo, por improbable que pueda parecer, de esa aldea porteña en la Alta Galilea ha surgido un intelecto tan emprendedor, inquisitivo y formidable que no podemos sino gozarnos en nuestra buena fortuna por haber hallado a Samuel bar Yosef, a quien ahora recibimos en el concilio superior.

Mientras muchos aplauden, también se escucha hablar entre dientes y sonidos de asombro.

—A menos que hayan vivido en un sepulcro durante los seis últimos meses —dice Shamai—, saben que Jesús de Nazaret, que antes era el objeto de mera especulación, curiosidad, chismorreo y habladurías, ha surgido, mediante el diligente reporte de Samuel y de relatos de testigos oculares, como la figura más maldita y peligrosa que ha aparecido en esta nación desde Acab y Jezabel.

Más vítores, aplausos, y oposición animada. Samuel aborrece la atención; toda la atención. Shamai no ha terminado.

—Jesús no solo ha mostrado desprecio por las antiguas leyes y tradiciones de nuestra fe, sino que también ha reunido un seguimiento dedicado. Viaja y se mezcla con recaudadores de impuestos, pecadores, degenerados, e incluso un miembro de la Cuarta Filosofía, por no mencionar que entre sus seguidores se encuentran varias mujeres, ¡una de las cuales es una gentil de Etiopía!

Por alarmante que debe de ser para la mayoría de los allí reunidos, es la mención a la Cuarta Filosofía lo que capta la atención de uno de ellos.

—¿Los zelotes? —dice, levantando la voz.

Shamai sigue adelante.

—No uno, sino *dos* de sus seguidores son exdiscípulos del difunto Juan el Bautista.

¿Dijo difunto? Samuel no sabía nada.

—Tenemos que dar las gracias a Samuel, en parte, por revelar el paradero del Bautista a las autoridades romanas.

Samuel ya se siente bastante mal por contribuir a la reputación que Jesús tiene ante el Sanedrín, pero ¿que su información haya conducido a la muerte del predicador del desierto? Es casi más de lo que puede soportar. Pelea contra el impulso de salir corriendo de la asamblea cuando un fariseo al que conoce se pone de pie de un salto.

—¿Por qué no fuimos consultados antes de cooperar con Roma y entregarles a uno de los nuestros?

Samuel sigue horrorizado cuando Shamai responde.

—¿Eres compasivo con el Bautista, Shimón? ¿Alguien que nos llamó nido de víboras, asesinos de nuestras propias madres?

—¡Shamai! —grita una voz—. Ya has hablado por demasiado tiempo.

Toda la sala queda en silencio cuando aparece Caifás, el sumo sacerdote de Jerusalén. Sus elaborados adornos hacen que incluso los miembros del Sanedrín se vean insulsos. Shamai da un paso a un lado cuando el sacerdote se coloca en el centro y parece establecer contacto visual con todos los fariseos presentes.

—Ya pasó el tiempo de observar pasivamente —dice—. Los actos y el paradero de Jesús de Nazaret han de ser reportados al consejo de inmediato. Líderes principales en cada distrito deberían interrogar y exponer a Jesús. Deben escuchar con atención lo que dice y buscar maneras de enredarlo en su propia enseñanza. Si podemos acorralarlo y que sus propias palabras lo dejen al descubierto para que el pueblo pueda reconocerlas fácilmente como herejía, le darán la espalda y podremos debilitar su influencia.

Shamai parece contento y satisfecho. Caifás continúa.

—Con respecto a lo que sucede si es atrapado y traído ante nosotros, incluso si lo encontramos blasfemo, les animo a resistir el impulso de hacer cumplir la justicia de la Ley de Moisés. Apedrearlo no es solamente complicado, sino que apedrear a un predicador del pueblo también nos arriesga a tener un caos que no podemos permitirnos. Debemos encontrar un modo de convencer a Roma de que merece su atención y su preocupación.

Surgen aplausos entre los miembros que Samuel sabe que están en el bando de Shamai. Caifás sigue gritando.

—Aunque la ocupación es una fuente interminable de dolor para nuestro pueblo, debemos ser serenos en admitir que nuestros colonizadores son mejores para rastrear y matar personas, pues nosotros no tenemos los recursos ni la energía para hacerlo. Nosotros. Debemos. Mantener. Nuestras sedes de poder. Separadas. No podemos permitirnos que nos perciban como que esperamos desorden de ningún tipo. Pilato, a pesar de cuán joven es y cuán sobrepasado está, no permitirá eso, y no podemos darle otro motivo para hacer algo imprudente. Que Roma haga cumplir su propia ley hecha por el hombre, y si eso resulta en nuestro favor, mucho mejor. Nosotros nos concentraremos en defender la ley *de Dios* y las sagradas tradiciones de nuestra fe. ¿He sido claro?

Caifás se sacude las manos, lo cual Samuel interpreta como una indicación de la defunción de Jesús y de la finalización de su argumento.

—Redacten el decreto y me lo presentan para repasarlo antes del atardecer. Esta reunión ha terminado.

—¡Caifás! —grita Shimón—. ¡Este reporte es desmesurado y está lleno de prejuicios!

Shamai sonríe con satisfacción y otros intervienen antes de que el sumo sacerdote diga la última palabra.

—¡Dije que ya hemos terminado!

Capítulo 18

LA ROCA

Cesarea de Filipo

Simón ha sentido un nivel de fe y devoción totalmente nuevo desde que Jesús caminó sobre el agua y después calmó una feroz tormenta con un simple mandamiento. El expescador había llegado hasta el punto más bajo de su frustración que condujo hasta ese momento, y aunque se sintió avergonzado y humillado cuando su fe se tambaleó y Jesús tuvo que salvarlo del mar, todo lo que pasó desde aquella noche lo ha convertido en un hombre nuevo. Vuelve a ver a Jesús como lo veía cuando conoció por primera vez al rabino y lo vio producir una pesca inmensa y milagrosa.

Desde entonces, Simón nunca ha dudado de que Jesús es el Mesías por tanto tiempo esperado, pero también considera a Jesús un misterio frustrante. Tras la reconciliación de Simón con Edén, el amor de su vida, y la promesa de Jesús de no abandonarlo nunca, ha renovado también su compromiso. Está totalmente convencido de que nada volverá a sacudir su fe nunca más.

Sin embargo, eso no significa que siempre comprende de inmediato lo que trama Jesús. Como ahora, cuando se acercan a la inquietante cavidad en el costado de una montaña de la que brota agua. Es obvio que Mateo está asustado, y se esconde detrás de Felipe.

—No te preocupes —dice Felipe—, no es la entrada real al infierno.

Pero, para Simón, bien podría serlo.

Jesús está sentado en una roca al lado del río y sonríe al grupo. El resto está tan aturdido como lo está Simón.

—Rabino —dice él—, este lugar...

—Con todo el respeto, rabino —dice Andrés—, ¿por qué nos trajiste aquí? Es una abominación.

—Una palabra bastante fuerte, Andrés —responde Jesús.

—¿Y durante la *Shiva*? —dice Felipe.

—¿Debemos evitar los lugares oscuros por temor —dice Jesús—, o deberíamos ser luz para ellos como Simón y Judas lo fueron en su misión? ¿Creen a que mi primo le daría miedo esta cueva? ¿Creen que él estaría tan consternado por lo que sucede en ese templo que no podría soportar estar en este lugar?

Pareciendo avergonzados, uno a uno se van sentando en el suelo, como hace Simón, alrededor de Jesús. Simón observa que el rabino capta la mirada de Mateo y asiente ligeramente, ante lo cual el exrecaudador de impuestos saca su tablilla. Simón está deseando escuchar cualquier lección que vayan a recibir.

—¿Quién dice la gente que es el Hijo del Hombre? —comienza Jesús.

Dicen muchas cosas, piensa Simón, *pero ¿es una pregunta con trampa?* Los demás deben sentir lo mismo, porque ninguno parece querer hablar el primero. Finalmente, es Juan quien interviene.

—Algunos dicen que eres Elías, alguien que predica arrepentimiento.

—Otros dicen que Jeremías —dice Andrés—, porque él fue rechazado por los líderes de su época.

Mateo toma notas rápidamente.

—Otros dicen que uno de los profetas —dice Santiago el Grande— que hablaron en nombre de Dios.

Simón está perplejo, incluso frustrado, cuando todos se quedan en silencio otra vez.

—Está bien, ¿qué tendremos que hacer, echar suertes? Natanael, este es tu momento. Sé tú mismo. Siempre tienes algo que de…

—Algunos dicen que eres Juan el Bautista.

—Lo cual obviamente no es verdad —dice Felipe.

—Está bien —dice Jesús—, eso es lo que dicen los demás. ¿Y qué de ustedes? ¿Quién dicen ustedes que soy yo?

Nadie se mueve. Nadie responde. Simón no tiene ninguna duda sobre lo que piensa. Mira fijamente al rabino.

—Tú eres el Cristo —dice por fin—, el Hijo del Dios viviente. Esas estatuas de Baal, de Pan, y de otros ídolos que vimos por el camino están muertos, pero nosotros adoramos a un Dios vivo y tú eres su Hijo.

Los ojos de Jesús se llenan de lágrimas.

—Bendito eres tú, Simón, hijo de Jonás, porque esto no te lo reveló carne ni sangre, sino mi Padre que está en los cielos. Toda tu vida te has llamado Simón (*el que oye*), pero de ahora en adelante te llamarás Pedro: *pequeña roca*. Y tú eres el líder de una roca más grande: mis apóstoles aquí proclamando la verdad de lo que Pedro recién dijo.

¡¿Yo soy el líder?!

—Y sobre *esta* roca edificaré mi iglesia, y las puertas del infierno no prevalecerán contra ella. Este es un lugar de muerte, y les traje hasta aquí para decirles que la muerte no tiene ningún poder para mantener cautivo a mi pueblo redimido. Porque yo vivo, ustedes también vivirán. A su tiempo te daré las llaves del reino de los cielos, y todo lo que ates en la tierra será atado en el cielo, y todo lo que desates en la tierra será desatado en el cielo.

Tienes la autoridad para declarar a otros la verdad que yo estoy declarando: que todo aquel que se arrepiente tiene un lugar en el reino de los cielos.

¿Qué está diciendo?

—Tú has confesado que yo soy el Cristo, y a su tiempo influirás en muchos otros para que hagan la misma confesión. Más adelante explicaré más, pero por ahora no deben hablar de esto. Les encargo estrictamente que no se lo digan a nadie.

A Simón le resulta difícil calibrar las reacciones de los otros. Algunos parecen orgullosos, conmovidos, otros tal vez celosos, y otros confusos.

—Rabino —dice Juan—, algunos ya saben que tú eres el Mesías. ¿Por qué tenemos que mantenerlo en silencio?

—En algunos lugares, para algunas personas, era importante que conocieran y creyeran. En este momento, si todo nuestro pueblo de esta región oyera que ha venido el Mesías, se levantarían en multitudes, preparándose para unirse a una figura militar en guerra con Roma. Quiero que la gente me siga basándose en mi verdadera identidad, como recién hizo Pedro aquí, y no en su comprensión equivocada del título que ostento.

—Maestro —dice Judas—, nuestro pueblo está listo para creer en ti y pelear contigo. ¿Por qué otro motivo nos trajiste a este lugar de muerte si no es para vencerlo?

—Eso llegará en su momento. Les traje aquí para honrar a mi primo Juan mostrándoles lo que él vino a hacer aquí. Él estaba preparando el camino para esto, para que yo edifique mi iglesia, una iglesia que nunca será detenida incluso en un lugar como este. Él no tenía miedo a la maldad y era obediente en todo. Y así también deben ser ustedes, incluso ante las puertas del infierno.

Jesús se voltea con Pedro.

—¿Estás preparado para seguir sus pasos y los míos, incluso si eso te conduce hasta un lugar como este?

Decidido, Pedro asiente con la cabeza.

—Eso es todo —dice Jesús mientras se pone de pie—. Deberíamos irnos.

Cuando el grupo comienza a moverse, Jesús se detiene para ayudar a Santiago el Joven con una de sus correas, pero Pedro sigue embelesado: perplejo pero también emocionado. Su hermano le da una palmada en la espalda y dice en un susurro:

—Pedro, ¡la roca!

Capítulo 19

CLARIVIDENTE

Afuera del templo de Jerusalén, avanzada la tarde
Samuel está con Yani al pie de las escaleras que proceden de la sinagoga, sintiendo como si el engaño irradiara desde su propio semblante ante todo el mundo. Colegas e incluso rivales sonríen mientras lo felicitan por alcanzar la cima de su profesión, y él es capaz de simular su gratitud por esa amabilidad. En realidad, cada elogio le hiere profundamente.

Dos escribas del Sanedrín descienden por las escaleras y entregan copias del nuevo decreto a cuatro jinetes. Yani parece incapaz de poder controlarse.

—Llevarán el mensaje a todo Israel, ¡todo por tu culpa! ¡*Tu* trabajo creó todo esto!

—Está muerto —musita Samuel.

—Lo estará —dice Yani— cuando haga un falso movimiento y choque con Roma.

—No —dice Samuel—, me refiero al Bautista. Shamai lo dijo. Yo soy el primero que lo entregó a las autoridades.

—¡Porque tú eres clarividente! Tienes ojos para ver consecuencias lejanas en el futuro que otros no consideran por estar demasiado distraídos. Y ahora todo el Sanedrín conoce tu talento.

Samuel mira fijamente a la distancia.

—¿Estás escuchando? —pregunta Yani.

—Estoy… sí, te escucho.

—Deberías ser tú quien coloque a Jesús delante del Sanedrín.

—¿Yo?

—Tú eres de Capernaúm. Conoces a personas que lo siguen, y has hablado con él dos veces. ¡Deberías tratar de encontrarlo!

En realidad, debería.

—Tienes razón…

Pero no por el motivo que Yani da a entender.

—¡Shalooom! —dice Yani, moviendo su mano ante los ojos de Samuel—. ¿Estás vivo?

—No; sí, estoy pensando. Yo… sí, trataré de encontrarlo.

Capítulo 20

EL INTERROGANTE DE MATEO

Campamento de los discípulos

Mateo está desconcertado y perdido. Los demás discípulos están ocupados preparando el lugar para la noche, y él quiere contribuir. No es habilidoso como el resto, pero seguramente habrá algo que él pueda hacer. El recién llamado Pedro está buscando leña, mientras que Zeta, Tadeo y Felipe levantan la tienda de las mujeres. Se quedan en silencio cuando Pedro pasa por su lado. ¿Están todos preguntándose las mismas cosas que se pregunta Mateo?

Se une a los otros en torno a la fogata mientras Tomás y Rema cortan manzanas en rebanadas y Santiago y su hermano Juan se sientan juntos.

—Cualquiera podría haber dicho lo que dijo Simón, digo Pedro —dice Juan.

—Entonces, ¿por qué no lo dijiste tú?

—¿Y por qué no lo dijiste *tú*?

—Pensé que Jesús estaba preguntando como parte de una enseñanza. Simplemente, Simón habló primero.

—No sé si debemos seguir llamándolo Simón —dice Juan.

—¿No? Jesús nos dio a *nosotros* un nombre nuevo, pero seguimos usando Santiago y Juan.

—Dije que no sé.

—¿Qué vamos a decirle a Ima? —pregunta Santiago.

—No vamos a decirle nada. ¡Ella no puede saberlo! ¿Por qué tienes que mencionar a Ima?

Los hermanos se callan cuando Pedro se acerca a la fogata y deja allí la leña. Todos miran fijamente.

—Esto debería ser suficiente para la noche, ¿no?

—Más que suficiente —dice Natanael.

—Está bien —dice Pedro, volteándose para marchar.

Tomás lo detiene.

—¿Quieres manzana?

—Ah, sí, claro —agarra una rebanada mientras se va—. Gracias.

—Hay mucha —dice Tomás—. Puedes tomar…

—Si quisiera más —dice Rema—, lo habría pedido.

—Puedes decir eso otra vez —dice Andrés—. Yo tomaré tres.

Mientras van pasando el plato de manzanas, Santiago y Juan continúan.

—Ella se enterará de una forma o de otra —dice Santiago—. Se entera de todo.

Natanael interviene.

—No lo entiendo. ¿Es Simón, digo Pedro, el mejor discípulo?

—¿Dijo Jesús que era el *mejor*? —pregunta Judas.

—Yo lo anoté todo —dice Mateo—. La palabra *mejor* no se dijo.

—¿Importa eso? —pregunta María.

—Yo no he estado aquí por tanto tiempo como algunos de ustedes —dice Judas—, pero Pedro no parece el mejor, o al menos estar entre los tres o cuatro primeros.

Para Mateo, Juan parece ofendido.

—¿Quiénes son los otros tres?

—¿Con qué medida —dice Judas— estamos determinando esta clasificación?

—¿Quién dijo nada sobre clasificación? —pregunta Santiago—. ¿Qué es esto, el ejército?

María menea negativamente su cabeza.

—Yo creo que Jesús indicó lo contrario.

—No lo sé —dice Andrés—. Está claro que Pedro debe ser un líder.

—¿Y eso tiene que significar que el resto de nosotros somos menos importantes? —dice Tomás.

—Nadie pidió mi opinión —dice Santiago el Joven—, pero creo que todos deberíamos dormir un poco.

Las mujeres parecen aliviadas al oír eso, pero Juan continúa.

—Yo no dormiré nada esta noche.

—Estupendo —dice Andrés—. Puedes hacer la tercera vigilia. Era mi tarea hacerla, pero si tú vas a estar despierto de todos modos…

Mateo se aleja calladamente varios metros hasta la tienda de Jesús. La solapa está abierta, y encuentra al rabino dentro echando agua en un tazón.

—¡Mateo! ¿Cómo están todos? ¿Poniéndose cómodos para la noche?

—No sé si *cómodos* es la palabra adecuada.

Jesús sonríe mientras se quita las sandalias.

—Me encanta eso de ti, Mateo. Siempre buscando la palabra adecuada —mete sus pies en el agua—. ¿Y tú? ¿Estás incómodo?

—Si ahora no es un buen momento, puedo…

—No, por favor. Siéntate. Te escucho.

Titubeante, Mateo se sienta.

—Hoy pareció que… elevaste a Simón. Quiero decir, Pedro —dice sin mirar a Jesús—. Supongo que no estoy seguro de entender totalmente su nueva posición y lo que significa.

Jesús sonríe.

—Yo no estoy seguro de que *él* entiende totalmente lo que significa.

—Estuvo callado el resto del día —dice Mateo—, lo cual debo admitir que para mí es un cambio muy bienvenido.

—Ah.

—Creo que no escuchaste la mayor parte, pero ese largo día cuando estuvimos en Siria, Simón... Pedro... me gritó delante de los otros en la fogata, y dijo que yo escupí sobre la fe judía y que él nunca olvidaría lo que le hice, y que él nunca podría perdonarme.

—¿Has pedido perdón?

—¿Por qué lo haría cuando él ya ha dicho que no me perdonaría? No tiene caso.

—No te disculpas para ser perdonado —dice Jesús mientras seca sus pies—. Te disculpas para arrepentirte. El perdón es un regalo de la otra persona.

—Me está resultando difícil aceptar que la persona a la que tú asignaste formalmente liderazgo sobre un grupo con las llaves del reino de los cielos sería alguien tan temperamental. Sé que el término es una metáfora, pero él no actúa como una roca.

—Yo hago de las personas lo que no son. Tú sabes eso más que la mayoría.

—Es obvio que tú puedes escoger a quien quieras, y tus caminos a menudo se ven muy diferentes a los caminos de otros. Sin embargo, tengo que confesar que hace daño. No sabes cuán cruel ha sido conmigo. O sí lo sabes y decidiste elevarlo de todos modos. Eso hace que sea incluso más doloroso. Yo...

Jesús pone una mano sobre el hombro de Mateo.

—Tienes razón. Hubo ocasiones en las que Pedro fue demasiado duro contigo, y eso no agradó a mi Padre del cielo ni a mí.

—Entonces, ¿por qué...?

—No estoy diciendo que esta sea siempre la consideración, pero yo simplemente preguntaría: ¿quién hirió primero al otro?

Mateo da un suspiro.

—Supongo, en lo abstracto, al aceptar el trabajo de Roma…

—No. No, no en lo abstracto. De hecho.

Mateo traga saliva.

—Al dar la espalda a nuestro pueblo y entonces espiarlo para Quintus, y… —finalmente lo está entendiendo, abriendo una puerta que mantuvo cerrada, comprendiendo la gravedad de su ofensa— hasta incluso estar a horas de entregarlo a Roma y arruinar la vida de su familia…

—¿Y nunca te disculpaste por eso?

—Quiero olvidar ese tiempo del modo que María quiere olvidar su pasado. Y quiero mantener la paz. Disculparme solo causaría una discusión. El grupo ya tiene suficientes. Están discutiendo ahora mismo.

—No hay paz cuando dos de mis seguidores albergan resentimiento en sus corazones el uno hacia el otro —Jesús hace una pausa y Mateo oye el sonido de grillos y el viento—. Sabes lo que debes hacer, Mateo.

Mateo mira hacia la noche. Sí que lo sabe.

—Ha sido un día largo —dice Jesús—. Voy a dormir ahora —se levanta y da un beso a Mateo en lo alto de su cabeza—. Buenas noches.

En la distancia, Mateo ve a Pedro levantando una tienda. Zeta, Felipe y Tadeo han terminado su trabajo. Felipe llama a las mujeres y les dice que su tienda está preparada. María, Tamar y Rema se acercan corriendo, como si estuvieran escapando de una discusión alrededor de la fogata.

—¡Andrés! —grita Pedro—. ¡Nuestra tienda también está preparada!

—Ya voy.

—Escuché fuertes voces. ¿Estaban discutiendo por algo?

Juan parece atrapado.

—Por… quién va a tomar la tercera vigilia.

—¿No es el turno de Andrés? —pregunta Pedro.

—Juan la tomará en mi lugar —dice Andrés.

Mateo se da cuenta de que Pedro no llega a creerse eso.

—Muy amable por tu parte, Juan. Felipe, ¿dónde está tu cobertizo?

—Esta noche tengo que mantener el fuego.

—Ah, bien, pero entonces, ¿dónde va a dormir Mateo?

Mateo, sorprendido por oír que Pedro está pendiente de él, se encuentra brevemente con su mirada.

—Santiago el Joven y yo —dice Tadeo— hicimos espacio extra para él.

—Gracias, Tadeo —dice Pedro—. Y, Zeta, ¿tú dormirás afuera, al lado de la tienda de las mujeres?

—Como siempre.

¿Qué le ha pasado a Simón ahora que se le conoce como Pedro? Mateo intenta escabullirse hasta la tienda de Santiago y Tadeo sin ser visto. No tiene esa suerte.

—Mateo —dice Pedro—, ¿conversaste con Jesús? ¿Está bien?

—Sí. Se fue a dormir —Mateo no puede ocultar su incomodidad, y sabe que Pedro observa eso.

—Está bien entonces —dice Pedro—. Buenas noches.

Levanta su voz y comienza a recitar el *Hashkiveinu*: «Haznos descansar, Adonai nuestro Dios, en paz…».

Poco después lo acompaña Andrés, y después todos los demás, mujeres incluidas.

«Y haznos despertar, Gobernador nuestro, en vida. Cúbrenos con tu *suká* de paz, dirígenos con tu buen consejo, y sálvanos por amor de tu nombre. Protégenos; aleja de nosotros todo enemigo, pestilencia, espada, hambre y tristeza. Aparta a todos nuestros adversarios de delante y detrás de nosotros, y protégenos bajo la sombre de tus alas. Porque tú eres nuestro Dios guardián y salvador, sí, un Dios y Rey misericordioso y compasivo. Guarda nuestras salidas y entradas para vida y paz, ahora y siempre».

Mateo se tumba con los ojos abiertos, totalmente despierto.

Capítulo 21

LA DISCULPA

En el camino a Galilea, a la mañana siguiente

Se libra una guerra en la mente de Pedro. Sabe que los demás están desconcertados por su relativo silencio, porque en pocas ocasiones deja de decir cualquier cosa que piense. Sin embargo, se pregunta qué hacer con todo esto ahora que Jesús le ha otorgado un nombre (¿y se atreve a reconocerlo?) y también ha ampliado su papel. Se siente honrado de modo que no puede expresar con palabras, pero ¿cómo encuentra el sentido a que él, el único que cuestionó amargamente la lógica y las acciones del propio Mesías, debería ser destacado tan solo porque identificó acertadamente quién es Jesús?

En muchos aspectos sí, Jesús tiene la razón en que eso no se lo reveló carne ni sangre, sino el Dios de los cielos. No es que él sintió concretamente eso en el momento en que respondió a la pregunta de Jesús sobre su identidad, aunque Pedro sí se preguntaba cómo pareció brotar de él con tanta facilidad y con tal convicción. Él lo cree con todo su corazón, y pese a cuán valioso quiere ser en su servicio a Jesús, sus dudas, temores y preguntas deberían haberlo descalificado, ¿no?

El privilegio de caminar con Jesús y con todos sus nuevos amigos nunca se desgasta, pero Pedro se da cuenta de que él parece ser el único que ahora *no* parlotea. Por todas partes, los otros dialogan sobre qué significa para ellos su nuevo nombre y su potencial estatus y situación. Los hermanos Juan y Santiago mantienen una conversación profunda.

—Al decir *roca* —dice Juan— tal vez se refería al cimiento de un edificio, pero eso no es lo que está muy a la vista.

—Tampoco es el punto más alto —dice Santiago.

—Quizá podríamos preguntar a Jesús si Simón será la roca principal sobre la cual se edifique su iglesia.

—Estoy bastante seguro de que Jesús es la roca principal —dice Tadeo.

—Si Simón va a ser una de las rocas principales —dice Juan—, entonces ¿podríamos ser nosotros las banderas que ondean desde el parapeto más alto?

—¿Qué dicen de parapetos? —pregunta Natanael.

—Nada —responde Santiago.

—Creo que lo sé —dice Tomás—, y no me gusta.

—Entonces, ahora que ya no somos dos con el nombre de Simón —dice Zeta—, ¿puedo recuperar mi nombre?

Varios de ellos gritan «¡No!» al unísono.

El grupo se encuentra con un mercader que empuja una carretilla y se dirige en la dirección contraria.

—¿Algarrobas? —dice el hombre—. ¿Moras, pistachos?

Jesús detiene al grupo.

—Los pistachos serían estupendos esta mañana. Judas, ¿tenemos suficiente en la bolsa para catorce raciones?

Judas parece dudoso y se detiene para comprobarlo.

—Probablemente solo si son con cáscara.

—Las cáscaras no son ningún problema —dice Jesús—. ¡Catorce raciones, por favor!

Tadeo y Natanael reciben el encargo de distribuir las raciones.

—Y miren esto —dice Natanael cuando llega a Pedro y Andrés—, están divididas igualmente hasta el último pistacho.

—¡Qué talento! —dice Andrés.

—Están salados —dice Natanael—, y nos darán sed. Simón, ¿está llena tu cantim...?

—Pedro —dice el propio Pedro sorprendiéndose incluso a sí mismo—. El nombre es Pedro.

—Bueno —dice Natanael—, ya sabes que nos tomará un poco de tiempo acostumbrarnos a llamarte Pedro. Somos solo mortales.

—Para responder a tu primera pregunta sí, esta cantimplora está llena.

—Está bien —dice Natanael levantando una ceja y alejándose.

—Entonces —susurra Andrés a Pedro—, mi hermano es la Roca. Parece que yo debería caminar un poco más erguido.

—En más de un sentido —dice Pedro—. Tendrás que dejar de guardarte tu pánico hasta el punto en el que explota en el momento más inconveniente...

—Creo que manejé la muerte de Juan mejor de lo que lo habría hecho, digamos que hace un año...

—Y yo tendré que comenzar —dice Pedro—, bueno, no sé dónde comenzar. Él no dio ningún detalle.

—Lo hizo —dice Andrés—, pero fueron enigmáticos. Como en la escuela hebrea cuando el rabino Mardoqueo leía ese pasaje del Shemot en el que Dios tuvo un encuentro con Moisés en una posada e intentó matarlo...

—Es la historia más extraña que existe —dice Pedro riendo.

—Pero entonces su esposa circuncidó a su hijo, echó la piel a los pies de Moisés y dijo...

—«Tú eres, ciertamente, un esposo de sangre para mí». Y entonces, el rabino Mardoqueo tan solo...

—¡Siguió leyendo!

—Sin ninguna explicación, nada. Solo pasó al siguiente pasaje y todos nos quedamos allí sentados y totalmente confusos.

—Pero Jesús no es el rabino Mardoqueo —dice Andrés.

—Y nosotros no somos niños pequeños, inquietos y que quieren salir a jugar afuera. Esto es real —mientras Andrés mastica, Pedro cambia de tema—. Lo pasé muy mal cuando Edén perdió al bebé. Lo cuestioné a él.

—Pero tuviste la fe para salir de la barca y pisar el agua.

—¡Por un segundo no más! ¡Y entonces me hundí! Natanael tiene razón. Somos solamente mortales. Si vuelvo a meter la pata, ¿cambiará de opinión y le dará el título a otro?

—No pienses en eso.

—¡Pero lo pienso, Andrés! ¿No notaste que no dejé de moverme y dar vueltas toda la noche?

—Yo duermo como un tronco, Simón.

—Eh, eh…

—Lo siento, ¡Pedro! Pedro, Pedro, Pedro…

Mas adelante en la fila, Mateo, que camina al lado de Tamar, piensa profundamente. *Nunca un momento aburrido. Hay algo nuevo en lo que pensar cada día.*

—Entonces, ¿cómo decides? —le pregunta ella.

Al no sentirse nunca cómodo cuando está con mujeres, a excepción de María en ocasiones, se siente alarmado.

—Decidir ¿qué?

—Qué incluir. Observé que no anotaste el intercambio con el mercader.

—Ah. Si fuera importante, lo sabría.

—¿Cómo?

—Bueno, si no es obvio, y con frecuencia lo es, Jesús me lanza una mirada y entonces lo sé. Nos entendemos así.

Tamar lo mira como si él fuera algo especial, lo cual a Mateo le resulta de lo más desconcertante. Tiene que concentrarse en poner un pie delante del otro. ¿Qué hombre adulto tiene que pensar en meramente caminar?

—Debes de sentirte muy honrado de ser su escriba.

—Supongo que sí.

—Mateo, ¿te sientes bien? No te has comido ni uno de tus pistachos.

—Ah, ¿estos? Yo… los guardo para más tarde.

Jesús se voltea y mira sutilmente a Mateo. Tamar se acerca un poco más y le susurra.

—¿Era esa la mirada? ¿Se supone que tienes que escribir esta conversación conmigo?

—No. Yo… se supone que debo hacer otra cosa.

—Ah —dice ella, pareciendo desanimarse.

—Si me perdonas…

Mateo camina hacia Pedro y Andrés, temiendo el encuentro como si fuera una penitencia.

—Sha, shalom.

Andrés señala al montón de pistachos de Mateo.

—¿Te los vas a terminar? —le pregunta.

—Andrés, ¿po-podría tener un momento a solas con tu hermano?

—Tienes que entregar una solicitud formal para hablar con la Roca. Por escrito.

Mateo no sabe qué decir.

—¡Estoy bromeando! —dice Andrés, y Mateo finalmente observa su parpadeo—. Desde luego que puedes. De todos modos voy a ver cómo se enojan Santiago y Juan.

—Buenos días —dice Pedro cuando Mateo se coloca a su lado.

—Lo siento —suelta Mateo.

—Dije «buenos días».

—No, te oí. Dije que lo siento por lo que te hice. Ha pasado más de un año, y comprendo que nunca llegué a disculparme por el papel que tuve en tu aprieto con la deuda de impuestos y por colaborar con Quintus para reportar tu actividad.

Pedro se detiene de repente, y están el uno frente al otro.

—Es extraño —continúa Mateo—. Después del sermón, el largo, fui de inmediato a visitar a mis padres y me disculpé con ellos por mis acciones. Debería haberme acercado a ti después, y ahora me siento mucho peor. No me sentiré mejor si no te pido perdón, y eso es lo que hago ahora. Bueno, en realidad te digo que lo siento. El perdón es un regalo que tú puedes dar; o no dar.

Mateo contiene la respiración. Pedro aparta la mirada, y después vuelve a mirar directamente a Mateo. Menea negativamente la cabeza y deja allí a Mateo, devastado.

Capítulo 22

«ES LA HORA»

El templo de Capernaúm

Yusef usa un puntero ritual para examinar uno de los rollos en su oficina cuando le distraen voces de emoción en el exterior. Se apresura a la entrada y descubre que Jairo ya está allí. Afuera, desmonta un jinete que viste una capa de color rojizo, entrega las riendas a un estudiante rabínico y se acerca corriendo a los dos fariseos.

—¿Ustedes son? —dice, con el rollo en la mano.

—Jairo, el administrador principal aquí.

—Es urgente, del Sanedrín de Jerusalén.

Yusef no aparta la vista cuando Jairo acepta el rollo y lo lee rápidamente.

—Los escribas solicitan afirmación oral de que recibió este edicto —dice el jinete.

—Confirmado.

—Recibido. Parto para la siguiente aldea.

El rabino Akiva aparece en la puerta.

—¿Qué es toda esa conmoción?

Jairo le entrega el rollo, y con un sutil movimiento de cabeza indica a Yusef que lo siga hasta el interior.

Cuando están solos en la oficina de Yusef, Jairo habla susurrando.

—¡Con nombre! Lo nombraron concretamente acusándolo de blasfemia. Jesús de Nazaret. ¿Cómo pudo avanzar con tanta rapidez en el concilio?

—Creo que los dos lo sabemos —dice Yusef, reuniendo sus cosas rápidamente.

—No puedo imaginar un resultado positivo.

—Jairo —dice Yusef con tono solemne—, es la hora. Tengo que ir a Jerusalén.

—¿Dónde harás…?

—Algo que juré que nunca haría. ¿Acelerarás el papeleo?

—Puedo hacerlo. Lo haré. Dios esté contigo, Yusef.

Minutos después
Yusef irrumpe por la puerta de su cuarto y se dirige directamente a su escritorio, donde abre un cajón y agarra una llave dorada. Levanta el pico de una alfombra para revelar un compartimento escondido en el piso de madera. Lo abre y agarra una bolsa de terciopelo antes de volver a colocar todo como estaba antes.

Capítulo 23

SETENTA VECES SIETE

El hogar de Pedro y Edén

Avanzada la noche, Pedro está tumbado junto a Edén mirando al techo. Le ha hablado de los días recientes en el camino, pero ha evitado mencionar lo que realmente le inquieta. No puede encontrar paz hasta que solucione eso. Tiene más preguntas para Jesús, y le gustaría que el rabino aceptara la invitación que Edén y él le han hecho de quedarse con ellos. Otros también lo invitaron, pero el maestro prefiere estar a solas. Eso tiene sentido, pues tiene que lidiar con más de una decena de personalidades todos los días. A Pedro también le preocupa que Jesús acampe en solitario en el bosque. Al menos les dice dónde estará por si surge una emergencia, pero a excepción de eso deben dejarlo a solas.

No se le pasaría por alto a Zeta acampar a una distancia de tiro de piedra de Jesús para mantener la guardia; pero Jesús lo sabría, ¿no? Y la tarea número uno de los discípulos es obedecer a su rabino. Si él quiere estar a solas, lo dejan a solas. ¿Perdonaría a Pedro si interrumpiera el tiempo en soledad de Jesús por solo unos minutos? Necesita respuesta a esa pregunta.

Por el modo de respirar de Edén, Pedro se da cuenta de que está a punto de quedarse dormida, pero también ella tiene una pregunta.

—Entonces, ¿también yo te llamo Pedro, o lo hace solamente él?

—Creo que todos. De ahora en adelante. Siempre.

—Hay muchos Simón en este mundo —murmura ella—. Nunca he oído de nadie llamado Pedro —hace una pausa—. Sin embargo, se adapta bien a ti. Alguien único —le da un beso, suspira, y se coloca de lado. Segundos después, él sabe que está dormida.

Cómo envidia su capacidad de cerrar las cosas, aparentemente detener su mente y disfrutar de un sueño reparador. Mientras tanto, él revive aquella noche en el mar, la que le recordó la extraña recitación de Mateo. Tenía que pescar peces suficientes para mantenerse fuera de la cárcel de la deuda, y el resultado fue un nada de nada agonizante. A pesar de su experiencia y destreza, lo único que Pedro hizo aquella noche fue lanzar sus redes y sacarlas sin obtener ni un solo pez pequeño. Creyendo que estaba solo, había gritado como si fuera un animal, quejándose con Dios, cuestionando su propio legado y hablando en contra de todo lo que su pueblo había enfrentado durante siglos.

Ahora, nada de eso le está ayudando a dormir. Sí, a la mañana siguiente conoció a Jesús, quien produjo milagrosamente una pesca muy abundante que no solo evitó a Pedro enfrentarse a los romanos, a Mateo, a la cárcel y a perderlo todo, sino que también lo colocó en un rumbo totalmente nuevo. Pero, en este momento, los puntos altos de seguir a Jesús de nuevo no superan cierto punto bajo. Jesús predica salvación, arrepentimiento, el reino, perdón y reconciliación. Y Pedro está comprometido con todo, a excepción de los dos últimos puntos.

Con cuidado de no despertar a Edén se levanta de la cama, se pone sus sandalias y sale de la casa en silencio. La noche iluminada por la luna es cálida cuando sale por las puertas de Capernaúm y sigue un sendero en el bosque. Parece que la fogata de Jesús sigue encendida, de modo que solamente puede esperar que el rabino siga despierto. Aunque está desesperado por obtener respuestas, no querría despertar al maestro.

¡Ah, bien! Pedro encuentra a Jesús orando delante de las llamas y se acerca de puntillas. No quiere asustarlo, pero tampoco quiere interrumpir. Jesús deja de orar pero sigue con sus ojos cerrados. Pedro se detiene y da un profundo suspiro. Jesús abre los ojos.

—Pedro, es bastante tarde.

—Yo podría decirte lo mismo.

—Supongo que podrías.

—¿Hay algo que te mantiene despierto?

—Yo podría preguntar lo mismo.

Está bien. Bueno, por incómodo que sea, Pedro decide que está allí y bien podría ir directamente al tema. Se coloca al lado de Jesús, exasperado.

—¿Qué hago cuando alguien ha pecado contra mí de modo flagrante, repetidamente y sin arrepentirse?

Jesús lo mira con una expresión que parece comprensiva.

—No puedo imaginar qué podría ser eso.

Está bien, entonces los dos lo saben. Pedro va a hablar de ello. Comienza contando con sus dedos.

—La traición a nuestro pueblo por trabajar para Roma fue una cosa, un pecado contra toda su herencia y también la nuestra. Entonces no mostró compasión cuando Andrés le rogó tiempo extra para su deuda de tributos. Entonces incluso cobró un sesenta por ciento extra por la demora en el pago. A continuación iba a dejar que Roma se apropiara de nuestra barca como fianza, lo cual nos habría arrebatado nuestra capacidad de trabajar y nos llevaría a la cárcel a los dos. Eso supondría que Edén no tendría qué comer. Y ni siquiera titubeó un momento cuando Quintus le pidió que me espiara —Pedro muestra sus dedos a Jesús—. Ya llevo siete, y ni siquiera hemos llegado al hecho de que estaba preparado para entregarme la mañana que...

—La mañana que, ¿qué?

—Ya lo sabes.

—Lo sé. Puede que estuviera listo para entregarte, pero no llegó a eso. Entonces, dejémoslo en siete por el momento. El número de lo completo.

—Él peca contra mí siete veces, ¿y se supone que debo perdonar eso?

—No.

Pedro levanta el ánimo. Tal vez por ahí van los tiros. Sin embargo, Jesús continúa.

—No siete, sino setenta veces siete.

—Podría llegar hasta ese número si desglosara cada ofensa y sus consecuencias.

—Ya sabes que no me refiero literalmente al número. Setenta *veces* siete, terminación, lo completo. Perdón interminable. Sin límite.

Pedro menea su cabeza.

—Me diste un nombre nuevo e hiciste una gran proclamación, pero sigo siendo el mismo hombre que era el día anterior a eso. Sigo siendo humano, y no puedo hacer eso. No puedo. Y nadie me culparía.

—Mencionaste las consecuencias de las acciones de Mateo —dice Jesús—. ¿Recuerdas las circunstancias en las que te colocó?

—¡Eso es en lo único que pienso! Por eso estoy aquí ahora mismo.

—Pero después de eso. Cuando salió el sol.

Pedro nunca olvidará eso. La pesca milagrosa. Caer de rodillas en la arena delante de Jesús. El rabino da un suspiro.

—Sé que es difícil.

—¿Por qué tiene que serlo?

—El hombre hace que sea más difícil cuando confía en su propio entendimiento.

Pedro no puede argumentar contra eso. Levanta su cabeza, se limpia la cara y mira fijamente el fuego.

—Te dejaré a solas.

Mientras se va caminando pesadamente, Pedro menea su cabeza pensando en las verdades difíciles que Jesús siempre hace que sean sencillas. Agarra una rama en el sendero, la quiebra sobre su rodilla, y lanza las dos partes contra un árbol.

Capítulo 24

COMPLICADO

La autoridad romana

El *primi* Gayo y su subordinado Julio han sido llamados otra vez a presentarse ante Quintus para responder por lo que el pretor denomina la chusma que ha compuesto su propia ciudad expansiva artificial de tiendas temporales no muy lejos de las puertas de la ciudad de Capernaúm.

—¿Sabes por qué siguen estando ahí? —dice Quintus—. Yo te lo diré. Porque están cómodos. Puede que tú no lo creas porque viven en una ciudad de tiendas mientras ustedes viven en casas con tejados sobre sus cabezas. Pero la verdad del asunto es que, si hubieran tenido problemas para dormir en el suelo y en suciedad, se habrían ido hace mucho tiempo.

En privado, eso es precisamente lo que Gayo admira de esa gente pero, naturalmente, no le está permitido expresar eso a su superior.

—No podemos suponer lo que los peregrinos están dispuestos a soportar a cambio de la menor probabilidad de poder escuchar más enseñanza de Jesús de Nazaret. Son intratables.

—¡Error! Ese es tu problema, Gayo. Aceptas las cosas como están. ¡Usa tu imaginación! Dentro de una semana, quiero que hasta el último de ellos ya no esté, y que sea el problema de otro. ¿Lo comprendes?

—Sí, Dominus —lo comprende muy bien, pero no tiene que gustarle.

—Ahora vete.

De camino por el pasillo hacia la salida, Julio se dirige a él.

—¿Dónde comenzamos, *primi*?

La pregunta fundamental.

—Pensaré en algo —dice mientras se separa de Julio.

Gayo camina lentamente por la calle donde antes vivía Mateo, inmerso en sus pensamientos.

—¿Gayo?

Es Mateo, y Gayo sabe que debe lucir mal con sus hombros caídos y el ceño fruncido. Se endereza e intenta sonar animado.

—Buenos días, Mateo.

El hombre bajito y extraño parece que lo está estudiando.

—No parece que sea un buen día para ti. ¿Te sientes mal?

La única ocasión cuando quiero que Mateo no se dé cuenta...

—Es solo... trabajo. Estoy bien, Mateo.

—Tienes algunos talentos, Gayo...

—Gracias.

—Pero no eres un buen mentiroso. Está claro que no estás bien. ¿Tiene problemas tu familia?

¡¿Cómo es que este tipo estrafalario puede ser tan perspicaz algunas veces?!

—¿Qué sabes tú sobre familias? —y ahora es obvio que ha herido a Mateo. No se merecía eso—. Mira, me alegra que ahora tengas amigos. El hogar es complicado. Estoy indefenso.

—Tienes la razón. No conozco muy bien las familias; y lo complico todo.

119

—No digas eso.

—Mi maestro hace que la vida sea muy sencilla. Cada mañana cuando despierto, mis ideas y temores están revueltos. Me siento abrumado por la duda y el arrepentimiento.

—Sí.

—Si puedo pausar por un momento y recordar.

¿Tiene una respuesta? Estoy deseando oírla.

—¿Qué? Recordar, ¿qué?

—Que hoy tengo una sola cosa que hacer. Seguirlo a él. El resto puede cuidarse por sí solo.

Ah, qué no daría por una paz como esa. Pero Gayo se recompone. No puede dejar ver que se siente intrigado.

—Me alegro por ti.

—Tú podrías venir. A verlo a él. Predicará un sermón pronto. Tal vez incluso sea mañana.

Oh no.

—No aconsejaría una aparición pública. No durante un tiempo.

—Yo no decido cuándo o dónde…

—Si tienes alguna influencia, úsala. No es seguro. De hecho, no deberían vernos conversando. Cuídate.

Mateo no sabe qué pensar de eso cuando se voltea hacia su anterior casa que ahora es la casa de la misión. Varios de los discípulos, parece que todos menos Pedro, y María conversan afuera cuando aparecen Rema y Tamar en la puerta.

—Necesitamos tres hombres —anuncia Rema— para ayudarnos hoy con la poda del olivar.

Tadeo y Andrés se ofrecen voluntarios de inmediato, pero justamente cuando Tomás dice que él también irá, es Juan quien habla.

—Tomás, espera —Rema parece decepcionada, pero Juan continúa—. Mateo, ¿puedes ir tú?

—Supongo.

Juan da las gracias a Mateo y aparta a un lado a Tomás.

—Tú y yo vamos al mercado. Pedro tiene razón. No deberías aceptar el regalar a Rema algo tan insignificante como una prenda de ropa. Le hablé de ello a Abba, y él estuvo de acuerdo en que podría sonar romántico, pero en diez años ella deseará que le hubieras comprado algo.

—Ese es el problema —dice Tomás—. No puedo comprarle nada porque no tengo dinero.

Santiago levanta con gesto triunfal una tela que cubre una bandeja.

—¡Los famosos pasteles de canela de Ima! —dice gritando.

Juan aleja a Tomás.

—Regatearemos los precios —dice—. Vamos.

—¿Cuánto podríamos conseguir intercambiando pasteles? —pregunta Tomás.

—Te sorprenderá. Son solamente el principio. Ya nos iremos abriendo camino.

Pedro llega a la casa de la misión y ve toda la actividad. Se detiene. ¿De verdad puede continuar con esto? Tomás, Santiago y Juan se van, y Tamar está repartiendo herramientas agrícolas a varios otros. Con determinación, Pedro mira al cielo, cierra sus ojos y decide.

Pasa en medio de los demás, y todos parecen detenerse y voltearse para mirarlo. Pedro se acerca hasta Mateo, que parece petrificado. Varios otros se apartan, permitiendo a Pedro pleno acceso al exrecaudador de impuestos. Entonces envuelve a Mateo en un gran abrazo y siente que el hombre está rígido, obviamente preguntándose qué diantres está sucediendo.

Por fin, Mateo se ablanda en brazos de Pedro aunque no puede moverse, con sus propios brazos inmovilizados en sus costados por el expescador. Todos se han quedado helados donde estaban, y todos los ojos están puestos en ellos dos.

—Te perdono —dice Pedro calmadamente.

El rostro de Mateo se llena de emoción, y lentamente le devuelve el abrazo a Pedro.

—Todo está olvidado —añade Pedro.

Se retira y agarra la cabeza de Mateo, mirándolo a los ojos fijamente.

—Hasta los confines de la tierra, ¿sí?

Mateo asiente con la cabeza, claramente sobrepasado.

Pedro se voltea hacia los demás.

—Se acabó.

PARTE 3

¡Ay!

Capítulo 25

SE FUE

Jerusalén, 980 a. C.

El rey David yace postrado delante de un altar de incienso en el atrio de su palacio real en la noche. Durante casi una semana ha vestido una tela de pelo de cabra que le araña e irrita la piel y le recuerda su pecado. Es totalmente innecesario, ya que está angustiado más allá del arrepentimiento, menospreciándose a sí mismo y su debilidad. Cometió adulterio con la esposa de un ayudante de confianza, y después hizo que lo mataran en batalla. A pesar de una vida de humildad y de un liderazgo estelar, el hombre «conforme al corazón de Dios» había alcanzado las profundidades de la depravación. Peor aún, lo habían descubierto, y el profeta Natán le dijo que, aunque él no moriría, el amado hijo de la vergonzosa unión sí que moriría. Ha suplicado perdón al Señor durante días.

—Ten piedad de mí, oh Dios, conforme a tu misericordia; conforme a lo inmenso de tu compasión, borra mis transgresiones. Lávame por completo de mi maldad, y límpiame de mi pecado. Porque yo reconozco mis transgresiones, y mi pecado está siempre delante de mí.

A pesar de que su rostro toca el polvo de la tierra y desearía estar profundamente enterrado en ella, el olor de la comida llega hasta él, al igual que la conversación de dos ancianos de la casa que están de pie detrás de una columna.

—Tiene que comer algo o morirá —dice uno de ellos—. Como si su tristeza no fuera suficiente.

—Es arrepentimiento —dice el otro. Baja la voz—. Por el modo en que el niño fue concebido.

—Tres días, tal vez cuatro —dice el primero—, pero ¿seis? ¿Puede vivir una persona sin comida o agua por seis días?

—Si alguien puede, sería él. Probablemente pasó más tiempo así cuando huía de Saúl.

—¡Era un adolescente! Si el rey muere en nuestro turno de guardia, seremos ejecutados. Este régimen ha matado a personas por mucho menos. Vamos.

Pasos. Un toque suave.

—Su majestad, por favor. Tome un poco de alimento.

Nada le atrae más a pesar del hambre que siente.

—¿Ha mejorado el niño? —se las arregla para preguntar.

Los ancianos comparten una mirada.

—Todavía no —dice uno de ellos—, pero el médico dice que está peleando, mi señor.

—Déjenme que siga con mis oraciones.

—Betsabé te necesita. El niño te necesita.

—Dije que se vayan. Lo que se necesita es mi arrepentimiento.

David permanece allí toda la noche, dormitando intermitentemente entre ruegos extensos y repetidos a Dios.

El amanecer le produce a David una pizca de esperanza. Las misericordias de Dios son nuevas cada mañana. Sin embargo, justamente cuando es tentado a preguntar cómo está el niño, el gemido de angustia de Betsabé rompe el silencio; y también su alma. Desde detrás de la columna, uno pregunta al otro.

—¿Cuáles son las palabras adecuadas?

—No hay ninguna.

El rey se levanta y se acerca a los hombres. Ellos se quedan callados. Él se endereza, con sus hombros erguidos. Firme y determinado, recupera la compostura.

—Estoy preparado —dice, quitándose la ropa de arpillera y lanzándola.

Los ancianos agarran un cubo de agua, una toalla y una túnica de seda color violeta. David levanta el cubo por encima de su cabeza y se empapa, secando rápidamente su cabello y el resto de su cuerpo antes de ponerse la túnica.

Esa noche evita el contacto visual con Betsabé, quien está de pie delante de un tocador aparentemente incapaz de vestirse o incluso de moverse. David se cambia de ropa tras una mampara.

—¿Por qué nos estamos preparando para una cena que no puedo comer? —pregunta ella—. ¿Cómo puedes comer en un momento como este?

—Mientras el niño estuvo vivo, ayuné y lloré.

—Como deberías hacer ahora.

—¿Y eso nos lo devolvería? Le pedí a nuestro Dios que tuviera misericordia y dejara vivir al niño. La respuesta fue no.

—¿Por qué? —dice ella—. ¿Por qué algunas oraciones son respondidas y otras no?

Él se acerca y se coloca frente a ella.

—No lo sé. Nunca lo he sabido.

—Y, aun así, sigues adorando.

—Así es. En la tristeza y en la alegría; y otra vez en la tristeza. Eso es lo que significa la fe.

—¡Pero no podemos traer de regreso a nuestro hijo!

—No, pero tarde o temprano los dos llegaremos al mismo final. Él no regresará a nosotros, pero nosotros iremos a él.

Eso parece tocar su corazón de algún modo.

—La separación es solo por ahora, por un tiempo.

David asiente con la cabeza.

—Un tiempo. Podría ser por mucho tiempo, o podría ser mañana. Así son todas las cosas.

Capítulo 26

PRETOR DESENFRENADO

La autoridad romana

Por mucho tiempo, Quintus ha disfrutado de su papel como pretor de Galilea. Incluso con los usuales detractores, los envidiosos y los oponentes políticos, le resulta divertido. *Si fuera fácil*, piensa, *cualquiera podría hacerlo*. Lo que más le ha agradado ha sido presumir de su mente hábil y ágil con modos de expresarse sarcásticos y condescendientes que parecen llegar a él cuando los necesita.

Sin embargo, hoy es cualquier cosa menos agradable. Está leyendo atentamente libros de contabilidad, con su mirada de un lado a otro. Quintus ha sido capaz en gran parte de mantenerse por encima de la crispación burocrática partidista porque, aparte de las diferencias personales, ha demostrado ser experto en hacer cuadrar los números. Nadie ni por encima ni por debajo de él ha podido disputar sus resultados.

Capernaúm, bajo su mando, ha sido rentable; en ocasiones de modo extravagante.

Hasta ahora. Deslizando furiosamente las bolitas de bronce en su ábaco metálico, no logra que las sumas le favorezcan. ¡¿Qué está costando tanto?! Quintus no puede lograr que el presupuesto esté balanceado, y mucho menos mostrar algún indicio de beneficio. Mientras más lo estudia y más vuelan esas bolitas, peor se ve y más furioso está él. ¡Esto no saldrá bien! La situación hará algo más que avergonzarlo si no logra que las cosas cambien, y rápido. Está seguro de perder mucho más que su reputación. Podría encontrarse otra vez en las patrullas militares.

Al no poder encontrar ningún modo de camuflar los números, da un puñetazo en su escritorio, se levanta, y lanza al piso los libros y el ábaco. Pasa hecho una furia al lado de su secretario, causando que el hombre lo llame.

—¿Dominus?

Quintus baja las escaleras exteriores volando hasta la aldea. Pasa arrogante al lado de Julio, el subalterno de Gayo, y otro par de soldados, consciente de que lo miran con los ojos abiertos como platos. A sus espaldas, su secretario sale por la puerta gritando.

—¡Dominus! ¡Tu casco y espada! ¡No salgas sin armas!

El secretario se dirige a los tres guardias cuando pasa por su lado.

—¡Solamente salió! ¡No dijo nada!

El pretor observa que los soldados tienen ahora su casco y espada, y lo siguen, pero está obsesionado por un cubo tirado que está en la calle.

—¿Quién dejó esto aquí? ¡Está obstaculizando el tráfico! ¡Sucios animales! —da una patada al cubo y lo aparta—. ¡Huele a alcantarilla en un día caluroso!

Mientras los ciudadanos se ocultan detrás de carretas y detrás de las esquinas, Julio llega hasta él.

—Dominus, tu casco —Quintus lo aparta de una palmada—. Por lo menos lleva tu espada.

El pretor agarra su arma y la enfunda. Y entonces se acerca el perro de Mateo.

—Míralo —dice furioso—. Desatendido, desatado, extendiendo enfermedad.

Un hombre paralítico que está tumbado y apoyado en una pared grita.

—Dominus, ¿puede ayudarme?

—Otro perro —gruñe Quintus—. ¿Cuál es tu dirección?

—No tengo…

—Desde luego que no tienes. ¿Por qué estás aquí?

—El Mesías está aquí.

—Vete de mi calle.

—Dominus —dice Julio—, no tiene donde…

—¡Deshazte del perro! ¡De los dos!

En el mercado, Quintus agarra un odre de vino mientras pasa por el lado de un puesto.

—¡Oye! —grita el viñatero.

El pretor se voltea y señala al hombre a la cara.

—¿Estás al día de tus impuestos? Dime la verdad. Sabes que puedo descubrirlo rápidamente, y si mientes…

—Estoy…

—Estás ¿qué?

—Haciendo pagos.

Quintus levanta el odre de vino.

—Este es uno de tus pagos —descorcha y toma un trago, avanzando hacia una mujer que vende abalorios sobre una manta.

—¿Por qué no vendes desde un puesto? ¿Tienes permiso?

Gayo ha estado patrullando cuando Julio se acerca a él y le reporta lo que está sucediendo.

—¿Y no dijo lo que estaba buscando?

—No, *primi*. Ni siquiera quiso llevar su casco.

Voltean la esquina hacia el mercado y encuentran a Quintus ordenando a un par de jóvenes muchachos que se lleven de las calles montones de estiércol.

—Hades y Estigio —musita Gayo.

—Ese —dice Quintus—, y ese otro. ¡Y este de aquí! ¿Es que no lo huelen? No sé cómo su pueblo vive así.

Gayo se aproxima apresuradamente hasta él.

—Dominus, ¿va todo bien?

—¡Mira a tu alrededor, Gayo! ¡Nada va bien!

—Si tienes alguna orden que dar, Dominus, la llevaremos a cabo.

Quintus agarra a Gayo y lo acorrala contra una pared.

—Roma me asignó este lugar horrible porque pensó que yo no podría aguantar en una de las ciudades más grandes, pero cambiaron su tono cuando mi reporte de tributos se colocó entre los más altos en la región. Ahora mis libros de cuentas están en rojo. Te dije que dificultaras la vida para los seguidores de Jesús.

—Hemos hecho cumplir toques de queda e implementamos normas más estrictas.

—Los impuestos eran la única pata que yo tenía para pararme en el imperio, y estos peregrinos vulgares la han cortado.

—¿Qué se puede hacer, Dominus?

—*Qué se puede…* Ya no voy a darte más ideas, Gayo. No habrá más conversaciones, ni seré tu mentor. Solamente resultados. Las tiendas disminuirán a un ritmo de diez codos al día. Repítemelo, *primi*. Yo te concedí ese título y te lo puedo arrebatar.

—Diez codos al día.

—Diez codos al día, ¿qué?

—Las tiendas disminuirán a ese ritmo.

—¿O si no?

—O yo seré…

—Un centurión otra vez. Tal vez un puesto más bajo, dependiendo de cómo me sienta ese día.

—Sí, Dominus.

—*No* voy a perder mi trabajo o mi futuro porque ascendí rápidamente a un escolta germano de un recaudador de impuestos.

Capítulo 27

LA ARGUCIA
DE IMA

Casa de Zebedeo y Salomé

Santiago está afuera de la puerta con Juan, su hermano pequeño, susurrando.

—Debemos ocultar a Ima esto de Simón, Pedro, y la roca. Ella nos tiene en un pedestal, y...

—Vamos a entrar antes de que sospechen algo.

—Ella querrá saber qué está ocurriendo —dice Santiago.

—Entonces distráela. Distrae a los dos con noticias del crecimiento de la ciudad de tiendas temporales.

Santiago asiente con la cabeza.

—Actuemos con premura. ¿Listo?

Atraviesa la puerta rápidamente con Juan detrás de él, solo para descubrir que su padre y su madre ya están sentados a la mesa para la cena.

—¡Ah! —dice Juan—. Hola.

Zebedeo parece estudiarlos con ese destello irritante en sus ojos. Siempre parece saber exactamente lo que ellos traman.

—¿Les están persiguiendo? —pregunta.

—Es una locura afuera —dice Santiago—. Los peregrinos.

—Siéntense —dice su mamá.

—Le estaba diciendo a su ima —dice su padre mientras Santiago llena su plato— cuán rápidamente se ha difundido la noticia. Las sinagogas de Genesaret y Betsaida enviaron órdenes de aceite. ¡Rema dijo que ayer mismo le preguntaron los rabinos de Caná! ¡Tendremos que comprar otro olivar solo para poder mantener el ritmo!

Santiago sabe que debería decir algo, pero al menos esa noticia evita lo que Juan y él mismo están decididos a ocultar a su mamá. Juan asiente y Zebedeo entrecierra sus ojos. Santiago se pregunta cómo se les da tan mal eso a su hermano y él.

—¿Tienen algo en sus oídos? —dice Zebedeo.

—¿Qué? —pregunta Santiago.

—No están escuchando.

—Sí que escuchamos —dice Juan.

—Sí, sí —añade Santiago.

—Están recibiendo más órdenes de aceite —dice Juan.

—Suenas rebosante de alegría —dice Zebedeo.

—Eso es muy bueno para ustedes —intenta Santiago—. Nos alegramos.

—¿Qué quieres que hagamos nosotros —dice Juan—, saltar y danzar?

—¿Nosotros? Pensé que ustedes dos se peleaban. ¿Y ahora son *nosotros*?

—Nunca llegamos a las manos —dice Santiago.

—Ya saben lo que quiero decir.

—¿Cómo quieres que seamos? —pregunta Juan—. Dices que es una vergüenza si no estamos de acuerdo, ¿y ahora es sospechoso que estemos unidos?

—Quizá me estoy haciendo viejo —dice Zebedeo—, pero sigo teniendo buena vista. Los veo, muchachos.

—Ves ¿qué? —pregunta Juan.

—Ocultan algo.

—¡No! —dice Santiago.

—No ocultamos nada —dice Juan. Zebedeo entrecierra sus ojos.

—Sé que Jesús les está enseñando cosas importantes, pero parece que saber guardar un secreto no es una de ellas.

—Nos ha pedido que mantengamos en secreto muchas cosas —dice Juan—, ¡y lo hemos hecho!

Regresa otra vez ese brillo irritante.

—Les daré un consejo gratis —dice Zebedeo—. La próxima vez que alguien les acuse de ocultar algo, no se pongan a la defensiva y muestren que lo están ocultando. Así se delatan.

¿Cómo hace eso?, se pregunta Santiago. Se da cuenta de que Juan está furioso cuando su hermano agarra la jarra e intenta llenar su copa de vino, pero al volcarla llena solamente media copa.

—¿No hay más vino? —dice, dejando la jarra de un golpe.

—¿Qué sucedió en el viaje a Cesarea de Filipo? —pregunta Salomé.

Oh, oh, piensa Santiago. Su mamá parece saber algo también.

Ahora su papá y su mamá esperan su respuesta. Santiago ve que Juan y él no serán capaces de zafarse de la situación. Mientras intentan ganar tiempo, Juan se dirige a buscar otro odre de vino y lo abre de camino a la mesa.

—Jesús puso un nombre nuevo a Simón. ¿Quién quiere más vino?

Zebedeo y Salomé intercambian miradas.

—Pedro —dice Santiago—. La roca.

—¿Contentos ahora? —pregunta Juan a sus padres.

—Yo no siento nada —dice Zebedeo—, tal vez solo confusión. ¿Roca significa firme y estable? No estoy diciendo que no estaría de acuerdo con Jesús, pero eso no parece ser propio de Simón.

—Claro —dice Juan.

—Dijo —añade Santiago— que es como una piedra para el cimiento de una casa.

—Entonces —dice su mamá—, ¿cuáles son los nombres nuevos de ustedes? —ante su silencio aparentemente angustioso, continúa—. ¡Esto es ridículo! Ustedes han hecho por Jesús más cosas que Simón. ¡Cinco veces más!

—¿Cinco? —dice Juan.

—¡Aquellos campos que araron y plantaron en Samaria! ¡Las notas que guardan de sus palabras y obras!

—Mateo también está escribiendo —dice Juan. Pero ella no ha terminado.

—Controlar a las multitudes en el sermón. Quedarse atrás para esperar a Simón cuando estaba lleno de amargura y dudas por lo que le sucedió a Edén…

—Esas son cuatro —dice Santiago, deseando poder apoyar su argumento.

—¡Dejar sus empleos para seguirlo! —dice ella.

—Todos hicieron eso —responde Santiago.

—En cualquier caso, ustedes merecen una posición y bendición real.

—Salomé —dice Zebedeo.

—¡Esto es importante, Zeb! Cuando la gente ve a Jesús, nuestros hijos deberían estar siempre a su lado, uno a su derecha y el otro a su izquierda.

—Si eso es lo que Jesús quiere —dice Zebedeo—, entonces así será.

—No es eso lo que dijo en la planicie de Corazím —dice ella—. ¿No lo recuerdas? «Pidan, y recibirán. Busquen, y hallarán».

Zebedeo termina la cita.

—Llamen, y se les abrirá.

Santiago recuerda muy bien esa parte del sermón.

—Porque todo el que pide, recibe; y el que busca, halla; y al que llama, se le abrirá.

—¿Qué otra cosa podría significar «pidan y se les dará»? —pregunta su mamá.

—Creo que significa cuando buscas primero el reino de Dios —dice Zebedeo.

—Esto *se trata* del reino de Dios —dice ella—. Los reinos necesitan oficiales y autoridades, personas de influencia. Parece que Jesús ha comenzado a asignar títulos y roles, empezando con Simón. ¿Acaso ustedes no quieren tener influencia? ¿No quieren la bendición que llega al estar más cerca de Dios? No quiero que ustedes sean últimos o estén lejos de Dios, pero si no piden autoridad ahora, otros les adelantarán. ¿Tengo que explicarles esto?

—Ima tiene razón —dice Santiago—. Si podemos pedir cualquier cosa, mientras busquemos primero el reino, también pueden hacerlo los demás.

—No sé —dice Juan—. El grupo va muy bien. El luto por el primo de Jesús ya ha terminado. Pedro perdonó a Mateo por todo lo que sucedió entre ellos…

Zebedeo parece sorprendido.

—¿Simón *perdonó* a Mateo? —pregunta.

—Pedro, sí —responde Juan—. Con abrazos y todo.

—Eso realmente merece un cambio de nombre —dice Zebedeo.

—No cambies de tema —dice Salomé.

—No queremos causar conmoción, Ima —dice Juan—. ¿Y si eso hace sombra al compromiso de Tomás y Rema? Yo nunca podría hacerle eso a Tomás.

Esas palabras dejan a todos en silencio. Santiago le lanza a Juan una mirada penetrante. Zebedeo da un suspiro. Salomé llena otra vez su copa de vino y da un sorbo, reclinándose.

—Si ustedes van a quedarse sentados sin hacer nada, tal vez yo misma preguntaré a Jesús.

—¡Ima! —grita Santiago—. ¡No lo hagas, por favor!

—¡No hagas eso! —exclama Juan.

—¡Salomé! —dice Zebedeo—. ¿De veras?

Santiago no puede imaginar nada más humillante. Su mamá se encoge de hombros como si fuera solo una sugerencia.

Capítulo 28

EL OBJETO DE VALOR

La casa de la misión

Llega Juan para comprobar cómo va el trabajo del negocio de aceite de su padre y encuentra a María Magdalena, Tamar y Rema ocupadas llenando botellas. Judas está cerca, anotando órdenes en un libro de cuentas. Lo único que le importa a Juan es que Rema está presente. Su plan debería salir bien.

—Shalom, *boker tov*, amigos —dice.

Tamar levanta la mirada.

—Shalom y buenos días también para ti.

—¿A qué debemos el placer? —pregunta María.

—Un negocio importante —dice él, mirando hacia atrás e invitando a Tomás a acercarse. Lleva a sus espaldas una bolsa grande.

—¿Rema? —dice Tomás. Ella no parecía esperarlo—. Me preguntaba si podríamos dar un breve paseo...

—Estamos... muy ocupados —dice ella—. Hay muchas órdenes...

—¿Por favor?

Rema mira a María, quien le hace un guiño. Se levanta, y Tomás se voltea hacia el patio donde los otros discípulos musitan.

—¿Natanael? ¿A quién le toca el turno?

Juan sabe que está buscando un acompañante.

—La mayoría de ellos no están —dice—. Yo lo haré.

—Juan —dice Natanael—, tú eres un acompañante poco confiable.

—¡¿*Poco confiable*?!

—Demasiado permisivo.

—Entonces, ¿de quién es el turno? —dice Tomás.

—No lo sé —responde Natanael—. Normalmente echamos suertes.

—¿Puedes hacerlo tú?

—Bueno, podría —dice Natanael—, pero no quiero hacerlo —entonces mira atrás—. ¡Andrés!

La costa del mar de Galilea

Tomás anhela el día (espera que en un futuro no muy distante) en el que pueda disfrutar de pasar tiempo completamente a solas con su amada. Andrés va detrás de Rema y él a una distancia prudencial.

—La organización para el *kidushin* ya está casi lista —le dice Tomás—. Juan está de acuerdo en ser el testigo por mi parte, y Jesús está de acuerdo en servir como testigo por tu parte, además de ser el rabino que firme el *ketubah*, que confirma una circunstancia singular.

Rema asiente con la cabeza.

—Queda una cosa —añade Tomas—. El objeto de valor.

Rema se estremece.

—Pensé que acordamos…

—Lo sé, lo sé; pero quería darte *algo*. En realidad, sabía que quería que así fuera desde que trabajábamos juntos. Antes de la boda en Caná —saca una caja de su bolsa—. Fui haciendo trueques desde una carga de canela a pescado, una antorcha, un estante… un trueque tras otro hasta llegar a esto —le entrega la caja—. Un reloj de sol.

Ella da un suspiro ahogado.

—¡Tomás! ¡Es perfecto!

—Para nuestro futuro hogar —dice él, tan lleno de emoción y deseo que se acerca más a ella, echando una mirada a Andrés.

El acompañante se voltea y comienza una serie de toses que lo apartan convenientemente de su línea de visión. Entonces se limpia la boca y aclara su garganta.

—¡Por poco! Pensé que estaba perdido.

—Es hermoso —dice Rema—. ¿Y lo sabías durante años? ¿Por qué un reloj de sol?

—Porque siempre que trabajábamos juntos yo siempre perdía la noción del tiempo, lo cual no es propio de mí.

Ella se ríe.

—No, no lo es.

—Cuando conversábamos en el camino o después del evento, el tiempo se detenía para mí. No podía decir si habían pasado minutos o una hora.

—Yo sentía lo mismo, pero reprimía esos sentimientos porque tenía muy poco control sobre la persona que mi padre escogería para mí.

—Ya no tienes que tener miedo. Estaremos juntos hasta el fin de los tiempos. Y tendremos esto para llevar la cuenta de las horas que habrá entremedias.

—No sé qué decir.

Tomás recuerda que ella le dijo eso mismo después del milagro en la boda en Caná.

—Entonces no digas nada —dice él, repitiendo lo mismo que ella respondió en aquel momento.

Una pareja pasa por su lado en la playa, la mujer obviamente avanzada en su embarazo.

—En realidad, sí recuerdo algo que quería decir. Cuando todo esto comenzó a ser real, tras hablar con Jesús en el camino a Cesarea, visité a Edén para pedirle algún consejo.

—Pero Sim... ah, Pedro y yo somos personas muy diferentes.

—Lo son —dice Rema—, pero matrimonio es matrimonio, y los dos siguen al mismo rabino. Él los llamó a una clase de vida muy especial.

—Sí.

—Quiero que aprendamos de lo que les sucedió a Simón y Edén con su bebé. No debemos confiar en nuestro propio entendimiento. Debemos confiar y no perder la fe cuando las cosas se ponen difíciles. Y sabemos que así sucederá. Hagamos todo lo que esté en nuestras manos para ayudarnos el uno al otro en esto, en mantenernos fieles. Además de todos nuestros otros votos, prometamos eso mutuamente.

Capítulo 29

TENSIÓN CRECIENTE

El templo de Capernaúm

Jairo va de camino a la oficina de Yusef con una bandeja de tinteros cuando pasa por el *bet midrash*, donde el rabino Akiva, agitando un pergamino desde el podio, se dirige a un cuórum de estudiantes. Jairo se detiene sin ser visto para escuchar.

—Este edicto —dice el rabino— motivado por reportes de lo que fue un discurso de lo más apasionado de Rabban Shamai ante el Gran Sanedrín en Jerusalén, identifica a Jesús de Nazaret, *por nombre*, como un hereje y blasfemo a quien hay que retar y cuestionar, y si es agarrado en una blasfemia, apresarlo para ser interrogado delante del Concilio Supremo. Se sabe que está en Capernaúm o los alrededores. Yo mismo lo vi en la plaza del pueblo haciendo brujería y necromancia, ¡y se identificó públicamente como el Ungido! Fue irrespetuoso y despectivo, y en todo tan peligroso como advierte este edicto. Cada uno de ustedes debe estar en alerta. Jerusalén tiene en poco a Capernaúm, pero nosotros sabemos más que en cualquier otro lugar en Israel acerca de esta persona de interés.

Jairo teme que esto no vaya a terminar bien; para Jesús, para sí mismo o para Yusef.

La casa de Pedro

Edén espera que a Jesús le guste la comida mientras ella misma y María de Magdala ponen delante de él varios platos.

—Oh, lo agradezco mucho —dice Jesús—, pero no creo que tenga el hambre suficiente para comer todo esto.

—Cada vez que predicas —dice María— estás agotado y pides comida inmediatamente después. Pensamos que esta vez podríamos adelantarnos.

—Bueno, estoy más que contento de probar su teoría —dice él, agarrando un pedazo de pan.

—Rabino —dice Edén—, ¿por qué vas a enseñar hoy?

—Las circunstancias lo demandan.

—¿Qué circunstancias?

—Hay tensión creciente aquí. Los peregrinos. Los fariseos. Incluso los romanos. Debo asegurar que el pueblo escuche la voz apropiada. Están siendo mal guiados.

Al otro lado de la sala, Santiago está con su hermano, decididos a estar de acuerdo y evitar que su mamá interfiera.

—¿Simplemente nos acercamos y pedimos sentarnos a su derecha y a su izquierda, Juan? ¿De dónde sacó Ima esa idea?

—Creo que se refería a que Betsabé se sentaba a la derecha del rey Salomón.

—¿No era eso cuando intentaba que mataran a alguien? Como escribió David: «Dice el Señor a mi Adonai: Siéntate a mi diestra, hasta que ponga a tus enemigos por estrado de tus pies».

—Nosotros no intentamos matar a nadie —dice Juan.

—Pero ¿y si es eso lo que le recuerda a Jesús?

—Tal vez podemos pedir solamente asientos, pero entonces podría ser cualquier asiento.

—Como al final de la sinagoga —dice Santiago.

—Estamos pensando demasiado en esto, Santiago. Esta noche Jesús se sentirá bien y contento por su sermón, y entonces le preguntaremos. Será una conversación.

—Pero que no haya nadie delante —dice Santiago.

—Absolutamente nadie.

Pedro siente la agitación de Mateo mientras mira por la ventana, pareciendo vigilante en exceso.

—¿Qué estás buscando, Mateo? ¿Un león?

Mateo parece desconcertado, y Pedro se recuerda a sí mismo que el hombre lo toma todo literalmente.

—¿Por qué iba a buscar un león?

—Es que pareces nervioso.

—No por un león.

—Bueno, está bien.

—Pedro, ¿crees que esto es una buena idea? ¿Este sermón? Cuando invité a Gayo, pareció muy alarmado de que estuviéramos planeando una reunión pública de cualquier tipo.

Pedro menea su cabeza.

—Francamente, con toda la presión por parte de Roma y de los fariseos, creo que es una idea terrible. Pero ¿qué podemos hacer nosotros? Él es quien es. No podemos huir de cada conflicto —da un suave golpe con su hombro en el hombro de Mateo—. Además, yo no creía que muchas de las cosas que hizo Jesús tenían sentido —pone su brazo sobre Mateo—, pero esas cosas también salieron bien.

Capítulo 30

MÁS DIVERSIÓN

Capernaúm
Es casi la hora de predicar, y Jesús quiere a todos con él. Conduce a los discípulos y a las mujeres hasta la plaza del pueblo donde divisa a Shula y Bernabé.

—¡Shula! —grita.

Ella se voltea, muy contenta.

—¡Maestro!

—¿Qué es eso? —bromea él—. ¿No esperaban verme?

Ella se ríe y Bernabé se ríe a carcajadas.

—¡Nunca envejecerá!

Pero Shula se pone seria rápidamente.

—Es solo que…

—¿Qué? —pregunta Jesús.

Ella se acerca y baja la voz.

—Oímos que ha habido algún tipo de edicto. Desde Jerusalén.

—¿No es de ahí de donde llegan normalmente? —dice Jesús.

Pedro y Juan se acercan mientras Shula susurra.

—Acerca de ti, rabino.

—¿Por nombre? —pregunta Juan.

Ella asiente con la cabeza.

—Si alguien te agarra en alguna blasfemia, debe llevarte delante del Sanedrín.

—Hay más —dice Bernabé.

Shula asiente con la cabeza.

—El rabino Akiva ha dicho que cualquier persona que confiese a Jesús como el Cristo debe ser expulsada de la sinagoga.

—¿A quién oyeron decir eso? —pregunta Pedro.

—¿Se ha ejecutado? —añade Zeta.

—No importa —dice Jesús—. Hoy seré directo con los fariseos. Han ido demasiado lejos —de repente es distraído por un hombre que sostiene un plato de mendigo y se choca contra una pared. Lo siente por el hombre—. ¿Por cuánto tiempo ha estado aquí?

—Es Uzías —susurra Shula—. Hemos sido amigos desde que comenzó mi enfermedad, pero él es ciego de nacimiento.

Jesús observa que los demás se han dado cuenta de que está ahí y están a punto de acercarse y reunirse. Pedro les indica que no interfieran.

—Santiago el Grande —dice Jesús—, trae un poco de agua del pozo. Shula, preséntame a tu amigo.

Ella titubea, pareciendo angustiada.

—¿Qué vas a...? No puedes...

—Conozco esa mirada —dice Bernabé—. Él lo hará de todos modos.

—¿Por qué no, Shula? —dice Jesús.

—Es sabbat.

—Eso hará que sea más divertido aún.

Jesús observa que el rabino Josías, uno de sus críticos más acérrimos, se ha unido a la creciente multitud.

Shula se acerca al hombre ciego.

—Uzías —le dice—, este es Jesús, el maestro.

—¡El que sanó a Shula! —exclama Bernabé— ¡Y a mí!

—Él lo sabe, Bernabé —dice ella.

Jesús se arrodilla delante del hombre.

—Sabbat shalom, Uzías.

—Rabino —dice uno de los observadores—, por favor, respóndenos a esta pregunta: ¿quién pecó, Uzías o sus padres, para que naciera ciego?

—¿Eres amigo suyo? —pregunta Jesús.

—Sí, y nos lo hemos preguntado por años.

—No es que este hombre pecó, o sus padres, sino para que las obras de Dios pudieran mostrarse en él —eso parece captar la atención de todos, incluidos los discípulos—. Escuchen con atención —dice Jesús a sus seguidores—, debemos hacer las obras de Aquel que me envió mientras es de día. La noche llega cuando nadie puede trabajar. Y, mientras yo esté en el mundo, soy la luz del mundo.

Mateo deja de escribir y ladea su cabeza.

—¿No podemos trabajar de noche?

—Es una metáfora, Mateo. Tenemos un tiempo limitado en esta tierra. No discutamos sobre los pecados del pasado. Tenemos luz que dar.

Jesús escupe en la tierra y forma una pasta de lodo, causando que se oiga ruido de asombro y quejas entre la multitud.

—Podrías sentir que esto es extraño, Uzías, pero valdrá la pena. No te muevas —entonces frota con el lodo los ojos del hombre mientras Santiago coloca un cubo de agua al lado de los dos—. Ahora lávate.

Uzías se enjuaga los ojos y se pone de pie de un salto, parpadeando, entrecerrando los ojos y mirando la luz del sol. Mientras la multitud aclama, Uzías abraza a Jesús, llorando. Jesús puede sentir la mirada furiosa del rabino Josías. Otros se acercan ante la agitación. Un peregrino pobre. Y también

Rivka, la excasera de María Magdalena. Y Sol, el camarero eunuco de El Martillo.

—¡Sol! —grita María—. ¡Rivka! ¡Shalom!

—Oímos que Jesús estaba aquí —dice Rivka.

—Rivka —dice Sol señalando—, mira.

—¿Uzías? —dice ella.

Sol asiente con la cabeza.

—¿No es este el hombre que solía sentarse y mendigar?

—¡Por supuesto que es él! —responde ella—. Uzías, ¿qué pasó?

—No —dice el peregrino pobre—, el hombre que solía sentarse y mendigar tenía los ojos blanquecinos.

—¡Eso es porque era ciego! —dice Bernabé.

Uzías lanza al aire su plato.

—¡Esto es lo que usaba para pedir limosnas!

El rabino Josías se acerca a Uzías.

—¡Tú! Ven conmigo.

—¿Ahora? —dice Uzías.

—Sí, ahora. A la sinagoga.

—¡No se me ocurre un lugar mejor! —dice el hombre sanado. Se voltea hacia Jesús—. ¡Gracias, gracias! Quieren que vaya a la sinagoga.

—Estoy seguro de que eso quieren —dice Jesús—, pero asegúrate de adorar mientras estás allí.

Mientras el rabino se lleva a Uzías, grita a Bernabé y Shula.

—¡Digan a mis padres lo que sucedió y dónde estoy!

—¡Claro que sí! —dice Bernabé— ¡Enseguida! —se voltea con Shula—. ¿Dónde viven?

—¿Cómo iba a saberlo yo? —responde ella—. Fui ciega todo el tiempo que lo conocí.

—Vamos. Preguntaremos.

—¡Haz otro milagro! —grita alguien, y la multitud vitorea.

—No es así como esto funciona —dice Jesús—, pero tengo muchas cosas que decirles.

A medida que la multitud se calma, el peregrino pobre corre por la calle hacia la ciudad de tiendas, en contra de la corriente de personas que avanzan hacia la plaza. Cuando llega a su casa destartalada, reúne a su familia.

—¡Está predicando en la plaza! ¡Vengan rápido!

Su esposa da un pequeño alarido y él le indica que se calle.

—¡No atraigas la atención!

Pero es demasiado tarde. Cuando la familia y él salen, se difunde la noticia por todo el campamento y cientos de personas se dirigen a la plaza.

La sinagoga de Capernaúm

Jairo recién salió de su oficina cuando el rabino Josías aparece con un hombre de aspecto desaliñado que no deja de agarrar objetos y acercarlos a sus ojos.

—¿Dónde está el rabino Akiva? —pregunta Josías.

—¿Qué es tan urgente? —dice Jairo mientras se acerca el rabino Akiva.

—¡Aquí estás! —dice Josías—. Ese maestro de Nazaret está en el pueblo, y recién sanó a este hombre de ceguera.

—¿Qué quieres decir? —pregunta Akiva—. Es sabbat.

—Lo sé —dice Josías, y Jairo siente su alegría.

El rabino Akiva se dirige a Uzías.

—¿Eras ciego? —le pregunta.

—Sí, lo era.

—¿Cómo recibiste la vista?

—Él puso lodo en mis ojos, me lavé, y ahora veo.

—¡Brujería y artes oscuras!

—Eso es exactamente lo que yo pensé —dice Josías.

—No lo hemos visto hacer brujería —dice Jairo.

—El hombre ha violado el sabbat —dice Akiva—, ha partido el pan con gentiles, y también hizo afirmaciones falsas y heréticas. Él *no* viene de Dios.

Jairo decide que es el momento de arriesgarlo todo.

—Si es tal pecador —dice—, ¿cómo puede hacer estas señales?

—¿Qué dices tú de él? —pregunta Josías a Uzías.

—Está claro que es un profeta. Miren lo que hizo por mí.

Una pareja de edad entra apresuradamente, y la mujer se acerca a él con rapidez.

—¿Uzías? ¿Eres tú? ¡Tus ojos! ¿Puedes verme?

—¿Es este tu hijo? —pregunta Akiva— ¿Y nació ciego? ¡¿Cómo es que puede ver?!

—Nos dijeron que el maestro de... —dice el padre de Uzías. Su esposa lo mira y él habla más lento—. Bueno, sabemos que este es nuestro hijo y, sí, nació ciego. Pero cómo ve ahora o quién abrió sus ojos no lo sabemos. ¿Le preguntaron a él? Ya tiene edad para responder.

Akiva se voltea hacia Uzías.

—Si todo esto es verdad, da gloria a Adonai; pero este maestro de Nazaret es un pecador.

—Si es pecador o no, yo no lo sé. Una cosa sé, y es que antes era ciego y ahora veo.

—Tienes que decirme cómo te hizo esto —dice Akiva.

—Ya te lo he dicho y no quieres escuchar. Lo único que sé es que este hombre debe venir de Dios. Debe de ser el Cristo, o no podría haber hecho esto.

Akiva se sonroja por el enojo.

—¡Tú naciste en pecado, ¿y nos predicas en nuestra propia sinagoga? Conoces el edicto: si alguien blasfema llamando Cristo a este pecador, es expulsado.

—¡No! —dice la madre de Uzías—. Nuestro hijo no sabe lo que dice. Por favor, tan solo sabemos...

—¡Fuera! —grita Akiva, y se voltea hacia Josías—. Tenemos que llegar a él ahora mismo.

Capítulo 31

PÁNICO

La plaza de Capernaúm

Gayo recuerda con cariño cuando su esposa era directa y sincera. Por mucho tiempo se ha sentido orgulloso de ser un hombre de disciplina, ascendiendo rangos hasta llegar a ser un Primi Ordine: entre los cinco soldados superiores en lo que se denomina la primera cohorte, y que recibe un salario treinta veces mayor que el de un hombre a cargo de cien legionarios. Su rango es superior al de todos los otros centuriones, a excepción de dos.

Los subordinados de Gayo lo respetan, incluso si sus superiores (especialmente el pretor Quintus y Aticus, el propio *Cohortes Urbana* del César) con frecuencia se muestran desdeñosos y denigrantes. El *primi* disfruta del nuevo nivel de ingresos, a pesar de que las cosas siguen siendo difíciles en la casa y la entrada de peregrinos desesperados por conseguir aunque sea una vislumbre de Jesús de Nazaret ha complicado su vida de modo drástico.

Gayo no puede negar lo que ha visto del profeta itinerante. Lo que otros llaman brujería o trucos, él lo ha visto con sus propios ojos. Aunque no sabe qué significado dar a todo ello, se siente extrañamente compasivo con los residentes de la nueva ciudad de tiendas. Desde luego que es una monstruosidad, y solo puede imaginar la amenaza que plantea para Quintus. Pero la gente parece sincera. No están ahí para causar problemas; solamente quieren una vislumbre, esa conexión. Quieren oír al hombre, tal vez ser testigos de un milagro.

El problema es que, cuando ven a Jesús, o incluso se rumorea que lo han visto, aparecen multitudes. Quintus entonces se preocupa; algunas veces está agitado y otras veces enojado. Quiere que su *primi* mantenga las cosas bajo control; y es ahí donde se encuentra Gayo ahora. Se ha difundido la noticia de que el nazareno no solo apareció sino que también sanó a Uzías. Ese ciego ha sido un elemento fijo en Capernaúm por tanto tiempo como Gayo ha tenido su trabajo. Principalmente es inofensivo, a excepción de que su clamor parece incomodar a los turistas. Y tiene como práctica agarrar a cualquier persona que sienta que está cerca para rogarle ayuda. El hombre es persistente.

Pues parece que ha conseguido recibir ayuda. Será difícil persuadir a Uzías de que Jesús es cualquier otra persona excepto la que afirma ser. ¿Quién más podría dar a un ciego la capacidad de ver? La noticia es que se han llevado a Uzías para interrogarlo en la sinagoga, y Jesús sigue estando ahí. Se están reuniendo multitudes, y la ciudad de tiendas se está quedando vacía. Todos parecen anhelantes e interesados. Incluyendo a Gayo. Sin embargo, él también aborrece esa situación. Es exactamente lo que Quintus espera que impida, y le ha ordenado hacerlo. Su jefe quiere que los peregrinos se vayan, y sus tiendas con ellos.

Gayo avanza hasta donde puede ver a Jesús. El hombre no parece ser una mayor amenaza que en la ocasión cuando Gayo lo arrestó y lo llevó delante de Quintus. Sin embargo, las apariencias pueden ser engañosas. Por alguna razón, los líderes religiosos judíos también lo miran con sospecha. Gayo se pregunta: *¿Cuán* *intimidante sería que Roma y también los fariseos te consideren un enemigo?*

Gayo no quiere que los peregrinos sufran ningún daño, ni tampoco su viejo amigo Mateo, el antiguo publicano, sus nuevos amigos o el propio Jesús. Sin embargo, con el predicador apareciendo con valentía en público y claramente a punto de dirigirse a las multitudes, Gayo teme cuál pueda ser el resultado.

Rivka, a quien Gayo reconoce como una mujer de reputación cuestionable del Barrio Rojo, grita.

—¡Bienaventurado el vientre que te dio a luz!

¿Es posible que ella haya cambiado sus caminos y se haya vuelto también seguidora del hombre?

—Bienaventurados quienes oyen la Palabra de Dios y la cumplen —responde Jesús—. Porque todo aquel que hace la voluntad de mi Padre del cielo es mi hermano, mi hermana, y mi madre.

Qué comentario tan interesante, decide Gayo. El hombre habla siempre en parábolas y paradojas.

—¡Algunos no estábamos aquí cuando sanaste al ciego! —grita un peregrino que está con su familia—. ¡Muéstranos otra señal!

Oh, eso es lo que necesito, piensa Gayo. *Tendré que actuar o decirle al pretor por qué no lo hice.* Examina a la multitud, y descubre que ha llegado Aticus, que no parece muy contento, y también los rabinos Akiva y Josías del templo.

—Sé que quieren más señales y maravillas para creer con certeza —dice Jesús—, y las he hecho. Pero una generación malvada es la que busca una señal. Y, cuando lo único que buscan son señales y maravillas, no se les dará ninguna señal excepto la señal de Jonás. Porque como Jonás se convirtió en una señal para el pueblo de Nínive, así también el Hijo del Hombre lo será para esta generación. La reina del sur se levantará en el juicio con los hombres de su generación y los condenará, porque ella viajó desde los confines de la tierra para escuchar la sabiduría de Salomón, y he aquí algo mayor que Salomón.

Oh, no, piensa Gayo.

Akiva parece enfurecido.

—¿Te proclamas a ti mismo mayor que Salomón?

—¿Qué derecho tendría la reina de Saba para juzgarnos a nosotros? —añade el rabino Josías.

Allá vamos, piensa Gayo.

—Ah —dice Jesús—, rabino Akiva, has regresado. ¿Quieres comprender mejor mis enseñanzas?

—Tal vez. Escuchaste nuestras preguntas.

—Lo dejaré más claro —dice Jesús—. Los hombres de Nínive se levantarán en el juicio con esta generación y la condenarán, porque ellos se arrepintieron ante la predicación de Jonás. Y he aquí algo mayor que Jonás.

—¡Los hombres de Nínive eran malvados! —exclama el rabino Josías.

—Sí —dice el discípulo al que Gayo ha oído a los otros referirse como Felipe—, pero incluso ellos estarán calificados para juzgar a esta generación, ¡porque al menos ellos se arrepintieron!

—¿Hay alguien escribiendo esto? —demanda Akiva. Mateo, el viejo amigo de Gayo, levanta su mano antes de que otro de los discípulos la baje—. Esto debe registrarse palabra por palabra —añade Akiva— para que pueda presentarse ante el Sanedrín, ¡y ser expuesta como la despreciable insolencia que muestran incluso sus seguidores!

—¡Ya lo has interrumpido bastante! —grita un hombre. Gayo apenas si puede creer lo que ven sus ojos. ¡Es Sol, el camarero de El Martillo!— ¡Queremos oír más!

—Ah, entonces, ¿es contagioso? —reprocha el rabino Akiva—. Como una enfermedad, ¡esta arrogancia e insubordinación hereje se difunden rápidamente hasta las mentes susceptibles de la clase sin educación de Capernaúm!

Estupendo, piensa Gayo. *Aquí viene Aticus.*

El Cohortes Urbana se acerca.

—Ve a decirle a Quintus lo que está sucediendo —susurra Aticus— y transmítele un mensaje directamente de mí: Lo que hagas a continuación determinará tu carrera.

¿Forzar al pretor a actuar? De ningún modo.

—No puedo abandonar esta situación

—Le llevarás ese mensaje, Gayo. Si lo sirves a él, lo harás.

Gayo está entre la espada y la pared. Si no hace lo que dice Aticus, de todos modos el pretor se enterará. Podría perder mucho más que su rango. Podría perder su vida.

Aticus se aparta un poco y Gayo divisa a Julio.

—Alerta a Quintus de que se ha reunido un grupo, y déjale saber que Aticus transmite este mensaje: Lo que hagas a continuación determinará tu carrera.

Julio parece alarmado.

—Sí, *primi* —dice a pesar de todo.

—¡Él no es un hereje! —grita Sol—. ¡Lo vimos hacer un milagro!

—Ah, sí —dice el rabino Akiva—. Nazareno, acabo de hablar con un hombre que afirma que sanaste su ceguera. Hoy —Jesús se limita a mirar fijamente al rabino—. En sabbat —añade Akiva.

—¿Tienes alguna pregunta? —dice Jesús.

—Me dijeron que pusiste lodo en sus ojos. ¿Dónde conseguiste ese lodo, sabiendo que no puedes mezclar brebajes para sanidad en sabbat?

—Fue fácil. Simplemente escupí en la tierra.

—¿Tocaste su cara con *suciedad*?

—¿Limpieza? ¿En eso te enfocas?

—Tú afirmas ser un rabino, ser el Hijo de Dios, ¿y no honras las leyes sobre pureza incluso en el día más sagrado de la semana?

—Ustedes, fariseos —dice Jesús, y Gayo se agrada en secreto de que esté reprendiendo a los fariseos y no a Roma—, limpian la copa y el plato por fuera, y entonces beben y comen alimentos que entra a un cuerpo colmado de codicia y de maldad.

La multitud parece tan asombrada como lo está Gayo.

—¡Necios! —continúa Jesús—. ¿Acaso el que hizo lo de afuera no hizo también lo de adentro? Pero dan como limosnas las cosas que están afuera, y piensan que entonces todo lo demás está limpio.

—¿Estás diciendo —pregunta Akiva— que dar limosnas es más importante que la limpieza ritual?

—Estoy diciendo que su obsesión con lo que es puro o impuro va más allá de lo que Dios quería, y no le hace ningún bien a nadie sino a ustedes mismos.

¡Este hombre no tiene miedo! Gayo nunca ha oído a nadie, ni siquiera a un romano, hablar de ese modo a líderes religiosos judíos.

—Nosotros damos el diezmo de todo —dice el rabino Akiva—, hasta de las plantas más pequeñas de nuestros huertos, para que los pobres puedan beneficiarse.

—Y a eso digo: ¡Ay de ustedes, fariseos! Dan el diezmo de la menta y el eneldo, midiendo con precisión hasta la última pizca mientras descuidan lo que realmente importa de la ley: la justicia, la misericordia y la fidelidad. ¡Guías ciegos, que cuelan el mosquito mientras se tragan el camello! ¡Miren a estas personas! ¿Qué han hecho ustedes para ayudarlas?

—Les hemos enseñado a respetar la ley perfecta de Dios, la misma que tú desafías, quebrantas y animas a otros a dejar a un lado. ¡Les digo a todos ustedes! ¡Este hombre es peligroso! ¡Les está guiando por un mal camino!

—¡Sus palabra producen esperanza y sanidad! —grita Rivka.

—Sus palabras son blasfemas —dice Akiva—, herejes e irrespetuosas.

Parece que Jesús ya ha tenido suficiente.

—Por mucho tiempo he retenido estas palabras. ¡Ay de ustedes, fariseos! Porque aman los mejores asientos en las sinagogas y que los saluden en los mercados.

Para Gayo, incluso los discípulos parecen sorprendidos.

—¡Retira eso! —grita Akiva—. ¡Ahora mismo! ¡Retira tus palabras ofensivas!

—Ah —dice Jesús—, solo acabo de comenzar.

Por un lado, Gayo tiene temor por todo en su vida; por otro lado, realmente comienza a caerle bien este hombre.

Una mujer grita mientras se cae bajo el empuje de peregrinos que quieren acercarse más a Jesús.

—¡Están pisoteando a la gente! —grita uno de los discípulos.

Debo mantener el orden, piensa Gayo mientras el hombre al que conoce como Simón grita.

—¡Todos mantengan la calma!

Un soldado a caballo se acerca a Gayo, quien le dice que abra un camino entre la multitud.

—Será más fácil dispersarlos por la mitad —el *primi* agarra a Mateo y lo acerca—. Tienen que sacar de aquí a Jesús. Dile a Simón que es en serio.

—Está bien, está bien —dice Mateo lleno de pánico—, pero ahora es Pedro.

La autoridad romana

Quintus sigue agonizando por libros de cuentas que no mienten. Se dejó llevar por mucho tiempo al asegurarse de que la economía de Capernaúm se mantuviera fuerte. La ciudad de tiendas ha puesto en peligro todo eso, llena de peregrinos pobres, la mayoría de ellos tullidos o enfermos, pues en caso contrario no estarían siguiendo al supuesto hacedor de milagros, y ellos añaden prácticamente cero a los negocios locales. Además de eso, agotan recursos porque las tiendas requieren una fuerza laboral extra para patrullar.

Levanta la mirada de su trabajo y encuentra a Julio, el hombre de Gayo, con expresión de dolor y timidez. *¿Ahora qué?*

—Dominus —dice el hombre.

—Estoy ocupado.

—Los fariseos han alterado a una asamblea en la plaza —eso capta la atención del pretor—. Comenzó pacíficamente, pero la gente cerró el mercado para quejarse de los fariseos.

¡Oh, vaya noticia! Quintus se levanta de su silla de un salto, agarra su espada y se viste para la acción.

—¡No! ¡No! ¡El mercado no puede cerrar! ¡El comercio no debe detenerse ni por una hora! ¿Dónde está Gayo?

—En la plaza, haciendo lo que puede para mantener el orden. Él me envió con un mensaje para ti del Cohortes Aticus.

Quintus se queda paralizado. *¡Oh, no!*

—¿Qué mensaje?

—Lo que hagas a continuación determinará tu carrera.

¿Me envía a un subordinado en rango con un mensaje como ese?

La plaza
Este es el momento, piensa Tomás mientras protege a Rema, *en el que Simón se convierte realmente en Pedro la Roca y se hace cargo.*

—¡Estamos perdiendo el control! —grita Pedro—. ¡Santiago! ¡Zeta!

Pero los dos intentan manejar a la multitud. Tomás toca el hombro de Zeta y señala a Pedro, quien les hace una indicación.

—Ustedes dos —dice—, necesitamos despejar una salida.

—¿Cómo? —dice Tomás.

—Zeta —dice Pedro—, marca un perímetro alrededor de Jesús.

—Eso no será fácil —dice Zeta.

—Aunque sea a un brazo de distancia. Tomás, encuentra una puerta, un portón, una tienda que podamos atravesar hasta un callejón; cualquier cosa para sacar de aquí a Jesús.

Tomás asiente con la cabeza y se voltea con Rema.

—Deberías irte.

—Me quedo aquí con todos ustedes.

—No es seguro —dice él, pero puede detectar por su mirada que ella no se irá. No tiene tiempo para discutir—. María, ¿te quedarás con Rema?

Ella asiente, y Andrés se acerca.

—¿Qué necesitas, Tomás?

—¿Que me despejes un camino?

—De acuerdo —Andrés baja sus hombros y se abre camino entre la multitud.

Jesús sigue predicando.

—Cuídense de la levadura de los fariseos, que es hipocresía. No hay nada encubierto que no será revelado, ni nada oculto que no será conocido. Por lo tanto, todo lo que hayan dicho en la oscuridad será oído en la luz, y lo que hayan susurrado en cuartos privados será proclamado desde las azoteas.

—¿Cómo puedes afirmar ser el Hijo de Dios y crear esta división entre los líderes nombrados por Dios? —dice el rabino Akiva.

Tomás encuentra una entrada hacia un callejón y hace una indicación con el dedo a Andrés. Ahora tienen que regresar de algún modo hasta Pedro en medio de una multitud que parece haberse duplicado en minutos.

Al otro lado de la plaza, Gayo ha decidido que eso no terminará bien, pero tampoco va a detenerlo. Ya no cumplirá las órdenes de Roma contra este hombre inocente. No es una sorpresa que Aticus se acerque otra vez.

—No te has movido un codo, Gayo. ¿A qué estás esperando?

—Ya transmití tu mensaje. Solo estamos esperando…

—¿Qué? ¡Tú estás al mando, *primi*! —ahora está frente a Gayo, casi nariz con nariz—. ¿Te ha convencido el predicador? —entonces, Aticus ha comprendido. Que así sea. Pero parece que el Urbana comprende otra cosa también—. Tal vez *quieres* que Quintus cargue con el muerto de otra revuelta —dice riendo—. Sí, eso es. Me equivocaba contigo.

¿Podría ser eso una reprimenda?

—Si así fuera —dice Gayo—, ¿qué harías conmigo?

—Roma no penaliza la ambición, *primi* —dice Aticus en tono de burla—, pero te estás arriesgando mucho. Uno de ustedes no sobrevivirá a esto.

Eso es seguro, piensa Gayo, asimilando el caos.

Capítulo 32

INNOMBRABLE

La plaza de Capernaúm

Quintus llega con toda su fineza, preparado para plantear batalla. Está claro que Jesús de Nazaret está en el centro de todo eso, y no se detendrá ahora a pesar de lo que eso requiera.

Jesús está hablando, los fariseos están gritando, los discípulos de Jesús, sus seguidores y los peregrinos intentan todos ellos acallar a los líderes religiosos. ¡Vaya caos! Y ¿dónde está su *primi*?

Quintus se abre paso entre la multitud y lo encuentra. Gayo está allí de pie, totalmente recto y observando. ¡Sin hacer nada!

—Arresta a Jesús —dice el pretor.

—No, Dominus.

¿No lo dije claro, o me ha entendido mal? ¡La vida de este hombre está en juego!

—Arresta a Jesús de Nazaret, Gayo.

—No.

—¡Arresta a Jesús o serás colgado!

—No lo haré.

—¡Guardias! —grita Quintus, y llegan soldados desde el perímetro—. Arresten a este hombre por negligencia —y mientras un soldado encadena a Gayo, Quintus señala a Jesús—. ¡El resto de ustedes, arresten a ese hombre! ¡Ahora!

Pedro evalúa rápidamente la situación y se apresura al lado de Jesús, a quien Zeta ya ha comenzado a sacar de allí.

—Maestro, es el momento —dice Pedro—. Tenemos que irnos.

Cuando comienzan a moverse, la multitud protesta por su marcha y parece que también por el avance de los guardias.

Tomás indica a Pedro la ruta de escape y mira rápidamente buscando a Rema. Le llama mientras los rabinos Akiva y Josías protestan con indignación porque los guardias establecen contacto visual con ellos.

—¡Salgan todos de esta plaza! —ruge Quintus— ¡Ese hombre está bajo arresto! ¡Muévanse!

Pero nada cambia. Su voz queda ahogada cuando la gente grita al ver que centuriones a caballo entran entre la multitud. Tomás observa a Tadeo rodeando a los discípulos, empujando a Mateo hacia Felipe, que lo agarra. Van detrás de Jesús, seguidos por Judas y Natanael. Tomás se queda atrás, buscando.

—¡Apresúrate! —grita Tadeo.

—¿Dónde está María? —pregunta Andrés.

¡Se supone que está con Rema!

—¿Dónde está Rema?

Reina la anarquía mientras Tadeo corre para ayudar a María a levantar del suelo a una mujer anciana. Toma la mano de María y le dice que tienen que irse.

—¡Pero Rema! —dice ella.

Cuando se acerca a ella, Quintus agarra a Tadeo.

—¡Tú! ¿Adónde fue Jesús?

Pero Quintus es derribado al suelo por el empuje de peregrinos que huyen de los soldados. Saca rápidamente su espada al

163

aterrizar a los pies de Tomás, quien lo ignora, sin apenas darse cuenta de que al mantenerse firme para buscar a su amada está protegiendo al pretor de ser pisoteado por la multitud.

—¿Dónde está? —demanda Quintus a Tomás ahora— ¡Respóndeme!

Tomás no le presta atención.

—¡¿Rema?!

Quintus se pone de pie con esfuerzo, donde lo vuelven a empujar y separar de Tomás.

—¡Tomás!

Él reconocería la voz de ella en cualquier lugar, pero no puede verla. Sigue el sonido mientras Quintus continúa enfurecido.

—¿Dónde está *él*?

Pero Tomás tiene visión de túnel. No responde a nadie ni va a ninguna parte sin Rema. ¡Y allá está! Tomás la agarra.

—¡Vamos! Encontremos a los demás.

Quintus está indignado. *¿Quién se cree que es este hombre, al ignorarme así?* Muestra su arma, decidido a atravesar a este discípulo. Corre hacia él rápidamente y con impulso cuando oye que Aticus lo llama. En el último instante, el hombre poco colaborador empuja a su compañera hacia el borde de la multitud, y Quintus no acierta con su espada.

Tomás está confuso. Rema comenzó a avanzar a su lado paso por paso, pero ahora está quieta. Él se voltea y ve una expresión extraña en su rostro. ¿Asombro? ¿Horror? Ella baja la mirada lentamente y él sigue el movimiento de sus ojos. Hay un charco de sangre en su estómago, y la punta del filo de una espada en su centro.

—¿Mi amor? —dice ella.

A medida que ella va cayendo lentamente desde sus brazos hasta el suelo, Tomás se encuentra cara a cara con el pretor, quien todavía agarra el puño de la espada que le ha atravesado. Quintus está pálido cuando quita el arma del cuerpo de ella y es casi placado por Aticus.

—¡Rema! —grita Tomás mientras Tadeo y María se apresuran para llegar hasta él. María cae de rodillas, intentando taponar la hemorragia.

Tomás se quita su túnica y la presiona contra el estómago de Rema.

—¡Socorro! —grita María—. ¡Que alguien nos ayude! ¡Necesitamos un médico!

Santiago, asimilando la situación, carga hacia Quintus y es interceptado por su hermano Juan. Quintus no parece ni siquiera estremecerse cuando Aticus se lo lleva arrastrando y la espada cae de su mano.

En el callejón
Pedro y Zeta han conducido a Jesús hacia un lugar seguro cuando se le ve lleno de desesperación. Algo ha ido mal.

—Zeta —dice Pedro—, ¡llévalo a la casa sin que nadie lo vea! ¡Yo esperaré a los demás!

Pero Jesús se voltea decidido hacia la plaza. Pasa entre quienes huyen aterrorizados cuando ve a Rema que yace inerte entre Tomás y María. La Magdalena está pidiendo ayuda. Tomás acuna a Rema en su regazo.

—Rema, aguanta. Aguanta. Estás bien, estás bien. ¡Rema!

—Recuerda lo que te dije al lado del mar —dice ella, con su voz rasposa.

—No ha terminado —dice él entre lágrimas—. No es ese momento —ella toca su rostro—. No te vayas, Rema. No te vayas. Por favor. No puedo…

—Permanece con Jesús —dice ella, batallando para poder respirar—. Eso es lo único que yo…

—¿Rema?

Pero ella se ha ido.

Llegan los otros y Tomás ve a Jesús. Entonces cae a sus pies.

—Sánala. Arregla esto.

—Tomás...

—Tú estás aquí ahora, rabino. Por favor. Esto es un error.

—Tomás, lo siento mucho.

—Rabino, no tienes que permitir que suceda esto. Simplemente tráela de regreso. Haz que regrese. Podría no estar muerta todavía. Tú puedes sanar, ¿verdad?

—No es su tiempo, Tomás. Te amo. Lo siento mucho.

Pedro agarra el hombro de Tomás mientras el hombre da un grito ahogado. Cae de rodillas y se encorva por encima de su amada.

—No —dice gimiendo.

PARTE 4

Molido

Capítulo 33

PROCESIÓN LÚGUBRE

La autoridad romana

Gayo está convencido de que su vida ha terminado. Un soldado romano simplemente no contradice una orden directa de su superior, y sin duda no la del propio pretor de Galilea. Es su oración que pueda encontrar la mínima oportunidad de decir a su esposa y a sus hijos por qué va a ser ejecutado. Ojalá ellos pudieran ver en Jesús de Nazaret y sus seguidores lo que ha visto Gayo.

El problema es que él no sabe a quién está orando. ¿Al único Dios verdadero de los judíos, del que Simón (o ahora Pedro) le ha hablado? ¿O al propio Jesús, de quien Gayo ha llegado a creer que es el Mesías que los judíos han esperado por siglos? ¿Puede alguien orar a Jesús? Los intentos titubeantes y balbuceantes de Gayo incluyen suplicar tanto a Dios como a Jesús.

Entonces, ¿es esta la respuesta a esa oración? Él ha sido entregado, encadenado y entre dos guardias, a la zona de recepción afuera de la oficina del hombre al que ha desafiado. El secretario del pretor está asombrado por encima de toda comprensión, y es obvio que evita el contacto visual con Gayo. *¿Estoy aquí para ser colgado sin que haya ni siquiera un juicio fingido?* En cualquier caso, él no tiene ninguna defensa que conmovería a los oficiales romanos.

Desde la oficina se oye la voz formal y sonora del oficial Tribunis Militum.

—Quintus Benedictus Dio, tras haber jurado el sacramentum al César, al Senado, y al pueblo de Roma de cumplir lícitamente las condiciones de servicio como pretor de Galilea bajo pena de castigo, y hallado culpable del asesinato de un ciudadano bajo tu cargo, quedas por la presente degradado de rango...

Gayo retrocede. *¡El temido gradus deiectio! ¿Qué ocurrió? ¿A quién asesinó?*

—Y relegado a un servicio de menor rango...

¡La disminución del servicio militar!

—que será determinado en el tribunal.

Gayo reconoce la voz de Aticus, el Cohortes Urbana, cuando ordena a Quintus que se quite su armadura y su insignia. Los guardias escoltan entonces al expretor afuera, básicamente vestido con su ropa interior. Gayo nunca ha visto al hombre tan pálido y callado, sin su sonrisita y con la mirada abatida.

Sus propios guardias empujan a Gayo.

—Es tu turno —musita uno de ellos.

¿Quintus asesina a alguien y es meramente degradado de rango? ¿Significa eso que yo podría seguir con vida?

En la oficina, Aticus asiente con la cabeza a los guardias y ellos desencadenan a Gayo. El Urbana entrega a Gayo la coraza y la insignia de Quintus.

—Felicidades, pretor Gayo.

Tambaleándose cuando Aticus señala al escritorio y le indica que se coloque detrás del mismo, lo único que Gayo puede pensar es cómo responder la típica pregunta de su esposa cuando regrese a su casa: «¿Cómo fue tu día?».

Fue una respuesta única y singular a la oración.

Las afueras de Capernaúm
Pedro ha llevado allí a Jesús y a los demás, lejos del tumulto y apartados de las miradas de peregrinos y soldados. El horrible silencio queda roto solamente por suaves murmullos de consuelo aquí y allá. María descansa su cabeza sobre sus rodillas mientras Tamar apoya su mejilla sobre el hombro de María. Tomás camina de un lado a otro, apartado de los otros, con su mirada perdida.

—Quiero hacer algo —susurra Pedro a Jesús—. Quiero ayudarlo.

—No es así como funciona el luto —dice Jesús.

—Estoy fallando.

—Fallando ¿en qué?

—En ser... ya sabes.

—No —dice Jesús—. No es una prueba.

—En ser lo que se supone que soy ahora. ¿Cómo puedo ser una roca para alguien en un momento como éste?

—Tomás no necesita una roca en este momento.

—¡Necesita un punto de apoyo firme! —dice Pedro—. ¡Todo se ha desmoronado para él!

—Así es para toda la tierra. Por ahora.

—¿Pérdida?

—Tú conoces la verdad —dice Jesús.

—¡Simplemente no puedo decirle que así es para toda la tierra!

—Entonces, tal vez no digas nada. ¿Acaso sus palabras te habrían ayudado a ti cuando te enteraste de lo de Edén y el bebé?

Difícilmente.

—Tú has experimentado pérdida —añade Jesús—. Eso te hace más capaz de acercarte a él ahora que ser una roca.

Pedro titubea, y entonces se acerca a Tomás, que está aplastando una flor en la tierra con su pie. Pedro no hablará a menos que Tomás lo haga.

—¿Qué ocurrió recién? —dice por fin Tomás—. Ni siquiera sé lo que acaba de suceder.

—Lo siento mucho.

—Ella se ha ido —dice Tomás con la voz entrecortada—. Se ha ido. Se ha ido. Es que no lo creo. Se ha ido.

—Lo sé —dice Pedro—. Tan solo respira.

—¡No puedo! Voy a vomitar.

Pedro abraza a Tomás y lo baja hasta el suelo.

—Aquí, túmbate. ¿Qué puedo hacer? —Tomás menea negativamente su cabeza—. Eso es, respira. Está bien llorar, pero solo respira.

—No —dice Tomás mientras se incorpora—. Me siento mal al respirar cuando ella no está. No puedo relajarme. No quiero hacerlo.

Al otro lado, María levanta su cabeza.

—¿Y si hubiéramos mantenido nuestra mirada en ella?

—Por favor, no… —dice Tamar.

—Yo estaba agarrando su mano, apartándola…

—Fue asesinada, María. Tú no podías detener la maldad en el corazón de él.

María señala hacia Jesús con su cabeza.

—¿Podría haberla detenido él?

—Pregúntale.

Pero María no haría eso ni en un millón de años.

Tomás se zafa de Pedro y se pone de pie, con la mano en su costado como si alguien le hubiera golpeado en los riñones. Se voltea y sale corriendo, solo para chocarse con Jesús. El rabino lo abraza con fuerza hasta que él se tranquiliza y es un peso muerto. Los demás se acercan y los rodean. Juan libera a Jesús de Tomás y él mismo lo abraza.

Jesús se dirige a todos ellos.

—Nos han entregado su cuerpo y hemos enviado palabra a Tel-Dor en las llanuras de Sarón de que saldremos de aquí en la mañana para llevarla a su casa.

Esa misma noche

Pedro está de pie con Santiago y Juan, observando a los demás en torno a una fogata compartir sus recuerdos de Rema, a excepción de Zeta, que resguarda el cuerpo amortajado de ella en una carreta cercana. Tomás está sentado a cierta distancia, con su mirada en la noche.

—Alguien debería sentarse a su lado —dice Juan.

—Ahora necesita estar solo —dice Pedro.

—¿Cómo puedes estar tan seguro?

—Créeme.

Santiago parece confuso.

—Lo que estoy a punto de decir, solo puedo decirlo en presencia de ustedes dos. Ha estado todo el día dando vueltas en mi cabeza.

—Ten cuidado, Santiago —dice Pedro, preguntándose a dónde quiere llegar.

—Es simplemente esto: ¿por qué Jesús no hace lo que hizo con la hija de Jairo?

—¡Yo he estado pensando lo mismo! —dice Juan—. Una sola palabra suya, y no estaríamos aquí.

—Muchachos —dice Pedro—, prometimos no hablar nunca de lo que vimos en aquella casa.

—A nadie más, sin duda —dice Santiago—; pero sabemos lo que vimos. A aquella pequeña niña él le devolvió la...

—Entiendo a lo que te refieres —dice Pedro—. Yo batallé exactamente con la misma pregunta en cuento a Edén. ¿Por qué no intervino él? Me molesté porque él hacía milagros para otros.

—Me parece razonable —dice Juan.

—Pero recuerden las palabras de Isaías —dice Pedro—. «Porque mis pensamientos no son vuestros pensamientos, ni vuestros caminos mis caminos —declara el Señor» —y los hermanos se unen a él para terminar de recitar: «Porque como los cielos son más altos que la tierra, así mis caminos son más altos que vuestros caminos, y mis pensamientos más que vuestros pensamientos».

—Eso no hace que esto sea más fácil —dice Santiago el Grande.

—Jesús tenía un motivo para permitir lo que le ocurrió a Edén, y yo no lo entendía en ese momento. Puede que no llegue a entenderlo en esta vida, pero sí sé que me sentí desesperado por él.

—Tomás no estaba dentro de la casa de Jairo —dice Juan—. No sabe que Jesús puede resucitar a alguien de la muerte.

—Pero cree que Jesús puede hacer cualquier cosa —dice Santiago—, y ¿por qué no iba a creerlo? ¿Era la hija de Jairo más importante que Rema?

—¿O que tu hijo no nacido? —pregunta Juan.

—Ya basta —dice Pedro—. Le dijimos a Jesús que guardaríamos el secreto, y ahora más que nunca está claro por qué Tomás *nunca* debe descubrirlo.

—¿Y si Jesús lo vuelve a hacer? —dice Juan—. Con otra persona.

—Eso destruiría a Tomás —dice Santiago.

—Tomemos esto un día a la vez —dice Pedro—. Somos sus alumnos, no sus iguales.

—Yo nunca dije que éramos sus… —dice Juan.

—Me refiero a que, si no sabemos la respuesta a algo —dice Pedro—, podemos dejar que Jesús mismo hable. Ustedes lo escribirán. Mateo lo escribirá. El tiempo revelará la sabiduría escondida en estos misterios, pero yo confío en un Dios que camina sobre el agua —abraza con firmeza a los hermanos, primero a uno y después al otro—. Parece que nosotros no lo hacemos lo suficiente.

Cuando Pedro se dirige hacia los demás que están alrededor de la fogata, Juan se queda con su hermano. Está intrigado cuando a Santiago le emociona la nostalgia.

—Cuando éramos pescadores, ¿recuerdas que algunas veces los muchachos de más edad te llamaban a ti Santiago y a mí Juan?

—La mitad de las veces lo hacían bien. Y no eran solamente los de más edad.

Santiago asiente con la cabeza.

—La gente nos confundía porque nunca estábamos separados. Pescábamos juntos, íbamos juntos a El Martillo, juntos a la sinagoga, y entonces incluso seguimos juntos a Jesús. Sin embargo, cuando regresaste de tu misión con Tomás, parecía que estabas más cerca de él que de mí. Como si él fuera una persona nueva e interesante, y yo fuera lo de siempre y aburrido.

—Nunca fue esa mi intención —dice Juan—. Lo siento.

—Pero el vínculo es obvio. Estamos haciendo lo más importante de nuestras vidas, de la vida de cualquiera, y tú lo haces con él.

—Lo estamos haciendo juntos —dice Juan.

—Pero algunos se han acercado más a otros en el proceso.

—¿Qué quieres que diga, Santiago?

—Admito que sentía celos de tu amistad con Tomás, pero nada de eso importa ahora. Lo único que importa es que él está sufriendo y te necesita.

—¿A mí?

—¿A quién si no, Juan? Incluso si no sabes qué decir, solo que estés a su lado significaría más para él que para cualquiera del resto de nosotros.

PROCESIÓN LÚGUBRE

En el camino

La caminata melancólica de más de ochenta kilómetros hasta Tel-Dor en el océano que los romanos llamaban Nuestro Mar le toma al grupo dieciocho horas a lo largo de dos días. Jesús no tiene prisa por enfrentar al padre de Rema, pero va mucho más adelante que los demás, caminando con un propósito. Detrás de él, Zeta dirige al burro que empuja la carreta que contiene el cuerpo de Rema, que está envuelto en lino y especias en una caja cubierta por una pesada tela.

Tomás camina cerca de ella, acompañado principalmente por Pedro pero algunas veces también Juan, y ninguno de ellos le dicen nada a menos que él mismo inicie la conversación. Cuando el viaje está a punto de terminar, Pedro habla con palabras sosegadas.

—Tel-Dor, Tomás. Ahí está.

Tomás mira fijamente al suelo.

—Esto es solo el inicio —dice—. No tengo la menor idea de lo que voy a decirle a Kafni.

—Puede que no tengas que decir nada —dice Pedro, mirando a la distancia.

Capítulo 34

LA CONFRONTACIÓN

En las afueras de Tel-Dor

El camino está bloqueado más adelante al menos por treinta hombres. Sin que Jesús se sorprenda, Zeta se acerca a Tomás.

—Yo hablaré con ellos —le dice.

—Probablemente deberías quedarte aquí, Tomás —dice Pedro—. Nosotros nos ocuparemos.

—No —dice Tomás—. Me corresponde a mí. No puedo dejar que ustedes me protejan de esto —pone una mano sobre la tela que cubre el cuerpo de Rema.

—Solo averiguaremos qué quieren y lo reportaremos —dice Zeta.

—Está bien, Zeta —dice Jesús—. Yo iré con Tomás. Los enfrentaremos juntos.

Cuando se acercan con la carreta, Kafni avanza con cinco de los hombres.

—¿Dónde está? ¿Dónde está mi hija?

Tomás parece intentar hablar. Kafni corre hasta la carreta y aparta la tela que rodea el rostro de Rema. Da un grito ahogado y se cubre la boca. Los hombres que van con él se apoderan de la carreta y uno de ellos comienza a apartar al burro. Tomás se lanza hacia la carreta.

—¡Tomás! —grita Kafni—. ¡Detente! —da la cara a todo el grupo— ¡No avances más! Tienes prohibido entrar en este pueblo.

—Kafni —dice Jesús—, estamos de luto igual que tú. Estamos tristes, pero no somos peligrosos.

—Entonces, ¿por qué mi hija está muerta? ¡Muerta!

—Lo siento —dice Tomás—. Lo siento mucho.

Kafni se acerca a su rostro.

—Ya me mataste, Tomás. Y después te fuiste y la mataste a ella. ¡Tú hiciste esto!

—Me culpo a mí mismo —dice Tomás—. Lo siento mucho. Rompí la promesa que te hice.

—Tomás amaba mucho a Rema —dice Jesús—, y ella lo amaba a él.

—¿De qué valen *tus* palabras? —dice Kafni—. ¡Eres un fraude y un demonio! ¡Hechicero engañador! La mayor decepción de mi vida es no haber enseñado mejor a mi hija. ¡Ella tenía una mente brillante hasta que tú le hechizaste!

Tomás se mantiene erguido, con los hombros hacia atrás.

—¡Rema fue asesinada por un romano, Kafni! Y tú no hablas por ella. Ella amaba a Jesús, y sentía que su llamado era un honor. Quería que todos supieran eso, tú mismo incluido.

Pedro rodea el hombro de Tomás con su brazo y lo aparta. Zeta y Santiago el Grande flanquean a Jesús, con sus brazos cruzados.

—Vámonos —les dice Jesús.

Pedro indica a los demás que se vayan también.

—Te maldigo a ti y a tus seguidores —dice Kafni.

—Nos dolemos contigo —dice Santiago por encima de su hombro.

—¡Difundiré la noticia tan lejos como pueda! —dice Kafni vociferando—. Mientras haya sangre en mis venas, ¡moveré montañas para ponerte al descubierto, Jesús de Nazaret! ¡Me aseguraré de que el mundo sepa que eres un mentiroso y un asesino!

Zeta se voltea.

—Has dejado claros tus sentimientos. Te dejamos en paz.

—¡Volverán a verme! —continúa Kafni—. Y, cuando lo hagan, será lo último que ve…

—Ya basta —dice Zeta.

Mientras el resto de los hombres de Kafni rodean la carreta y la conducen hacia el pueblo, el hombre se queda solo en el camino.

Capítulo 35

ANTICIPACIÓN

Jerusalén, dos meses después

Los discípulos y otros seguidores de Jesús se han instalado en una rutina diaria que, aunque a menudo es frenética y ajetreada, también los deja profundamente serios y tristes por su pérdida. Zebedeo, seguido por María de Magdala y Tamar, maneja una carreta hacia la ciudad para entregar aceite de oliva. Pasan al lado de un grafiti escrito en arameo. Dice: «Jesús es el Mesías». Zebedeo se encuentra con la mirada de María sabiendo que ella también puede descifrarlo, y se preocupará por lo que eso significa para todos ellos. Jesús está intentando mantener un perfil bajo. Esto no ayudará.

—¿Qué dice? —pregunta Tamar.

Cuatro días y más de ciento veinte kilómetros después, María y Tamar encuentran a Judas en la casa de Andrés en Capernaúm leyendo detenidamente su libro de cuentas. No parece contento, y los escasos fondos que las mujeres han obtenido de la venta en Jerusalén parecen inquietarlo todavía más.

No mucho tiempo después, Jesús dirige a los discípulos por un sendero por el campo en la región de los gadarenos. Son seguidos por una multitud, lo cual se ha convertido en la norma.

Parece que todos desean tener la oportunidad de estar presentes cuando Jesús enseña, predica o sana. Un hombre sale apresuradamente de entre la multitud y se lanza a los pies de Jesús convulsionando, retorciéndose, y rogando con sonidos guturales que nadie parece comprender. A excepción de Jesús, quien de inmediato libera y sana al hombre.

Al día siguiente en el mercado de Capernaúm, Jesús está con Natanael, Santiago el Joven y Tadeo cuando el ciego omnipresente agarra la túnica del rabino, como hace con cualquiera que esté lo suficientemente cerca para poder alcanzarlo.

—¿Eres tú el Mesías?

Jesús se arrodilla y toca los ojos del hombre. Este se pone de pie y grita, abrazando a Jesús y a los otros tres, y entonces sale corriendo y gritando la noticia de su sanidad.

Desde la revuelta que le costó la vida a Rema, Jesús ha sido más evidente y visible. Fuera de Capernaúm predica a una multitud que incluye al rabino Akiva y a un fariseo que parece prestar mucha atención. Demasiada.

La autoridad romana

El pretor Gayo intenta comprender su nueva posición, en especial cuando Julio entrega un reporte de multitudes cada vez mayores que siguen a Jesús de Nazaret. Gayo le da las gracias, y se da cuenta de que Julio esperaba una respuesta más larga o tal vez una orden concreta.

—Eso será todo —añade. Julio titubea, y entonces se marcha.

Cuando está seguro de que Julio está fuera del edificio, Gayo dobla el pergamino y lo lanza a la chimenea, observando cómo arde.

La casa de Pedro

La mayoría de los discípulos están con Jesús charlando sentados o recostados en banquetas, en el piso, alfombras y almohadones.

Edén está sentada comiendo en la encimera, y Pedro sabe que querrá estar libre para servir cuando Zeta y Judas llegan procedentes del mercado.

Mientras tanto, Pedro está de pie en un rincón con Tomás.

—¿Ya estás durmiendo mejor?

—Mejor que hace un par de meses atrás, pero no muy bien.

—A mí me tomó un par de meses también. A Edén todavía más. ¿Cómo van tus oraciones?

Tomás se encoge de hombros.

—Algunas veces es difícil que sean sinceras.

—«Cuando me acuerdo de Dios, gimo. Cuando medito, mi espíritu flaquea. Tú mantienes mis ojos abiertos» —hace una pausa—. ¿Has pensado en marcharte aunque sea un tiempo corto para alejarte un poco?

—Simplemente no puedo. Es demasiado difícil estar aquí, y sin embargo no hay otro lugar donde quisiera estar.

Llegan Zeta y Judas, y Judas deja en el piso una canasta.

—¡Fruta fresca!

—¡Por fin! —grita Andrés mientras el grupo se acerca a ella.

—Por lo menos vuelves a comer —le dice Pedro a Tomás—. Vamos.

Zeta lleva una bolsa a Edén.

—Y, para ti, ajo, cebolla, malva…

—Perfecto —dice ella.

Mientras el resto agarra diversas frutas, Mateo parece estudiar una granada. Se inclina hacia Felipe.

—¿Có, cómo se come una granada?

—Necesitas un cuchillo —saca el suyo y agarra la granada—. Comienza aquí arriba, y cortas…

—Puedes simplemente cortarla por la mitad y sacar las semillas con los dedos —dice Pedro con su boca llena de durazno.

—¿Cortar una granada por la mitad? —dice Natanael—. ¿Te criaste entre lobos?

—Se podría decir eso —dice Pedro.

—Pedro —dice Andrés—, ellos hicieron lo que pudieron.

—¿De veras?

Edén levanta la mirada.

—Ustedes dos, no comiencen.

Felipe levanta la fruta con la parte de arriba cortada.

—Hay seis secciones. Se supone que las arrancas de entre la parte blanca y las sacas, como si fueran gajos de una naranja.

—Nadie me enseñó nunca a hacerlo así —dice Andrés.

—Buen ejemplo —dice Pedro.

—¿Has estado malgastando granos de granada toda tu vida? —pregunta Natanael.

—¿Me estás juzgando en esto? —dice Pedro.

Jesús y Edén comparten una mirada cautelosa, y él sale afuera para encontrar a Santiago el Joven y Tadeo en las escaleras de entrada. Santiago arranca hojas de menta de las ramitas, y Tadeo exprime jugo de limón en un plato. Jesús se sienta entre ellos y les da golpecitos en la espalda.

—¿De qué están hablando ahí adentro? —pregunta Tadeo.

—No lo sé. ¿De querer tener la razón en algo?

—O de que otro ha estado equivocado durante toda su vida —dice Santiago.

—¡Sí! —dice Jesús—. ¿Cómo lo supiste?

—¿Me estás diciendo que no observaste un patrón?

Todos se ríen, y Jesús recuesta su cabeza sobre el hombro de Santiago.

—¿Recuerdan cuando éramos solamente nosotros tres? ¿Extrañan alguna vez aquellos tiempos?

—Podíamos pasar más tiempo contigo —responde Tadeo—, pero desear que otros no tuvieran también ese regalo al estar con nosotros…

—Sería egoísta —dice Santiago.

—Parece que ha pasado toda una vida —dice Tadeo.

—Una vida a la que no podemos regresar —dice Jesús.

—¿Dónde *iremos* nosotros? —pregunta Santiago.

La pregunta intriga a Jesús.

—¿Por qué lo preguntas?

—No podemos quedarnos en Capernaúm para siempre.

—No —dice Jesús—. No podemos. Que nadie subestime tu sabiduría, Santiago.

—A mí no me parece que sea mucha sabiduría, sino más bien una sensación… en mis entrañas.

—¿Una buena sensación? —dice Jesús.

—No puedo describirla.

—Inténtalo.

—Bueno, últimamente… ni siquiera quiero decirlo.

—Yo lo haré —dice Tadeo—. Has estado diciendo cosas acerca de cuando te «vayas» con más frecuencia.

Entonces interviene Santiago.

—Nos dijiste que debes sufrir muchas cosas a manos de los ancianos y de los principales sacerdotes. Esas personas no están en Capernaúm.

—No están.

—Entonces, eso significa que nos trasladaremos pronto.

—¿Cuándo es que dijiste? —pregunta Jesús con un guiño.

—Esa palabra —dice Tadeo—, una y otra vez.

—Es verdad —dice Jesús—. Iremos de camino hacia Jerusalén por el sur. Ha llegado el momento. Las cosas ya no volverán a ser sencillas.

Santiago y Tadeo se inclinan hacia Jesús por los dos costados. Jesús es vencido por la emoción.

—Siento interrumpir —dice Pedro.

—Está bien —dice Jesús, aspirando.

—Edén me envió a preguntar por la menta y el limón. Está lista para…

—Aquí están —dice Santiago.

—¿Qué sucedió? —pregunta Pedro—. ¿Por qué están todos llo…?

Todos quedan en silencio cuando soldados romanos se acercan a la casa. Jesús, Santiago y Tadeo se levantan. Uno de ellos se presenta como Julio.

—¿Está en esta residencia el antiguo publicano Mateo? —dice.

—¿Quién lo pregunta? —dice Pedro.

—El pretor Gayo.

Jesús asiente con su cabeza y Tadeo entra para avisar a Mateo.

—Un momento, Julio —dice Pedro, y entonces susurra a Jesús—. ¿Crees que Gayo pretende que Mateo vuelva a ser recaudador de impuestos?

—Supongo que podríamos preguntar.

—Deja que vaya con Mateo. Puedo hablar con Gayo.

Mateo aparece en la puerta, seguido de Tadeo, Andrés y Zeta.

—¡Publicano! —dice Julio.

—Nadie me ha llamado así desde hace mucho tiempo.

—Por favor, acompáñanos.

—Está bien, Mateo —dice Jesús—. Pedro irá contigo.

Mateo parece petrificado, pero va con ellos aunque titubeante.

Zeta pregunta a Jesús si debería seguirlos. Jesús menea negativamente su cabeza.

—¿Tiene problemas? —susurra Andrés enseguida.

—No lo creo —dice Jesús—. Diles a los demás que reúnan sus pertenencias y se preparen para un viaje.

Capítulo 36

CIELO ROJIZO

Una calle de Capernaúm

Mientras Mateo y él son apresurados hacia la autoridad romana, Pedro se siente más como era antes y no como el hombre al que Jesús ha cambiado de nombre. Mateo y él se reconciliaron y se perdonaron el uno al otro, pero las viejas frustraciones de Pedro vuelven a surgir cuando el hombrecillo excéntrico recurre a calmarse con su pañuelo que lleva a todas partes.

—Deja de juguetear con eso —dice Pedro.

—Estoy sudando. ¿Puedo secarme la frente?

—Simplemente intenta dejar de parecer nervioso.

—*Tú* pareces nervioso.

Ahí está la perspicacia típica de Mateo. Pedro siente la necesidad de aclarar eso.

—Siento curiosidad. No estoy asustado. Gayo no es la misma persona que te gritó cuando te marchaste de la caseta de impuestos.

—Tal vez tiene problemas para reclutar a nuevos publicanos. Es un empleo bien pagado, pero pierdes todo lo demás.

—¿Crees que está buscando consejo para contratar?

—Sinceramente, tú lo sabrías mejor que yo. Últimamente has pasado más tiempo con él.

—Y mucho más —dice Pedro.

—¿Más allá?

—No es nada.

—¿Por qué hace eso la gente? —dice Mateo.

—Hacer ¿qué?

—Cuando alguien dice que algo no es nada, siempre significa que es algo. Es muy extraño.

—Cuando dicen que no es nada —dice Pedro—, normalmente se refieren a que no hay nada por lo que preocuparse, o que es de importancia para el otro, o que es un mal momento para hablar de ello.

—Entonces, ¿por qué no dicen simplemente eso? Eliminaría mucha confusión en este mundo.

—Sí. Es solo que…

—Es solo ¿qué?

—Nada —dice Pedro con un guiño, y Mateo sonríe.

La autoridad romana

Pedro queda impresionado por la rapidez con la que Gayo parece haber asumido la seriedad y dignidad de su nuevo rol, levantándose regiamente cuando llevan a los dos discípulos a su oficina. Despide a los guardias y espera a que se vayan antes de hablar. Sonríe, les dice que se sienten y les da las gracias por estar allí.

Como si tuviéramos otra opción, piensa Pedro.

—¿No pudiste decirnos cuál era la naturaleza de esta llamada?

—Desde luego que no.

Pedro comparte una mirada con Mateo, preguntándose hacia dónde va este asunto. Gayo mira un pergamino que hay sobre su escritorio.

—Pedro —dice, enfatizando la D—, ¿lo estoy pronunciando bien? Alguien me lo hizo notar.

—Casi. Es un poco más suave. Pedro.

—Pedro —dice Gayo con más suavidad—. Eres un hombre del mar.

—Lo era.

—Todavía sabes hacer nudos y sacar conclusiones. Cuando el cielo está rojizo al amanecer...

—Esperamos tormentas.

—Al mirar hacia el sur a Jerusalén —dice Gayo—, esta mañana hay un cielo muy, muy rojizo. El edicto que viene de Judea de parte de sus líderes religiosos es serio. Más amenazante que antes.

—¿Qué tan amenazante?

—Los fariseos aquí observan cada uno de sus movimientos, intentando atrapar a su rabino en sus palabras o acciones. Les digo... que quieren que desaparezca.

—¿Que desaparezca?

—Lo quieren silenciado. Censurado. Peor aún. No sé, díganme ustedes: ¿cuál es el precedente?

—¿Tal vez el Bautista? —dice Pedro.

—¡Los fariseos no lo mataron! —dice Mateo.

—Pero Herodes es uno de ustedes —dice Gayo—, un rey clientelista. Galilea es su jurisdicción.

—¿Vas a decirme cómo supiste que me cambiaron el nombre?

—Es una larga historia —dice Gayo—, pero alguien nos observa a los dos muy de cerca.

—¿A ti y a mí?

—A mí, a toda esta ciudad, y especialmente a su grupo. Aticus Amelius Pulchur de la Cohortes Urbanae ha adoptado un interés especial en Jesús. Monitorea la actividad en Capernaúm.

—Cuando salimos de la casa —dice Pedro—, Jesús le dijo a mi hermano que todos debían prepararse para un viaje. Tal vez sea por eso. Ya no está seguro aquí.

—Yo debo aplastar rápidamente y letalmente cualquier extremismo religioso que surja —dice Gayo—. Si no lo hago, o si incluso titubeo…

—¿Qué? ¿Te despedirán? No esperaba que desarrollaras el gusto por el poder tan rápidamente.

—Peor —dice Gayo bajando su voz—. Podrían sospechar que yo creo en él.

—¡Ya! —exclama Pedro, esperando que Gayo diga que está bromeando—. Espera…

—Jesús estará seguro aquí —dice el pretor—. Yo puedo asegurar eso. Pero solamente si mantiene un perfil bajo.

—Eso no va a suceder. Hace un año atrás sí, él prohibía a quienes sanaba que hablaran de ello a nadie. Ahora, eso no es posible. ¿Lo decías en serio?

—No les digo que detengan su misión —dice Gayo—. Solo que lo hagan fuera de los límites de la ciudad. Eso es lo único que pido. Por la seguridad de él y la de ustedes. Necesito que ustedes trabajen conmigo en esto.

Entonces, Pedro comprende algo. ¿O acaso no? Debe estar seguro.

—Pretor. ¿Tú crees en él?

Gayo deja que el silencio quede en el aire por un momento.

—Ni siquiera estoy seguro de lo que eso significa —responde.

—¿Por qué no has acudido a él si estás considerando…? —pregunta Mateo.

—He visto lo suficiente. He visto lo que él hace por quienes no pueden resultarle de ninguna ayuda. Lo he oído decir cosas que dan coherencia a toda una vida de misterio y me llenan de preguntas. El hecho de que lo he visto a él es el motivo de que haga todo lo que pueda para…

—¿Ha mejorado tu hijo? —pregunta Pedro.

—¿Qué?

—Hace un tiempo atrás estaba muy enfermo. ¿Mejoró?

—Pues… no.

—¿Tu hijo? —dice Mateo—. ¿Le pasa algo a Mario?

—Y ¿por qué no lo llevaste con Jesús? —dice Pedro.

Gayo se mueve con incomodidad.

—Mm…

—Dices que has visto a Jesús hacer cosas por personas que no pueden brindarle ninguna ayuda —dice Pedro—. Entonces, ¿por qué no haría él algo por ti, alguien que arriesga su vida y su carrera para protegerlo?

—Él no necesita mi protección. Es solo que no quiero que su misión se demore por actitudes y disputas internas.

—Algunos creen que su misión es derrocar a Roma —dice Pedro.

—Lo siento —dice Mateo—. ¿Por qué Jesús necesita ver a Mario?

—Mateo, cometí un error que dio como resultado un hijo que no es de mi esposa.

—¿No sucede eso todo el tiempo entre tu pueblo? Mis disculpas, pero a riesgo de ofenderte aún más, algunas veces las personas se inclinan a percibir juicio porque se sienten culpables.

—Yo me siento culpable por traicionar a mi esposa.

—¿Te sientes arrepentido? —pregunta Pedro.

—Por eso, sí. Y amo a mi hijo.

—¿Y está enfermo? —dice Mateo.

—Por mucho tiempo, sí.

—Entonces, ¿por qué no has ido a ver a Jesús? —pregunta Mateo.

—Sé que has pensado en eso —dice Pedro—. Le hablaste a tu familia de un médico judío.

—¡Porque yo no soy digno!

—Tampoco lo era yo —dice Pedro.

—Y yo tampoco —añade Mateo.

Gayo menea su cabeza.

—Ustedes no saben las cosas que he hecho.

—Eso es exactamente lo que yo dije —menciona Pedro.

—Yo soy una persona ajena —dice Gayo.

—Ese tipo de personas están entre sus favoritas —dice Pedro.

—¿Alguien que no es judío?

Tanto Pedro como Mateo dicen: «Sí».

—Esas divisiones no le importan —añade Mateo—. Es parte del motivo por el que tiene tantos problemas.

Pedro decide que es momento de presionar un poco más.

—Gayo, ¿crees que él viene de Dios?

Los ojos de Gayo miran rápidamente a los dos discípulos. Da un suspiro, cierra sus ojos e inclina su cabeza.

—Sé que debe de intimidar —dice Pedro, intentando indicar a Mateo con su mirada que le ayude.

—Vamos, vamos, Dominus —dice Mateo—, no hay necesidad de tener temor.

Gayo levanta la mirada y muestra una gran sonrisa y lágrimas en sus mejillas.

—Sí que creo.

—¿Lloras porque estás contento? —pregunta Pedro.

—Sé que él puede sanar a mi hijo. ¿Me dejarán que se lo pida?

—Yo… pues… supongo que sí.

Gayo se pone de pie rápidamente y rodea apresurado su escritorio, se acerca a Mateo y le da un abrazo, ante lo cual Mateo está tenso. Entonces se voltea con Pedro.

—Está bien, rápido —dice Pedro, y se pregunta lo que pensaría cualquiera de que el pretor de Capernaúm abrace a judíos en su oficina.

—Es suficiente —dice Pedro—. Ni siquiera hemos ido a verlo todavía.

—Un punto importante —dice Gayo—. ¿Por qué seguimos aquí? Lo mejor es que mi hijo esté sano. Vamos.

Gayo marca el camino de salida mientras Pedro mira fijamente a Mateo.

—¿Se acaba de convertir?

Capítulo 37

LAS PETICIONES

La casa de Zebedeo

Estos muchachos, piensa Salomé. Como su papá: hombres grandes, fuertes, sociables y buenos trabajadores, hombres de los que una madre puede estar orgullosa. Sabe que Jesús ve en ellos lo mismo que ella, y estaría más que contento de honrarlos del modo que merecen. ¡Lo único que tienen que hacer es pedir! ¿Qué hay tan difícil en eso? Sin embargo, ellos han encontrado un motivo tras otro para poner objeciones.

Mientras está ocupada en la cocina, su amigo Andrés asoma su cabeza por la puerta.

—¡Santiago! ¡Juan! Jesús dice que reúnan sus cosas para un viaje.

—Estaremos preparados —dice Santiago.

—¿Dónde es el encuentro? —pregunta Juan.

—Donde siempre. El pozo en el barrio del Sur —y Andrés se va corriendo.

—Muchachos —dice Salomé—, este es el momento.

—Ya veremos —dice Juan—. Encontraremos el momento adecuado. Lo prometemos.

Eso no es lo bastante satisfactorio, de modo que ella los deja clavados con una mirada.

—Escuchen. Aunque el día más grande de mi vida fue cuando Jesús los llamó, sé que estar con el Mesías y hacer su obra ha sido también un peso. Sin embargo, nunca he visto a ustedes dos estar tan cerca como lo han estado en estos seis últimos meses. No quiero que eso termine nunca.

—Ha sido un periodo más tranquilo —dice Juan.

—Juan, tú siempre has sido el más cuidadoso, pero él tiene un profundo afecto por ti, y no hará ningún daño simplemente pedir.

—Ya hemos hablado de esto —dice Santiago.

—Lo sé —dice Juan—. Pidan y se les dará. Lo haremos, Ima.

—¿En este viaje?

—Sí —dice Juan.

—Vamos a repasarlo otra vez —dice ella—, y no olviden lo de sentarse a su derecha y su izquierda en su gloria para…

—Lo sabemos —dice Juan.

—Lo entendemos, Ima —dice Santiago.

—Bien. ¿A qué están esperando? Vayan a reunir sus cosas.

Por las calles

Pedro conduce a Mateo y a Gayo por las calles, mirando para ver quién observa.

—Hemos hecho esto antes, Gayo. ¿No quieres fingir que somos tus prisioneros?

—Esos días han terminado —dice Gayo—. Ahora yo los acompaño a ustedes, y no al contrario.

—¿Un pretor guiado en las calles por sus propios ciudadanos? —dice Mateo.

—¿Intentan convencerme para que no prosigamos?

—Sigamos adelante —dice Pedro. Cuando su casa queda a la vista, se dirige a Gayo.

—Espera aquí. Me aseguraré de que él está adentro.

Parece que Gayo no puede dejar de sonreír.

Cuando Pedro llega a la puerta, Mateo se coloca a su altura.

—Estoy comprendiendo que trajimos a un romano a ver a Jesús, y él no nos dio permiso ni nos pidió que lo hiciéramos.

—Creo que los dos hemos visto lo suficiente para saber que esto es lo que Jesús querría.

Adentro, Pedro ve que todos están allí y listos para marchar. Mateo hace una señal a Gayo para que entre. Todos los demás parecen asombrados y se quedan callados. Zeta parece particularmente receloso.

—Pretor Gayo —dice Jesús cuando el hombre se arrodilla delante de él.

Jesús levanta sus cejas cuando Gayo dice: «Señor…» y entonces hace una pausa antes de hablar con rapidez.

—Mi niño sirviente está paralítico en la casa. Lleva enfermo mucho tiempo y ahora sufre terriblemente, cerca de la muerte.

—Llévame hasta él —dice Jesús.

—Señor…

—¿Lo llamas *Señor*? —dice Natanael.

—No soy digno de que vengas a mi casa. Y sé que no te sentirías cómodo al ser un judío en la casa de un romano, pero solamente di la palabra y el muchacho sanará.

—¿No eres digno? —dice Jesús.

—La verdad sobre el niño es que en realidad es mi propio hijo. Me avergüenzo, y ni siquiera debería pedírtelo, pero te lo pido. Y sé que tú puedes hacerlo.

—Maestro —dice Pedro—, nunca pensé que diría esto, pero él es digno de que hagas eso por él. Ama a tu pueblo, y nos ha ayudado.

—Lo sé.

—No te molestes —dice Gayo—. Puedes sanarlo desde la distancia si solamente das la orden. Yo también tengo hombres bajo mi autoridad. Si le digo a uno que vaya, va. Y si le digo a otro que venga, viene. Cualquier cosa que tú ordenes en este mundo sucederá. Lo sé. Incluso esto.

Pedro cree que Jesús parece genuinamente sorprendido e impresionado cuando Gayo se levanta.

—¿Oyeron todos a este hombre? —pregunta Jesús—. Verdaderamente les digo que en nadie en Israel he hallado tanta fe. Fui rechazado en mi propio pueblo natal, y soy amenazado por los líderes religiosos de mi propio pueblo. Sin embargo, este hombre, un gentil, tiene más confianza valiente en lo que cree que yo puedo hacer que cualquier otro que he encontrado. Ve, Gayo. Se ha hecho contigo tal como creíste.

—Gracias —susurra Gayo, claramente sobrepasado.

—Gracias *a ti* —dice Jesús—. Tu clase de fe me ha alegrado el día.

En las calles

Juan y Santiago se han colocado a la altura de Andrés y se acercan a la casa de Pedro. Juan se detiene en seco cuando ve al pretor de Capernaúm caminando por la calle con grandes zancadas. Los otros discípulos y Jesús no están muy lejos tras él, y todos ellos parecen muy animados.

Cuando Gayo se aleja, Juan y Santiago adelantan a Andrés.

—¿Qué pasó? —pregunta Juan.

—Gayo tenía fe en que Jesús podía sanar a su sirviente sin ni siquiera tener que ir a su casa —dice Pedro.

—Nosotros sabemos que él puede hacer eso —dice Santiago.

—Pero ¿una fe así de un gentil? —dice Juan.

—Exactamente —dice Jesús.

Santiago se acerca a su hermano.

—Hagámoslo ahora, Juan —le susurra—. Preguntemos. Eso lo cambiará todo.

—Preguntar ¿qué? —dice Pedro.

—¿Rabino?

—Sí, Santiago.

Él se aclara la garganta.

—¿Recuerdas cuando dijiste que podíamos pedir cualquier cosa y nos sería dada?

—Llamen —añade Juan—, y la puerta se abrirá.

—No lo recuerdo —dice Jesús. Entonces se ríe—. Vamos, claro que sí.

Juan se asusta al principio, y entonces finge saber que Jesús está bromeando. Puede saber que Santiago siente lo mismo.

—Hay algo que queremos pedirte que hagas —dice su hermano.

—Estoy deseando oírlo —dice Jesús. Entonces Juan interviene.

—¿Nos concederías sentarnos a tu derecha y a tu izquierda en tu reino?

Pedro frunce el ceño como si los hermanos no tuvieran vergüenza.

Judas parece sorprendido y a la vez intrigado.

Andrés parece perplejo, como si no estuviera seguro de haber oído correctamente.

—¿Qué significa eso? —susurra Mateo a Felipe, quien le indica que calle.

Juan es el más interesado en la respuesta de Jesús. El rabino parece devastado. Tal vez eso fue un error.

—¿Entonces…? —insiste Santiago.

Jesús parece entristecido, incluso enojado.

¡Oh, no! Juan teme que eso es un fracaso. Jesús habla enojado.

—No saben lo que están pidiendo —dice.

¡Necesitamos aclararlo! Juan asiente con la cabeza para que Santiago lo acompañe y sigan al rabino.

La plaza de Capernaúm
Gayo no podría estar más feliz, y apenas si cree en su buena fortuna. De camino a su casa, esperando sin ninguna duda ver a su hijo totalmente sanado, cruza el mercado apresuradamente y compra un odre de vino, una col, un puñado de cebollas rojas y un saquito de uvas verdes. Compra una figurita de un león y un caballo de juguete con ruedas. Tiene muchas ganas de ver a Livia y a los muchachos.

Camino en la zona costera
Juan dirige a su hermano y al resto de los discípulos, apresurándose para alcanzar a Jesús fuera de las puertas de Capernaúm. Tiene que arreglar las cosas, pero no está seguro de qué ha hecho para molestar tanto al maestro.

—¡Rabino! ¿Qué sucede?

Jesús se voltea, tan serio como una mordedura de serpiente.

—¿Pueden ustedes beber la copa que yo bebo, o ser bautizados con el bautismo con que yo soy bautizado?

—¡Podemos! —dice Santiago—. Somos los Hijos del Trueno...

—¡Haremos cualquier cosa por ti! —añade Juan.

Esto no está saliendo bien. Jesús parece herido, profundamente entristecido.

—Ni siquiera saben lo que eso significa —dice.

—Dinos —dice Santiago—. Haremos cualquier cosa.

Los discípulos han insistido. Juan siente especialmente el peso de haber causado que Jesús se inquietara tanto. *¿Cómo podemos arreglar esto?*

Su rabino habla en un tono tan serio como nunca antes ha oído.

—Significa —dice Jesús— que, cuando vayamos a Jerusalén, el Hijo del Hombre será entregado a los principales sacerdotes y a los escribas, y lo condenarán a muerte y lo entregarán a los gentiles. Y se burlarán de él, le escupirán, le azotarán y lo matarán. Y después de tres días resucitará.

Todos excepto Juan parecen quedarse en silencio por el asombro.

—¿De qué estás hablando? —pregunta Juan.

—Pensaba que el Hijo del Hombre eras tú —dice Mateo.

—Y ustedes *beberán* de la copa que yo bebo —dice Jesús—, y serán bautizados con el bautismo con que yo soy bautizado. Pero no quieren eso ahora. No están preparados.

Juan ve en el rostro de Santiago lo que él mismo está pensando. *¡Sí que lo estamos! Sea lo que sea de lo que habla, suceda lo que suceda, ¡estamos preparados!* Sin embargo, antes de poder asegurar a Jesús su dedicación firme y eterna, el rabino continúa.

—Sentarse a mi derecha y a mi izquierda no me corresponde a mí concederlo, y es para aquellos para quienes ha sido preparado por mi Padre.

—¡Ustedes no son quienes para preguntar eso! —exclama Natanael.

—No lo tomes a mal —dice Santiago—, pero nosotros estábamos aquí antes que tú.

Judas menea su cabeza.

—¿Cómo pueden preguntar eso delante de todos nosotros?

—¿Puestos de gobierno y asientos de honor? —dice Pedro.

—Mira quien habla —dice Juan.

—¡Yo no pedí nada! —dice Pedro—. ¡Él simplemente me lo dio!

—Ni siquiera sabes lo que significa Roca —dice Santiago.

—¡Basta! —exclama Jesús—. A todos ustedes se les ha concedido liderazgo y autoridad. Todos ustedes forman el cimiento sobre el cual yo edificaré mi iglesia, pero están pensando como los gentiles, cuyos gobernadores imponen su autoridad a sus inferiores. No es así en mi reino. Ya les dije esto antes, y siguen sin comprenderlo. Esto *tiene* que cambiar, porque con ustedes no será igual que con ellos. ¿Me escuchan?

Juan y los otros asienten con la cabeza, pero él no está seguro exactamente de lo que ha oído. Jesús continúa hablando.

—Quien quiera ser grande entre ustedes debe ser su siervo, y quien quiera ser el primero entre ustedes debe ser su esclavo. Porque incluso el Hijo del Hombre no vino para ser servido sino para servir, y para dar su vida en rescate por muchos.

—En rescate, ¿para quién? —pregunta Pedro.

—¿Quién está secuestrado como rehén? —dice Zeta.

A Juan le duele que Jesús parezca disgustado con ellos, como si nunca comprendieran.

—Sigan adelante —dice Jesús—. Todos ustedes. Continúen por el camino hacia Jerusalén.

¿Él no va con nosotros?, piensa Juan.

—¿Qué harás…?

—Los alcanzaré.

—Yo puedo esperar contigo y… —dice Zeta.

—Dije que los alcanzaré.

La casa de Gayo

El pretor, cargado con sus compras en el mercado, sonríe delante del ídolo de madera de Asclepio, el dios romano de la sanidad colocado delante de su puerta. Sopla y apaga la vela votiva que hay a sus pies.

—¡Gayo! —exclama Livia desde adentro. Parece frenética, pero él sabe lo que sucede. Cuando la ve, ella grita.

—¡No vas a creerlo!

—Sí lo creo —dice él, calmado y sonriente.

—Espera. ¿Qué?

Él le da un abrazo compasivo y sin reservas.

—Ya lo sé.

Aparece Mario por el rincón, agarrando la mano de su medio hermano Ivo, que está totalmente sano, y los dos se ven eufóricos.

—¡Papi, mira!

Gayo se arrodilla y rodea a los dos niños con un abrazo de oso.

—Shalom —dice.

—¿Qué? —pregunta Ivo.

—Es algo que dicen mis amigos. Significa paz y sanidad. Tú estás sano otra vez.

Mario intenta decir la palabra. Gayo la repite, y también Ivo lo intenta.

—Sha-lom, sha-lom.

En las afueras de Capernaúm

Por fin a solas, Jesús se tambalea y recurre a una oración de David.

—Mis lomos están inflamados de fiebre, y nada hay sano en mi carne. Estoy entumecido y abatido en gran manera; gimo a causa de la agitación de mi corazón. Señor, todo mi anhelo está delante de ti, y mi suspiro no te es oculto. Palpita mi corazón, mis fuerzas me abandonan, y aun la luz de mis ojos se ha ido de mí. Mis amigos y mis compañeros se mantienen lejos de mi plaga, y mis parientes se mantienen a distancia.

En la distancia ve a Zebedeo, con Tamar y María, vaciando olivas en un cesto. Por lo menos ellos no participaron en la locura egoísta que acaba de soportar de sus discípulos. Todos son preciosos para él, pero ahora especialmente esos tres. Los observa con un deleite melancólico mientras ellos continúan trabajando por él.

En la distancia

A María de Magdala le gusta mucho el trabajo, aunque pueda ser poco refinado. Está sirviendo a su maestro, su rabino, su libertador. Tamar entrega sus cestas planas llenas de olivas aplastadas. María las apila sobre la tina de piedra, mientras Zebedeo vacía más olivas en el sistema de molido.

—Zeb —dice María—, estamos listas para la piedra de arriba.

—¡Ah! —exclama él muy contento—. Me encanta esta parte.

Zebedeo pone la piedra sobre el cesto y añade el peso de la primera piedra. Cuando el peso hace presión sobre la pila de cestos, comienza a salir aceite por la cubierta y pasa al canal.

—La primera prensa —dice el hombre—. Sagrada para Adonai solamente.

En las afueras de Capernaúm

Jesús observa cautivado y sin aliento cuando Zebedeo empuja con más fuerza, forzando a que salga más aceite. Gotas de sudor caen por la frente de Jesús y recuerda su pesadilla, anunciando su entrada en el Huerto de Getsemaní. Se estremece bajo el peso aplastante de todo lo que sabe que está por llegar, ahora más pronto que nunca.

El nuevo pretor de Capernaúm se acerca con expresión de profunda gratitud pero aparentemente incapaz de hablar. Abraza espontáneamente a Jesús, dando consuelo al rabino justamente cuando más lo necesita.

PARTE 5

Amarga

Capítulo 38

MÁS QUE LOS RUBÍES

El camino hacia Jerusalén

Pedro no se siente muy diferente a como se sentía cuando era conocido como Simón. Como la Roca, tal vez siente un poco más de responsabilidad, aunque no puede negar que siempre se ha sentido a cargo de los discípulos, o que debería haberlo estado. El liderazgo siempre ha sido parte de su naturaleza. Es una persona dinámica y emprendedora, y con frecuencia siente que tiene las mejores ideas y los mejores intereses de todos en su corazón. Los demás pocas veces lo ven de ese modo. Él sabe que lo consideraban egoísta, impulsivo y ambicioso. Y tal vez lo era. Bueno, no hay un tal vez al respecto. Lo era.

En lo profundo de su ser, sus motivos han sido principalmente puros, en especial por lo que respecta a Jesús. Tiene una actitud de defensa del rabino, incluso cuando cuestionó las decisiones del maestro. Pedro no ha dudado ni por un segundo que Jesús es el Mesías, no desde que el milagro de la pesca que le hizo caer de rodillas le mostró cuán pecador era, e hizo que siguiera a Jesús.

Sin embargo, ahora Jesús lo tiene profundamente confundido, alabando su fe y su conocimiento de la verdadera identidad de su rabino pero también, en efecto, haciendo de Pedro el líder de los discípulos tanto en nombre como en realidad. Al mismo tiempo, Jesús dejó claro que un verdadero líder debe ser un siervo humilde. La humildad no resulta fácil para Pedro. En su carne, le encantaría creer que merece cualquier honra que Jesús le ha concedido. En su espíritu, sabe que el maestro lo ha llamado a una responsabilidad costosa.

Siente todo eso particularmente ahora, en este viaje hacia la Ciudad Santa con el resto de los discípulos y Tamar y María Magdalena, especialmente con Jesús ausente por el momento. La disputa entre los discípulos por cuál debería disfrutar de lugares de honor en el reino molestó tanto a Jesús, que es como si no pudiera soportar estar con ellos durante un tiempo. Claro que regresará. Los ama, y lo ha dejado claro. Todos se sentirán mejor cuando Jesús regrese. Sin embargo, por ahora, en la larga caminata hacia el sur, Pedro puede sentir que sus compatriotas se han serenado. Sus conversaciones están contenidas. Incluso sin ver a Jesús, como si todos ellos estuvieran avergonzados.

Pedro se alegra de tener a Zeta a su lado por la seguridad de todo el grupo. El antiguo zelote moriría antes de permitir que le sucediera cualquier cosa a alguno de ellos. Santiago el Grande es una presencia consoladora también, pues solamente su estatura desalentaría a cualquiera que pudiera suponer que el grupo es una diana fácil. Pedro mantiene su mirada en el horizonte mientras otros viajeros pasan por su lado dirigiéndose al norte. La mayoría de ellos ni siquiera apartan sus ojos del camino, pero Pedro sigue mirando hasta que han pasado. Nunca se sabe…

Y ahora echa un vistazo mientras dirige al grupo por un montículo y un hombre a caballo es visible desde el sur. A medida que se acerca, queda claro que lleva con él en la montura una caja muy grande envuelta en muselina. El jinete viste ropas caras, y el caballo va adornado con mantas con flecos y una brida enjoyada. Para sorpresa de Pedro, el hombre se detiene.

—¡Judíos galileos! —exclama—. Doce hombres y dos mujeres. Me dijeron que podría haber hasta cuatro mujeres en su grupo.

Entonces, quienquiera que envió a ese hombre sabe de la madre de Jesús y de Rema, y se pregunta dónde están ellas también. Pedro mira a Tomás, quien parece dolido de nuevo por su pérdida.

—¿Son ustedes seguidores de Jesús de Nazaret? —pregunta el jinete.

—¿Quién pregunta? —dice Pedro.

—Tengo un paquete para Andrés y Simón, hijos de Jonás.

—No respondiste a su pregunta —dice Santiago el Grande.

—¿Qué hay en la caja? —pregunta Zeta.

—Yo soy el mensajero, no quien lo envía. Me dieron solamente instrucciones de entrega. Quien entre ustedes sea Andrés, dé un paso.

Andrés levanta una mano.

—Soy yo.

Pedro desearía que su hermano no fuera tan claro, y puede decir que Zeta y Santiago sienten lo mismo. El jinete saca un pequeño pergamino y lo examina, mirando entonces a Pedro y otra vez el pergamino.

—Realmente encajas en la descripción de Simón, hasta la longitud de tus ropas.

—Dinos quién te envió, y tal vez te explicaremos...

Sin embargo, el mensajero se limita a desmontar, afloja las cuerdas que aseguran la caja, y la deja en el suelo. Aparentemente satisfecho, vuelve a montar, da media vuelta con el caballo, y se dirige a galope hacia el sur.

—Quien haya enviado esto cree que sigo siendo Simón. Información desfasada.

—Y no sabía que Rema murió —dice Natanael.

—¿Por qué pondrían tu nombre primero? —dice Pedro—. Yo soy el mayor.

—¿Podría ser del Bautista? —pregunta Juan.

Andrés y Pedro apartan cuidadosamente la muselina para revelar un recipiente dorado y ornamentado.

—Solamente con vender la caja, ¡podríamos conseguir raciones para una semana! —dice Judas.

—Juan sin duda no podría permitirse nada como esto —dice Andrés.

—¿Recuerdan la bolsa de oro que alguien dejó para nosotros antes de ir a Samaria? —dice Santiago el Joven.

—También recuerdo el saco de cuervos muertos de alguien descontento en Tel-Dor —dice Santiago el Grande.

—La gente ha enviado cartas pidiendo sanidad y señales en sus pueblos —dice María.

—Tal vez es de alguien que *realmente* necesita ayuda —dice Tadeo.

—Intentando comprar un milagro —dice Judas.

—Sí que recibimos un regalo de gratitud de Fatiya, la nabatea en la Decápolis después de la comida —dice Tamar.

Pedro siente curiosidad genuina, no por celos.

—¿Por qué estaba primero el nombre de Andrés?

—¿Y si es un animal con rabia enviado para atacarnos y matarnos? —dice Santiago el Grande.

Pedro eleva sus cejas. Zeta se arrodilla, coloca una oreja en la tapa, y después la abre un poco y huele.

—No huele mal.

—Ábrela —dice Tomás.

Zeta abre la caja y da un grito ahogado.

—Una *ganavat hekdesh* —dice.

—Sí, es una colección de tesoros —dice Andrés, agarrando una nota que está encima de un montón de objetos caros—, pero no parece nada robado de un templo. ¡Es de Juana! Dice: «Para la continuación ininterrumpida de las enseñanzas y obras de Jesús de Nazaret».

Todos exclaman su sorpresa.

—Vamos a tener que dividir el trabajo para vender estas cosas —dice Judas— y liquidarlas rápidamente. Le tomará mucho tiempo a una sola persona.

—Entonces —dice Pedro—, dividamos.

—Cuchillos de cocina de plata —dice Judas—. ¿Zeta?

—Tengo a alguien para estos cuchillos —dice Zeta.

Judas levanta un montón de telas brillantes.

—Esto…

—Seda del Oriente Medio —dice Mateo.

Judas intenta entregárselo a Mateo, pero él se resiste.

—No creo que sea una buena idea que yo…

—Pero tú sabes lo que vale —dice Pedro—. Sabes cómo conseguir un buen precio por ello.

—Creía que acordamos que Judas se ocuparía del dinero —dice Mateo.

—Así es —dice Judas—. Solamente dame todo lo que puedas conseguir por ello.

—Confiamos en ti, Mateo —dice Pedro—. Implícitamente.

Judas abre una caja de gemas y comienza a examinarlas cuando Tamar se acerca.

—¡Lapislázuli! —dice ella—. Amatista, cornalina, jaspe…

—¿Son valiosas? —pregunta Juan.

—Más que los rubíes —dice Judas.

—Ah, nos darán mucho —dice Tamar—. Te prometo eso.

—Santiago el Grande —dice Pedro—, ve con Tamar y María al mercado y asegúrate de que nadie les moleste.

—Lo único que queda son las monedas —dice Judas.

—Y la caja —dice Natanael.

—Ve tú y vende la caja, Natanael —dice Pedro.

—Yo iré contigo —dice Tadeo.

—¿Y las monedas? —pregunta Juan.

—Judas, agarra el dinero y añádelo a la bolsa —dice Pedro—. ¿A qué están esperando? Vamos, y logremos que estos regalos de Juana produzcan mucho.

Capítulo 39

TUMULTO

El Sanedrín de Jerusalén

Debido a su *da'aga*, una profunda preocupación por lo que llegará a ser de Jesús de Nazaret, Samuel cita en silencio parte de un salmo de David cuando entra en la gran sala que contiene el augusto cuerpo al cual ha sido ascendido. «Echa sobre el Señor tu carga, y Él te sustentará; Él nunca permitirá que el justo sea sacudido». Sin embargo, ¿es justo él? Después de todo, fue obra suya al exponer tanto a Jesús como a Juan el Bautista, reportando a sus superiores dónde encontrarlos, lo que le consiguió su membresía entre la élite.

Aunque eso continúa pesando sobre Samuel, no puede negar que los debates y las discusiones del Sanedrín han demostrado ser tan vigorizantes y fascinantes como él siempre creyó que serían. Hoy es un buen ejemplo. Le han asignado moderar un debate entre un saduceo con vestimentas muy elegantes llamado Gedera y un fariseo muy corpulento: Zebadías. Con su subordinado Yani discretamente detrás de él y a su entera disposición, Samuel se coloca delante de los tres podios: dos para

Zebadías, que tiene un rollo abierto en cada uno, y uno para Gedera y su propio rollo.

Se forma una multitud alrededor de ellos, permitiendo que Samuel ponga en suspenso sus propias preocupaciones para así dar atención a lo que sabe que será una discusión de lo más intrigante.

—Rabino Gedera —comienza—, con tu postura saducea sostienes que no hay resurrección de los muertos.

Gedera asiente con su cabeza.

—La sagrada ley de Adonai no hace mención alguna a una vida después de la vida.

—Está en los cantos de David —dice Zebadías.

—David no es la Torá.

—Según el *Ay del amanecer*...

—«Dios mío, Dios mío, ¿por qué me has abandonado?» —dice Samuel.

—Sí —dice Zebadías, ojeando un rollo con su puntero—, pero más abajo, cerca del final, dice: «Todos los grandes de la tierra comerán y adorarán; se postrarán ante Él todos los que descienden al polvo».

—Estoy cansado de esa línea de razonamiento —dice Gedera.

Zebadías cambia de podio y de rollo.

—Y aquí, en el profeta Daniel, dice: «Y muchos de los que duermen en el polvo de la tierra despertarán, unos para la vida eterna, y otros para la ignominia, para el desprecio eterno».

Desde detrás de Samuel, Yani interviene.

—No sé cómo alguien podría refutar eso.

—Lenguaje metafórico —dice Gedera—. Habla sobre la resurrección nacional de Israel tras estar en medio del polvo de los gentiles.

La multitud se queja, y alguien levanta la voz.

—¡Acrobacias del *midrash*!

—¡Contorsiones de la *halak*! —grita otro.

—*Despertarán* se refiere a la venida del Mesías, cuando los judíos que aman la Ley de Dios se levantarán de su sueño espiritual, y quienes rechazan al Mesías serán puestos en ignominia y desprecio eterno.

—Rabino Gedera —dice Zebadías—, ¿cómo interpretas las palabras vida eterna, *hayei olam*?

—La Ley inmutable de Dios es eterna —dice el saduceo—. Una vida entregada al estudio de la Torá es una vida centrada en asuntos de importancia eterna. Eso es *hayei olam*.

—¿Cómo conduce el rechazo de los saduceos de una vida después de la muerte a una adherencia más fiel a la Torá en términos prácticos? —pregunta Samuel.

—Lo práctico es toda nuestra agenda —dice Gedera—. Quisiera dirigir tu atención a las palabras del quinto libro de la Torá: «Debéis guardar diligentemente los mandamientos del Señor vuestro Dios, y sus testimonios y estatutos que te ha mandado». La voluntad de Dios es que pongamos en práctica sus decretos aquí, hoy, y no en algún mundo siguiente imaginado. La lectura híper literal de los fariseos del profeta Daniel es a la vez peligrosa y desenfocada.

La multitud parece escandalizada mientras Gedera continúa hablando.

—Si todo su trabajo es solamente recibir una recompensa en la otra vida, ¡les hace ciegos a las realidades de la vida que viven ahora!

—¿Cómo responderías —dice Samuel— a la acusación de que la riqueza y el estatus social de los saduceos hacen que sus interpretaciones sean demasiado convenientes?

—Tu clase está muy cómoda en esta vida —dice Zebadías—. ¿Por qué iban a preocuparse por la siguiente? Los judíos comunes viven vidas de tal incomodidad, que tienen que aferrarse a la esperanza de una vida mejor en la resurrección.

—Y tú, rabino Zebadías —dice Gedera—, no te has perdido comidas últimamente, ¿cierto?

La multitud se queja, y algunos gritan: ¡*Niveh zeh!* Otros gritan: «¡Truco sucio! ¡Injusto!».

—Rabino Gedera —dice Samuel—, debes evaluar su interpretación, no su aspecto.

—¡Hipócritas! —grita Gedera—. ¡Ambos me acusaron de permitir que mi supuesta afluencia distorsione mi interpretación!

—Llevamos nuestros cuerpos al estudio de la Torá —dice Zebadías—, ¿no es cierto? No podemos escapar de ellos.

—Tú pareces querer hacerlo —dice Gedera.

Samuel mira a la multitud, que ha pasado a ser una competencia de gritos, y detecta a Yusef. Indica a Yani que se ocupe de la moderación y se dirige hacia su hermano de Capernaúm.

—¿Qué estás haciendo aquí? Por aquí. Ven, vamos, dime —conduce a Yusef al pasillo para tener privacidad y lo agarra por los hombros—. ¡Vi tu nombre en la lista de asistentes y pensé que era un error!

—Yo también, sinceramente —dice Yusef.

—Finalmente lo lograste, apoyándote en la riqueza de tu abba y sus conexiones. Nunca pensé que vería el día.

—Bueno, aquí está.

—Podrías haber utilizado tu herencia hace años atrás —dice Samuel.

—Para hacer ¿qué? No conocía otra cosa sino el estudio. Tenía que ministrar primero a nuestro pueblo.

—Dejando a un lado mis propios celos de tu riqueza, imagino que tu abba estaba molesto.

—Sí, pero su reciente contribución indica que lo ha superado —Yusef asiente hacia el tumulto—. Sucedió algo ahí adentro.

—¿Crees que los saduceos tienen un argumento válido?

—Lo único en lo que estoy de acuerdo con él es en que no debieras haber introducido su fortuna en el argumento. Deja que la interpretación se apoye en sus propios méritos.

—Sensibles en cuanto al dinero, ¿lo somos, Yusef?

—Los dos utilizamos cualquier medio necesario para conseguir nuestros asientos. Tú usaste la triangulación burocrática. Yo usé a mi abba. Lo que importa ahora es que ambos estamos aquí. Y la única pregunta que permanece es lo que haremos con nuestras nuevas posiciones.

—Es justo —dice Samuel—. Aunque creía que sabía qué había venido a hacer aquí. Últimamente no estoy tan seguro.

—¿Qué ha cambiado?

Samuel sabe que es demasiado pronto, y también peligroso, meterse en ese tema.

—Deja que te muestre todo esto…

Capítulo 40

CABELLO CON FORMA DE CASCO

El camino hacia Jerusalén

Pedro está animado por el ritmo de la marcha y porque Jesús los alcanzó hace varios días atrás. Habían tomado la ruta directa de más de cien kilómetros a lo largo del valle del río Jordán, ascendiendo por las montañas de Judea. Su miembro más lento, Santiago el Joven, había seguido el ritmo valerosamente.

En el desayuno alrededor de la fogata, Pedro observa que Jesús se ha alejado en privado para orar, que es su práctica usual.

—Llegaremos a la Ciudad Santa al anochecer —dice Pedro a los demás.

Juan asiente con la cabeza.

—Y antes si mantenemos un ritmo regular.

Natanael pregunta si deberían planear levantar el campamento en el mismo lugar que lo hicieron para la fiesta de los Tabernáculos.

—No es un día festivo —dice Santiago el Grande—, y un campamento atraería la atención. La gente está buscando al maestro.

—Entonces ¿qué? —dice Andrés—. ¿Una posada?

—El mismo problema —dice Pedro—. Hay ojos en todas partes, y las posadas documentan a los visitantes.

—Después del regalo de Juana —dice Judas—, sí que tenemos suficiente para quedarnos en una posada, o tal vez en varias para dividirnos y no atraer sospechas. Podríamos disfrazar a Jesús y quizá usar nombres falsos.

—¿Nombres falsos? —dice Juan—. ¿Y quebrantar el octavo mandamiento?

—El noveno —dice Mateo.

—Tiene razón, Juan —dice Pedro—. Mentir es el noveno.

—El orden no importa —dice Santiago el Grande—. Zeta, tú tienes un hermano en Jerusalén.

—Así es. Isaí.

—La última vez que lo vi no tenía un techo —dice Juan.

—Eso podría haber cambiado —dice Zeta—. Seguramente así es. Pero dudo de que su morada podría acomodarnos a todos.

—¿Alguien tiene un tío rico en la Ciudad Alta, o algo parecido? —pregunta Natanael.

—Judas dice que tenemos suficiente para dormir bajo techo —dice Pedro—. Si podemos encontrar un modo de mantener la identidad del rabino en secreto...

—Y ocultar su presencia de Jerusalén... —dice Juan.

—¿Intentó alguien contactar a Nicodemo? —pregunta Andrés.

—No conocemos su corazón —dice Juan—, o sus intenciones.

—Juan, cuando hablé con él —dice María— tenía un corazón abierto.

—¡Buenos días, amigos míos!

Todos se voltean, y especialmente Pedro se siente aliviado al ver a Jesús.

—Maestro, ¿dónde te gustaría quedarte esta noche?

—¡En la casa de mi amigo Lázaro!

—Creí que vivía en Betania —dice Juan.

—Correcto. En lugar de ir directamente a Jerusalén esta noche, nos quedaremos con Lázaro y sus hermanas. Quiero ver a mi ima. Solamente decir eso en voz alta hace que lo desee todavía más. ¡Sigamos el camino rápidamente!

No mucho tiempo después, cuando se acercan a una bifurcación en el camino, Pedro se asombra al ver a ocho legionarios romanos y su líder, un Decanus: normalmente, un líder de diez.

—¡Alto! ¡Ciudadanos judíos! —grita a sus tropas.

—Todos permanezcan tranquilos —dice Jesús.

—Depongan las armas y dejen sus bolsas —dice el Decanus—. Ahora cargarán las nuestras.

—¿Qué? —dice Tamar.

Mientras los discípulos armados dejan sus armas, Mateo se dirige a Tamar.

—Bajo la ley romana, un soldado puede obligar a un judío a cargar sus cosas —le dice.

—¿Al azar? —pregunta ella, pareciendo incrédula.

—Hay un límite. Una milla, y no más allá.

—Maestro —susurra Pedro—, esto es humillante.

—Obedeceremos —dice Jesús—, con dignidad.

Los soldados cargan a los discípulos con tiendas, furcas (palos en forma de T de poco más de un meto de longitud con bolsas de cuero atadas a la barra), ollas de bronce, cantimploras, botellas, raciones de comida, espadas y escudos.

—¿Cómo debe ser caminar todo el día de un lugar a otro sin ningún metal pesando sobre tu cabeza? —le dice un soldado a Juan. Entonces se quita su casco y pasa su mano por su cabello sudoroso—. ¡Vaya! ¿Alguna vez tuviste el cabello con forma de casco? —deja caer su casco sobre la cabeza de Juan—. ¡Ahí está!

El resto de los soldados se ríen y hacen lo mismo, aplastando sus cascos sobre las cabezas de los discípulos, riendo y burlándose.

Pedro aprieta sus dientes cuando incluso Jesús recibe un casco del Decanus. Solamente Mateo, Judas, Tadeo y Andrés se ahorran ese bochorno. Uno de los soldados entrega una bolsa de diez palos a María.

—Tú también —le dice.

Mateo agarra la bolsa, a pesar de todo lo que ya carga.

—Yo lo llevaré.

—No soy de paja —dice María—. Puedo cargarlo.

—María, por favor —dice él, y le libera de la carga.

—¡Apresúrense, ratas! —dice el Decanus, indicando a los judíos que dejen todas sus cosas en la bifurcación. Pedro se pregunta si quedará algo allí cuando regresen.

—Ratas con hermosos sombreros —dice otro.

Uno de ellos derrama agua sobre su cabeza y sacude su cabello. Pedro se asombra de cuán normales se ven esos hombres sin su casco y su equipo. Son simplemente hombres con túnicas rojas.

—Maestro —dice Judas, extendiendo su brazo hacia el casco que lleva Jesús—, permite que agarre eso. No está bien que tú…

—No es más inadecuado sobre mi cabeza que sobre las de ustedes —dice Jesús.

—Los dos sabemos que eso no es cierto.

—Gracias por tu interés, Judas.

El templo de Jerusalén

Samuel recorre el borde externo de la zona de asientos del Sanedrín con Yusef mientras varios grupos consultan y deliberan.

—En los meses desde la última vez que te vi en Capernaúm, Yusef, ¿cómo has crecido en sabiduría y estatura, además de comprender que puedes valerte de la riqueza de tu familia?

—¿Quieres dejar eso?

—Está bien. Pero puedo ver que no eres el mismo joven impresionable que conocí en Galilea, batallando siempre con tu tallit.

—Me he vuelto más comprometido, discernidor y observante, Samuel. ¿Quiénes eran los hombres a los que vimos en la entrada cuando regresamos del *bet midrash*? —Yusef se voltea para mirar.

—Creí que dijiste que eras observante —dice Samuel.

—Me refería en la adoración.

—¿Observas quién *no está* por aquí? —Yusef le lanza una mirada. Samuel continúa—. Está bien, eres observante. Ahora, descubramos si hiciste observaciones —indica con la cabeza hacia un grupo de hombres en sus escritorios, que copian literatura en pergamino pareciendo comparar textos.

—Mm. ¿Alguna clase de abogados?

—Casi —dice Samuel—. Aquí los llamamos escribas. Pero sí, son abogados en el sentido de que son autoridades principales sobre la sagrada Ley de Moisés, intérpretes y árbitros del pacto de Dios con Israel.

—No van vestidos tan elegantes como la mayoría de abogados que conozco.

—Ocupan puestos no remunerados. Tienen segundos empleos para sostener lo que hacen aquí gratuitamente.

—¿Por qué trabajar sin ninguna compensación?

—Con la esperanza de encontrar favor con alguien influyente aquí y asegurarse un asiento si queda vacante alguno.

—Cualquier medio que sea necesario… —dice Yusef.

—Exacto —dice Samuel, asintiendo con su cabeza a un grupo de judíos vestidos de modo llamativo y que sobresalen —¿Y ellos?

—Anillos de amatista y topacio, populares en Grecia —responde Yusef—. Tocados azules atenienses. ¿Judíos helenistas de visita desde la Decápolis?

—Helenistas, sí, pero no son visitantes. Son herodianos.

—Por supuesto.

—Partidarios del rey Herodes Antipas y, por extensión, de Roma. Esperan asegurarse mayor poder político a expensas del resto de Israel. Hacen compromisos morales, son egoístas y están equivocados. Los zelotes los odian.

—También nos odian a nosotros —dice Yusef.

—Es cierto —dice Samuel—. A todo el que no es zelote. Incluso a ellos —añade, haciendo un gesto hacia un círculo de aspecto triste de judíos ultra ortodoxos susurrantes con mechones de cabello rizado a ambos lados de sus cabezas.

—¡Payot! —dice Yusef—. No he visto un cabello así desde que era niño.

—Siguen al pie de la letra —dice Samuel.

—«No recortarás el cabello de tus sienes ni dañarás los bordes de tu barba».

—¿Devotos de la casa de Shamai?

Samuel asiente con su cabeza.

—Probablemente se están quejando ahora mismo de los seguidores de Hillel.

—Hillel, el más indulgente.

—Pero ambos están comprometidos igualmente con la Torá. Shamai es más literal, mientras que Hillel se enfoca en el principio más amplio. ¿La última disputa? Si se debería decir a una novia el día de su boda que está hermosa, incluso si eso no es cierto.

—Supongo que Shamai dice que no —dice Yusef—, porque sería una mentira.

—Correcto. Además, Hillel sostiene que una novia está siempre hermosa el día de su boda.

—Una historia general de Dios y su pueblo —dice Yusef.

—Ten cuidado a quién le dices eso por aquí —dice Samuel riendo—. Tengo una sensación acerca de ti, Yusef. No mentías cuando dijiste que eres observante y discernidor.

Yusef parece estudiarlo.

—Samuel, ¿algo va mal?

—¿Mal? A lo largo de la historia, los hombres han denominado su época como confusa o turbulenta. Nuestros tiempos no son diferentes, supongo. Puedo decir sinceramente que me alegra que estés aquí. Lo has hecho bien.

—Gracias, rabino.

Por toda la asamblea hay grupos que debaten, escribas que escriben, y saduceos que beben vino. Gedera golpea con un martillo y grita.

—¡Todos! ¡Atención, por favor! ¡Tengo una petición!

El camino de Betania

Por mucho tiempo, Pedro ha estado muy orgulloso de su fuerza y resistencia, y aunque batalla bajo la carga en el calor del día, está decidido a no dejar que los romanos lo vean. Zeta y Santiago el Grande también avanzan con determinación, pero Pedro no puede decir lo mismo del resto. Todos parecen tambalearse un poco y caminar más lentamente.

—No es que sea humillado —dice Pedro—, que lo soy. Es que estoy mortalmente enojado porque le hagan esto a Jesús.

—Yo lo he hecho muchas veces —dice Felipe—, y eso no hace que sea más fácil.

Un soldado empuja a Tomás, y Pedro se da cuenta de que Judas está furioso. Mientras tanto, Jesús continúa a un ritmo regular.

El Decanus agarra a Tamar por la muñeca y levanta su brazo.

—¿A quién de ustedes pertenece esto? —pregunta a sus hombres.

Ella se zafa de su agarre y lo fulmina con su mirada mientras los soldados ríen a carcajadas.

—Nunca podría haber imaginado un momento como este… —musita Zeta.

—Él dijo que obedezcamos —dice Pedro—, así que obedecemos.

—La potente ironía de parte de su enseñanza.

El Decanus alardea ante sus hombres.

—¿Saben lo que dicen los santos hombres judíos que realizan la circuncisión?

—¿Qué? —gritan ellos al unísono.

—El pago es terrible, pero te quedas con las propinas.

Pedro se da cuenta de que los Hijos del Trueno batallan para no estallar.

Un cartel indica hacia un puesto romano.

—Es la señal de una milla —le dice un legionario al Decanus.

—Ah —dice el líder—. Apuesto a que ustedes los judíos nunca han estado más agradecidos por la consagrada ley romana.

—Sabemos que es un honor para ustedes —añade uno de los legionarios.

—¡Deténganse aquí! —dice el Decanus.

Todos se detienen excepto Jesús, que sigue adelante como si no hubiera oído nada.

—¡Dije que se detengan!

Jesús se voltea.

—Tu destino es otra milla desde esa señal, ¿sí?

—Así es —dice un soldado—, pero se nos permite solo una…

—Por *coacción* —dice Jesús—, pero no hay ninguna ley en contra de que los ciudadanos les ayuden el resto del camino por voluntad propia. Vamos, amigos.

—Pero… —objeta el Decanus.

—Si alguien pregunta —dice Jesús—, puedes decir que nosotros nos ofrecimos.

Sigue adelante, y la mayoría de los discípulos siguen tras él.

—¡Rabino! —dice Judas—. ¿Qué estamos haciendo? ¿Por qué íbamos a…?

—Judas —dice Jesús—, ¿dónde nos conocimos?

—En tu sermón en la llanura de Corazím.

—Bien. Cuando estés inquieto, vuelve a pensar en mi mensaje.

Judas se queda atrás, pero el Decanus parece avergonzado. Se apresura a alcanzar a Jesús.

—Por lo menos, déjanos recuperar los cascos para que así no haya ninguna confusión en el puesto.

—Si eso quieres, está bien —dice Jesús, y deja que el hombre recupere su casco resplandeciente.

Los otros hacen lo mismo rápidamente, recuperando sus cascos.

—Si alguien te obliga a recorrer una milla… —dice Felipe.

—Ve con él dos millas —dice Andrés.

Mateo tropieza, y Pedro observa que, en lugar de burlarse de él, los romanos se apresuran a ayudarlo.

Capítulo 41

LA DECISIÓN
DE YUSEF

El Sanedrín de Jerusalén

Yusef está intrigado por la capacidad del saduceo Gedera para atraer la atención en la gran sala de la asamblea. En todos los años que soñó con conseguir de algún modo un nombramiento en este grupo tan estimado, nunca esperó nada como esto: dos líderes expresivos y grandilocuentes colisionando de frente delante de todos. Había supuesto que era costumbre de estos miembros de la élite debatir con calma asuntos bíblicos importantes de modo serio y solemne. Ahora batalla para comprender que él es uno de los miembros, aunque se siente como cualquier otra cosa excepto de la élite o estimado. Si no es por otra cosa, esto debería ser fascinante.

Ni siquiera hay tiempo para que vea lo que piensa Samuel de todo esto. El hombre parece tan inmerso en la acción como él, y también disfruta de los argumentos creativos que vienen desde el podio. Por lo tanto, Yusef está contento con escuchar a dónde quiere llegar Gedera con todo esto.

—No me causa ningún agrado —comienza el saduceo— dirigir sus memorias hacia un incidente doloroso, pero hemos obtenido nuevo conocimiento que requiere que lo reconsideremos...

¿Realmente quiere hablar de eso?, se pregunta Yusef.

—Todos seguimos doliéndonos cuando recordamos que el gobernador Poncio Pilato se apropió bárbaramente de fondos del tesoro del templo para la construcción del acueducto Bier para llevar agua a Jerusalén.

Se producen murmullos por toda la sala, y Yusef está impresionado por la bravuconería de Gedera.

—Y pero aún —continúa el hombre—, seguimos doliéndonos por la pérdida de quienes se resistieron a esta provocación y fueron aplastados, desmembrados, destripados y clavados a estacas, siendo ejemplo para que nadie osara desafiar los diseños de Pilato para esta ciudad, y por los medios mediante los cuales se digna a realizarlo.

Muchos menean sus cabeza y expresan su tristeza.

—Gedera —dice el corpulento fariseo Zebadías—, ¡nos haces daño al revivir esta anécdota tan abominable! Todavía estamos intentando recuperarnos.

—Sería irresponsable —dice Gedera— ignorar las maneras en que este baño de sangre devastador ahora puede demostrar ser instructivo.

—¿*Instructivo*? —grita Zebadías.

—Ha llegado a nuestros oídos información creíble de que el evento fue una fuente de dolor no solo para nosotros sino también para el propio Pilato.

—¡Ese niño lloriqueante ha demostrado ser incapaz de mostrar remordimiento! —dice Zebadías.

—No cuando su trabajo se ve amenazado —dice Gedera—. El emperador Tiberio quedó consternado por el robo por parte de Pilato de los fondos del templo, inexcusable incluso según las normas romanas, y mucho más por la brutalidad con la cual derogó nuestra respuesta.

—¿Qué estás diciendo? —pregunta Zebadías.

—Parecería improbable, sin embargo, que ahora queramos lo mismo que Pilato.

¿Qué quiere dar a entender?, piensa Yusef, y es obvio por el tumulto que muchos otros se preguntan lo mismo.

—Paz —dice Gedera—. Pilato quiere paz. O por lo menos la quiere el César.

—Al emperador Tiberio César Augusto no le agrada Poncio Pilato —dice Zebadías.

—Exactamente —dice Gedera—. La posición de Pilato como procurador de Judea está en juego. Fue reprendido y advertido por enviar tropas para matar a galileos mientras ofrecían sacrificios en nuestro templo, y se le hizo una segunda advertencia por la masacre del acueducto. Ya estaba hasta el cuello y era demasiado joven para esa posición. Y ahora está oficialmente bajo aviso.

—Entonces, hagamos que suceda algo para así poder librarnos de él —dice Zebadías.

Yusef no puede determinar si prevalecen los gritos de sí o de no.

—Corto de vista, Zebadías, como siempre —dice Gedera—. Propongo que nos aprovechemos de su situación débil. Que nos ocupemos de algunas cosas que hemos estado posponiendo.

—Como ¿cuáles? —pregunta Zebadías.

—Eso les corresponde decidirlo a este grupo y sus comités. Podríamos sugerir a Pilato que un líder revolucionario está fomentando un derrocamiento, digamos que para quitar los escudos votivos romanos del palacio.

—Él no se toma bien el soborno —dice Zebadías.

—¿Cuáles son sus opciones?

La sala se desintegra y se convierte en una discusión acalorada entre facciones, y Yusef quiere participar en ella, pero Samuel lo detiene en seco.

—¡Yusef! —le dice—. ¡Quédate callado!

—Tengo un asiento, y usaré mi voz. ¡Esto es absurdo!

Samuel lo lleva deprisa hacia una salida y a la *bet midrash*.

—Escucha, sé lo que pretendes. Sé que tienes cosas que quieres lograr, pero eres nuevo aquí. Nadie te conoce. Te harán callar.

—Entonces, ¿dónde comienzo?

—Escoge tus batallas. ¿Qué quieres lograr?

Si él supiera… Yusef se muerde la lengua.

—Para lo que hayas venido aquí —continúa Samuel—, la clave está en meterte en un comité comprometido con los mismos fines.

—¿Cuáles son los comités?

—Toda la gama de intereses judíos. Hay un comité sobre pureza ritual e inspección sacrificial, muy práctico. Diezmos y tesoro. Agricultura y ley alimentaria. Educación y trabajo. Sabbat y observancia de fiestas. Depende de qué viniste a hacer.

—Vine para marcar una diferencia —dice Yusef.

—Todos dicen eso al principio.

—Y entonces, ¿qué sucede?

—Intento ayudarte, Yusef. Provienes de un negocio familiar destacado y, sin embargo, escogiste trabajar entre el pueblo común en la Galilea rural donde no hay espacio para intelectuales como nosotros. Sin embargo, en algún momento decidiste avanzar desde tu pose juvenil y…

—¡No era una pose!

—Idealismo juvenil, entonces. Decidiste crecer y madurar.

—No me insultes.

—¿Te inclinas hacia las interpretaciones de Hillel debido al contacto con Nicodemo? —pregunta Samuel.

—¿Tuvo el efecto contrario en ti el tiempo que pasaste con él? —Yusef siente que ha tocado un punto sensible y que Samuel no puede replicar esa perspectiva—. Ninguno de los comités parecen muy interesantes.

Samuel se encoge de hombros.

—También hay tareas de corto plazo. Un comité elegido sobre investigación de muertes de civiles en la revuelta macabea. Otro sobre la renovación del templo. Reforma litúrgica. Reclamación de Beerseba y la frontera sur...

—¿Beerseba? Es parte de Edom, ¿no?

Samuel asiente con su cabeza.

—Ancianos aburridos se aferraron a un pasaje del tiempo de los jueces que describe las fronteras de Israel desde el norte hasta el sur como «desde Dan a Beerseba». Quieren recuperarlo, restaurar las fronteras.

—No se me ocurre nada más aburrido, o fútil.

—A mí sí —dice Samuel—. Preservación de artefactos davídicos para el Archivo Nacional. Investigación sobre la autoría de Job. Teorización de profecías cumplidas del periodo de la Babilonia tardía y el exilio. Precisión histórica de los libros de Judit y Tobías...

—¡Espera! —dice Yusef—. ¿Cuál es el de las profecías babilónicas?

—Ah, es académico. Una lista propuesta de profecías desde la época de Nabucodonosor Segundo que pueden haberse cumplido en el reinado de Antíoco Epífanes, y cuáles están aún por cumplirse.

—Ese.

—¿De veras? De repente pareces muy seguro.

—Lo estoy.

Capítulo 42

VIEJOS AMIGOS

El camino de Betania

Judas está desconcertado mientras los discípulos siguen a Jesús todo el camino de regreso hacia la bifurcación en el camino que lleva a Betania. Cuando Jesús insistió en que fueran otra milla con el pesado equipo de los romanos, en realidad significó tres millas, incluyendo las dos millas de regreso hasta donde dejaron sus propias pertenencias. ¿Qué sentido tenía todo eso?

Milagrosamente, todo estaba intacto. Sus camaradas y él casi vacían sus cantimploras antes de cargar las cosas.

—Estoy orgulloso de todos ustedes —dice Jesús—. Sé cuán difícil fue. Lo hicieron bien. Ahora, a Betania.

Más adelante, cuando Betania por fin es visible en la distancia, Judas se apresura para llegar hasta Jesús, que va casi delante del todo.

—¿Rabino?

—¡Judas! ¿Cómo te sientes?

—Exhausto. No estoy acostumbrado a la vida en el camino, a ser un misionero…

—Dale tiempo. Yo también estoy cansado, pero casi hemos llegado. ¿Has estado en Betania?

—Sí, en realidad sí. Quería preguntarte algo. Cuando estés con tu ima, me preguntaba si yo podría visitar a un viejo socio en el pueblo.

—¿Viejo?

—Bueno, un exsocio. Me tomó como aprendiz cuando murió mi padre.

—Una persona importante…

—¡No más importante que tú, rabino! No me malentiendas.

—Te entiendo, Judas. Ve a verlo por todos los medios, pero espera hasta después de la cena.

Al final de una senda larga, Jesús se detiene y los otros también.

—Esperen —dice.

—¡Jesús! —es María, una de las hermanas de Lázaro, que salió deprisa de una casa en la distancia—. ¡Estás aquí!

Jesús sonríe a los discípulos.

—Creo que estamos en el lugar adecuado.

Ella llega corriendo hasta ellos.

—¡Por fin! Vamos, vengan todos, ¡por aquí!

En la casa, la otra hermana de Lázaro, llamada Marta, está ajetreada ordenando, limpiando e incluso ajustando la posición de los muebles. Mientras limpia el alféizar de una ventana, ve a su hermana guiando a Jesús y sus seguidores hacia la casa. Entrecierra los ojos.

—Tres, cuatro, cinco, seis… ¡Adonai del cielo!

Jesús abre la puerta de par en par con una floritura.

—¿Por qué se esconde en la casa mi querida Marta? —dice.

—¡Señor mío! —dice Marta postrándose—. Oh, rabino, perdona por favor el estado de…

Aparece Lázaro desde su oficina.

—¿Qué significa esto? —demanda—. Llegas aquí sin anunciar…

—Hola, Lázaro —dice Jesús sin expresión—. Solo pasábamos por aquí y, bueno, pensé que podríamos quedarnos.

—¡Qué atrevimiento! —dice Lázaro.

Los dos viejos amigos están a un pie de distancia, en una competencia para ver quién es el primero en sonreír. Lázaro pierde.

—Ha pasado mucho tiempo, amigo mío.

Los hombres se dan un abrazo mientras los discípulos parecen aliviados.

—¿Qué puedo ofrecerles? ¿Agua? ¿Olivas? ¿Vino? —dice Marta.

—Algo mejor que todas esas cosas —dice Jesús.

—Es un muchacho de mamá —dice Lázaro.

—Ella fue al bosque a recoger bayas —dice su hermana María.

—¿Sola? —pregunta Pedro.

—Lo intento, pero ya sabes cómo es ella —le dice Lázaro a Jesús.

—Imposible refrenarla —dice Jesús.

—Sinceramente —dice María—, ella es la única en esta casa que sabe qué bayas son venenosas y dónde encontrar las más sabrosas.

—Tiene mucha práctica —dice Jesús.

—Lázaro —dice Marta—, ve a buscarla.

—Está bien —dice Jesús—. No hay que preocuparse. Regresará antes de que esté oscuro. Sentémonos.

—Sí, sí —dice Marta—. Debe haber sido un viaje muy largo. Por favor...

El Sanedrín de Jerusalén

A Yusef le agrada reunirse con varios miembros del comité. Samuel le presenta al fariseo Zebadías como «hijo de Arnán».

—¡Ah, sí! —dice el hombre tan corpulento—. Nombrado recientemente. Felicidades. Fue notable ver tu nombre aparecer en la lista de la nada.

—Bueno —dice Samuel—, yo no diría que de la na...

—Vayamos al grano —dice Zebadías—. ¿Dónde conseguiste el dinero para tu asiento?

Yusef mantiene su cabeza alta.

—Mi familia posee un negocio de construcción en Jerusalén.

Zebadías levanta sus cejas y aparta la mirada.

—Poseer tierras sería una cosa, pero ¿construcción? Qué vulgar.

Samuel se lleva a Yusef, susurrando urgentemente.

—¡Era el presidente del comité de cumplimiento de profecías!

—¿Qué hay tan vulgar en la construcción?

—Ellos consideran los edificios nuevos como deterioro de la estética de la ciudad.

Se acercan al saduceo.

—¡Gedera! —dice Samuel—. ¡Fue un discurso maravilloso sobre Pilato!

—Entonces —dice Gedera—, ¿me apoyarás?

—Organicemos un almuerzo con mi colega Yani. Este es Yusef, hijo de Arnán. Acaba de...

—Conozco a Arnán —dice Gedera—. ¿Qué rabino patrocinó tu aplicación?

—Anás —dice Yusef—, hijo de Set.

—Un compañero saduceo —dice Gedera—. No me molestaré en preguntar por qué patrocinó a un nuevo miembro de un partido rival. Ya conozco la respuesta.

—Todos somos hijos de Israel —dice Samuel—, aunque estemos en desacuerdo en detalles particulares.

Gedera se centra en Yusef.

—La próxima vez que veas al viejo amigo de tu abba, Anás, dile que quiero hablar con él sobre las casetas de sus hijos. No dejan de comprar casetas en el mercado en el monte de los Olivos antes incluso de que estén a la venta. Quiero saber quiénes son sus contactos. Puede que tenga que cantarle un canto a Caifás acerca del yerno de Anás y cierto incidente con una golpiza a un esclavo. Él sabrá de lo que hablo, te lo aseguro.

—¿Quieres que lo amenace?

Samuel vuelve a intervenir.

—Por aquí, Yusef. ¡Hoy tenemos que conocer a muchas personas! Gedera, déjame saber sobre el almuerzo.

Gedera lo despide con un gesto con su brazo.

—Hablando de almuerzo —dice Samuel—, vamos a comer. Estoy agotado.

—*Yo estoy* agotado.

Capítulo 43

HOSPITALIDAD

La casa de Lázaro

Con cariño por estar de regreso en un entorno familiar y con recuerdos preciosos, Jesús se acerca a una ventana mientras come garbanzos tostados. Por el momento está tranquilo, especialmente anticipando la reunión con su madre. Eso completará totalmente un día arduo de la mejor manera que él puede imaginar. Incluso pensar en ello trae a su mente enseñanza, algo que ha deseado compartir con los discípulos, las mujeres, y ahora también con sus viejos amigos.

El cuarto está lleno de personas queridas, pero Lázaro, igual que en la niñez, es quien está más cerca. Jesús le pregunta cómo va su viñedo.

—Ha sido un verano seco —dice Lázaro—, pero nos las arreglamos.

—¿Cuál es el sueldo diario de regadores y podadores?

—El mismo que en la carpintería.

—Un denario. Mm. Eso me recuerda una historia.

Los demás, aunque han estado conversando distraídamente unos con otros, dirigen su atención a él. Él agradece que parezcan deseosos de una lección, una parábola, alguna enseñanza. Sin embargo, antes de que pueda comenzar, todos se voltean al oír un ruido en la cocina; todos menos María (la hermana de Lázaro), que se ha sentado para escuchar a Jesús.

—¿Todo bien por ahí, Marta? —pregunta Lázaro.

—¡Estoy bien! Solo… Todo bien. ¡Continúen!

Lázaro asiente con su cabeza a Jesús, que está listo con una parábola que se pregunta cuántos comprenderán. Tras la molesta disputa acerca de quién tendrá qué rango en el reino, Jesús no es optimista, pero está deseoso de relatar la historia. Y ellos sí parecen estar atentos.

—El reino de los cielos —comienza— es como el dueño de una casa que salió temprano en la mañana para contratar obreros. Después de acordar pagarlos un denario al día, los envió a su viña.

Lázaro sonríe.

—Haces que parezca muy sencillo.

—Y al llegar la hora tercera, encontró a otros que estaban ociosos en el mercado y les dijo: Vayan ustedes también a mi viña, y les pagaré lo que sea justo. Así que fueron.

Jesús titubea mientras Marta precariamente lleva una bandeja llena al cuarto y comienza a distribuir copas de té caliente a cada uno.

—Lleva salvia —va susurrando.

Los discípulos se muestran agradecidos.

—Regresando otra vez a la hora novena, hizo lo mismo —continúa Jesús—. Y a la hora undécima salió de nuevo y encontró a otros obreros. Les dijo: ¿Por qué están aquí ociosos todo el día? Ellos respondieron: Porque nadie nos contrató. Entonces les dijo: Vayan ustedes también a mi viña.

Jesús continúa, consciente de que Marta está de pie con su bandeja vacía, intentando claramente atraer la atención de su hermana y mirándola intensamente. Sin embargo, María parece hechizada. Marta resopla, levanta sus cejas y regresa apresurada a la cocina.

—Cuando llegó la noche, el dueño de la viña dijo a su capataz: Llama a los obreros y págales su salario, comenzando desde el último hasta el primero —Jesús oye ruidos en la cocina y huele pan dulce, esperando que eso no distraiga a sus oyentes—. Entonces, cuando llegaron los contratados a la hora undécima, cada uno de ellos recibió un denario. Cuando llegaron los contratados primero, pensaron que recibirían más, pero cada uno de ellos también recibió un denario. Y, cuando lo recibieron, se quejaron con el dueño de la casa, diciendo: Estos últimos trabajaron solo una hora y los has hecho iguales a nosotros que estuvimos aquí todo el día bajo el calor sofocante.

Pero él respondió: Amigo, no te estoy ofendiendo. ¿No acordaste conmigo un denario? Toma lo que te pertenece y vete. Si yo decido pagar lo mismo a este último obrero, ¿no se me permite hacer lo que decida con lo que es mío? ¿O envidias mi generosidad?

Marta entra otra vez apresurada con el pan fresco cortado y adornado con rebanadas de durazno, moras, almendras peladas, y rociado de azúcar. Jesús se esfuerza por mantener la atención de todos.

—Por lo tanto, los últimos serán primeros, y los primeros últimos.

Mientras Marta reparte a cada uno una servilleta bordada y un postre, Pedro habla.

—¡Vaya, vaya! ¡Un momento!

—¿Los que trabajaron una hora recibieron el denario? —dice Judas—. ¡Eso es doce veces más de lo debido!

—¡El dueño del viñedo se está timando a sí mismo! —dice Lázaro.

—¿Es injusto el reino de los cielos? —pregunta Judas.

—Lo entiendo —dice Santiago el Grande—. Yo estoy contento con ser el último.

—Con ojos terrenales —dice Jesús—, supongo que parece injusto, pero no dije «el reino de este mundo» Dije «el reino de los cielos». Es ahí donde no se mide a las personas según lo que merecen.

Marta le entrega una rebanada de pan.

—Gracias —dice—. ¡Se ve delicioso!

—De nada, aunque habría sido mejor si no tuviera que hacerlo todo yo sola.

—¿Mejor? —dice Jesús.

—¡Sí! Más apropiado para alguien tan importante como tú. Parece que no notaste que mi hermana me dejó sola para servir —Jesús es consciente de que los demás ahora levantan sus miradas, pareciendo escuchar disimuladamente—. Desde el momento que llegaste aquí —continúa Marta—, María no ha hecho nada para servirte. Ha ignorado todo lo que he estado haciendo para que te sientas cómodo, y está claro que no va a notar cuán duro estoy trabajando. Tal vez si *tú* le dices que me ayude...

Jesús nota la expresión incómoda de María.

—Marta, Marta, por favor siéntate, aquí a mi lado —le dice.

—¿Cómo puedo sentarme? ¡Solo la mitad de mis invitados han sido servidos!

Jesús agarra su brazo tiernamente, y la expresión de ella cambia.

—Podemos discutir esto en otro momento —dice ella—. Lo siento.

—Quiero que otros oigan esto —dice Jesús—. No hay nada por lo que avergonzarse. Has hecho algo maravilloso —ella se sienta a su lado, y él continúa—. Estás ansiosa y cargada por muchas cosas, y no sin motivo. La hospitalidad siempre importará, y estoy agradecido por lo que has hecho.

—Es lo que mereces —dice ella—, y más.

—Tienes buena intención —dice él—, pero solo una cosa es verdaderamente necesaria. La mejor manera de servirme es prestar atención a mis palabras. Esa es la prioridad, y eso es lo que tu hermana ha escogido. Es la buena parte, la cual no le será quitada.

—¿Quitada?

—Tu comida, Marta, las porciones, son maravillosas, pero pasarán junto con el resto de este mundo. Mis palabras nunca pasarán. María ha escogido disfrutar de algo de valor eterno —se voltea hacia los demás—. Quiero que todos oigan esto claramente. No estoy reprendiendo a Marta. Los actos de servicio son hermosos, y la acción es buena. Marta, estuviste haciendo lo que creías que se esperaba de ti, y lo que haces es valioso. Y María probablemente podría haber ayudado un poco —María se encoge de hombros, y Jesús sonríe—. Sin embargo, no quiero que te distraigas de poder estar presente conmigo y los amigos que he traído. Los invito a todos a algo que es mejor: sentarse a mis pies, escuchar mis palabras con atención, y devorarlas como una comida que es más nutritiva que la comida real.

Jesús levanta su postre con una sonrisa.

—Dicho eso, indudablemente no quiero que se desperdicie la deliciosa comida de Marta. Por lo tanto, si todos comprendieron la lección, ¡demos gracias y comamos! —mientras los otros aplauden, Jesús da un bocado y cierra sus ojos—. ¡Divino!

Mientras todos ríen, Andrés, que todavía no ha sido servido, levanta su mano.

—Me gusta lo divino…

Lázaro se dirige a la cocina.

—Yo traeré el resto —Pedro lo acompaña.

—¿Qué es ese sabor intenso en el pan? —pregunta Jesús a Marta.

—Puse un poco de menta y limón en la masa.

—Brillante.

Lázaro y Pedro regresan.

—Bien —dice Lázaro—, ¿quién no recibió nada?

La mano de Santiago el Grande se levanta de inmediato.

—¿Cómo? —dice Pedro—. ¡Tú ya comiste!

El grupo ríe mientras Santiago se limpia azúcar de su barbilla.

Más adelante, tras la abundante comida, Jesús disfruta de estar en medio de ese ambiente festivo. Anhela ver a su madre, pero mientras tanto se dicen bromas y quienes saben tocar tocan instrumentos que Lázaro ha reunido. El viejo amigo de Jesús deja de tocar, se levanta, y se mueve discretamente hasta apoyarse en una mesa y mantenerse erguido, con una mano sobre su espalda.

Mientras Jesús da un sorbo a su vino, se detiene al ver su propio reflejo ondulante en el líquido, y le inunda una sensación de presagio fatídico. Deja el vaso y sale afuera calladamente. Al alejarse un poco de la casa, reconoce una silueta familiar que carga un cesto en la oscuridad. Él sale corriendo hacia ella. Ella deja caer el cesto y se funden en un abrazo.

—Hijo mío —dice ella.

—¡Ima! ¡Sí, estás aquí realmente!

—*Tú estás* aquí realmente.

—Sí —dice él—, pero hay un grave problema.

—¿Qué? —dice ella—. ¿Qué ha sucedido?

—Es que… no sé qué vamos a hacer. Yo podría arruinar toda la noche —adopta el tono más sombrío—. Ellos… se quedaron sin vino.

Ella le da un golpe con su chal.

—Ah, ¿qué haremos? ¡Vaya!

—¿Rabino? —es Judas, que carga su bolsa—. No quiero interrumpir…

—Claro que no —dice Jesús.

—Dijiste que después de la cena. ¿Es ahora un buen momento?

—Sí, y desea lo mejor a tu amigo de mi parte.

Judas asiente con su cabeza y parece perplejo, probablemente preguntándose cómo hará eso. Se dirige tímidamente a la madre de Jesús.

—Me alegro de verte otra vez, mujer. Shalom, shalom.

Capítulo 44

SIMPLEMENTE HUMANOS

Afuera de la casa de Lázaro

Cuando Judas desaparece en medio de la noche, habla la madre de Jesús.

—Parece que hay una fiesta allá adentro —dice.

—Así es; pero no entremos todavía.

—Está bien —dice ella con tono firme y decisivo—. Ven conmigo al pozo. Tu cabello necesita una limpieza.

Detrás de la casa, ella vierte un cubo de agua sobre su cabeza.

—¿Cómo es tu nueva vida aquí? —le pregunta él.

—No es como la casa, pero creo que los dos sabemos que ninguno de nosotros puede regresar nunca a Nazaret.

—¿Lo extrañas? —pregunta él mientras enjabona su cabeza.

—Nazaret es solamente un lugar. Y después del modo en que te trataron…

—Pero la tumba de Abba está allá.

—Mis pensamientos habitan en la tierra de los vivos.

—¿Se ocupa bien de ti Laz?

—Demasiado bien. Si fuera por él, me quedaría sentada todo el día protegida del sol y mimada por Marta como si yo fuera la reina de Saba. Tuve que ponerme firme e insistir en que me dejaran contribuir, recogiendo semillas y bayas.

—Eso he oído.

Ella le seca el cabello.

—Es tu turno —añade él.

Ella aparta el pañuelo que cubre su cabeza.

—Me gustaría mucho si pudieras hacerlo de modo que nadie aparezca por esa esquina.

Él ríe con fuerza, pero cuando alcanza el cubo de agua, lo ahoga la emoción.

—¿Qué pasa? —dice ella.

Él se limpia las lágrimas.

—Me recuerda cuando la vida era sencilla.

—Era muy sencilla —dice ella—. Batallábamos. Algunas noches tu papá y yo teníamos que decidir quién de nosotros comería.

—Lo sé —vierte agua sobre la cabeza de su mamá—. Era importante aprender la incertidumbre de la pobreza. Mis seguidores son pobres en otro sentido: su modo de comprender, de escuchar, de tener fe. Me temo que están destituidos.

—¿Tan mal están las cosas?

—Ellos piden cosas terrenales: posiciones de prestigio a mi derecha y a mi izquierda en la gloria. Se ofenden cuando muestro humildad y deferencia hacia los poderes de este mundo en lugar de, no sé, convertir a los soldados romanos en estatuas de sal.

—Son simplemente humanos —dice ella—. ¿Qué esperabas?

—Yo también soy humano, ya lo sabes.

—¿Lo sé? Querido, te cambiaba cuando eras un niño. Créeme que lo sé.

Él se ríe mientras le enjuaga el cabello.

—Lo que me entristece es… sí, es muy humano sentir que nadie comprende esto, y no es culpa de ellos. Simplemente son incapaces de entender. Yo hablo las palabras de mi Padre del cielo. Los líderes religiosos lo llaman blasfemia y traman contra mí mientras que algunos en general lo entienden mal. Mis propios seguidores dicen que están de acuerdo, pero se voltean y actúan de un modo que hace que parezca que no han absorbido ni una sola palabra que dije.

—¿Qué será necesario para que comprendan? —pregunta ella.

Él seca su cabello.

—¿Hijo?

—Amarga.

—¿Qué? —dice ella.

—Es una respuesta amarga a una pregunta amarga.

Ella vuelve a cubrirse su cabeza.

—Hablas en parábolas.

—Lo hago.

—¿Recuerdas cómo tu papá te enseñó a cortar una cola de pato? No te contaba una historia. Ponía sus manos sobre las tuyas, rodeaba las herramientas con tus dedos y te guiaba.

—Ciprés, roble, sicómoro —dice Jesús—. Esas maderas obedecen la mano del maestro; pero los corazones humanos, esa es otra historia.

—Bueno, no hace daño intentarlo; me refiero a ser directo.

—Intenté hacer eso recientemente. Les dije con exactitud lo que iba a suceder. Ni siquiera les entró en la cabeza. El deseo humano de evitar las noticias difíciles hace que en ocasiones sean sordos.

—Es verdad —dice ella—. Sabrás cómo hacerlo. Vayamos adentro. Quiero ver cómo le va a Simón.

—Para empezar, tiene un nombre nuevo.

—Ah, ¿de veras? ¿Igual que de Abram a Abraham?

—Parecido.

Capítulo 45

FAMA E INFAMIA

La oficina de Hadad

Judas disfruta de una extraña sensación de libertad y nostalgia al entrar calladamente donde sabe que su exsocio de negocios estará trabajando incluso en medio de la oscuridad de la noche. No ha pasado tanto tiempo desde que dejó a este hombre para seguir a Jesús, y no puede negar que ha sido el periodo (cómo podría expresarlo) más intrigante de toda su vida. Ha oído cosas profundas y ha visto milagros que lo persuaden de que Jesús es quien afirma ser y quien sus otros seguidores saben que es.

Sin embargo, el rabino está tan lleno de misterio y contradicción que Judas se siente aliviado al tener aunque sea un breve respiro del día a día con estos extraños amigos nuevos. Jesús personifica la paradoja. Los líderes deben ser siervos. Para ser rico hay que hacerse pobre. Los últimos serán los primeros. Ama a tus enemigos. Incluso ora por ellos. Eso es fascinante, revolucionario, y diametralmente opuesto al trasfondo de Judas y su formación, principalmente bajo el hombre al que está a punto de sorprender.

Hadad había visto algo en él que el propio Judas era lento en reconocer: la habilidad para aprender y adaptarse con rapidez.

Él entendía los cambios en el negocio y sobresalía en descubrir y usar cualquier medio que fuera necesario para favorecer a sí mismo y a Hadad y sus intereses, sin tener en cuenta cuál fuera la transacción. Aunque su sutil duplicidad hacía que en su interior con frecuencia entrara en conflicto, había demostrado ser un malestar temporal que quedaba olvidado fácilmente en medio del ajetreo de hacer sumas y dividir los beneficios.

Judas no podía poner falta a la ética de trabajo de Hadad; tal vez la única ética que empleaba el hombre. Estaba dispuesto a hacer todo lo que fuera necesario para maximizar su beneficio, y su mantra era que un negocio crece o muere pronto. Cuando Judas entra de puntillas sin que el cerrojo haga ningún ruido, tiene que sonreír ante lo que Hadad pretende incluso ahora: una estratagema que había enseñado a Judas en su primer día de trabajo. Está fundiendo cera sobre un contrato, lo cual le permitirá falsear la fecha.

—¿Todavía usando ese viejo truco? —pregunta, y Hadad se lleva un susto tremendo.

—¡Por el Hades y Estigia! ¿Cómo entraste aquí?

—La llave seguía bajo la planta. Ya sabes, es aconsejable cambiar los cerrojos y los lugares secretos después de prescindir de un empleado.

—Yo no prescindí de ti. ¡Tú renunciaste! Pensé que no volvería a verte nunca. ¿Se desbarató todo?

No exactamente, piensa Judas. *Pero...* Acerca una silla.

—Simplemente pasábamos por aquí.

Hadad eleva una de sus cejas.

—Siéntete en casa.

Judas se ríe.

—Lo siento. Debería haber llamado.

—¿Dónde tienes tu casa en estos tiempos?

Judas se encoge de hombros.

—Somos nómadas, principalmente acampamos. En realidad, sigo sin acostumbrarme a eso.

—¿Tu rabino no tiene una casa central?

—Capernaúm, supongo. Si se puede llamar casa a un lugar que suele frecuentar. De momento, estamos *fuera de Capernaúm estratégicamente*. Hay demasiada atención.

Hadad se reclina.

—He oído que su fama y su infamia se están extendiendo. ¿No debería estar reuniendo un ejército en lugar de ser expulsado de pueblos alejados en el norte?

Exactamente, piensa Judas.

—Yo soy más nuevo que los otros. Mi opinión no cuenta mucho.

—Él podría aprender de ti —dice Hadad—. Está claro que no comprende la importancia de la percepción en los negocios, en negocios de cualquier tipo.

Cuánto ha extrañado Judas la perspectiva de este hombre.

—Su imagen entre los líderes religiosos es un problema. Se sienten amenazados por él —dice.

—No solo los líderes religiosos de su propia secta —dice Hadad—. Oí que una de sus seguidoras fue asesinada por un romano de alto rango. ¿Es verdad?

—Fue un accidente terrible y trágico. Fue el propio pretor. Ha sido castigado; degradado.

Hadad se ríe en tono de burla.

—Ellos matan a uno de nuestros ciudadanos y reciben una bofetada en la mano. Imagina si nosotros pusiéramos un dedo sobre uno de ellos. Me refiero a que pronto lo averiguaremos, porque eso tiene que suceder pronto, ¿cierto?

—Yo… supongo.

—Vamos, Judas.

—Mira, él *es* el Mesías, no hay duda. Sana a personas y hace milagros. Su enseñanza no se parece a nada que nadie haya oído nunca. Tú mismo lo dijiste.

—Entonces, ¿por qué no pareces convencido?

Hadad sabe bien cómo llegar al meollo del asunto.

—Lo que yo recuerdo —continúa Hadad— es que él no tomó una colecta. Aquella multitud era *enorme*. Tenía con él todos los oídos, los corazones y, por lo tanto, las bolsas de todos. Lo único que tenía que hacer era pedirlo.

Judas intenta convencerse a sí mismo y también a Hadad.

—¡Eso es lo que le hace grande! Nadie puede llamarlo charlatán o timador, que es más de lo que puedo decir de mí mismo.

—¿Por necesitar comer?

Bien, ya llegamos a eso, piensa Judas.

—Admito que no comprendo lo que hacemos o por qué lo hacemos, o por qué no nos movemos con más rapidez. Estoy intentando aprender. Pero, mientras tanto, oye, no paso hambre.

Hadad sonríe.

—Eras flaco incluso cuando comíamos como reyes, ¿cómo iba yo a saberlo? —entonces se pone serio—. ¿Tienes ahorros?

—Intento ser cuidadoso con cómo reparto el dinero, y guardo una parte para cuando haya sequía. Sin embargo, ellos son frecuentes en que yo...

—¿A qué te refieres con *yo*?

—Me pusieron a cargo de las finanzas.

—¿No aprendiste nada de mí?

—Intenté olvidar —dice Judas, tratando de interpretar la expresión exagerada de Hadad de que le dolió—. Lo siento. Estoy agradecido por lo que aprendí, y ahora intento usar lo que tú me enseñaste para ayudar al grupo.

—¿Recibes compensación por esta habilidad especial?

—Hay otro que tiene una habilidad exquisita para las cuentas, pero ni se acerca a ellas. Antes era recaudador de impuestos.

—Ah... —dice Hadad—. Una conciencia culpable.

—Y eres tú quien lo dice.

—Si fueras el único calificado y dispuesto, merecerías una compensación como mínimo por tu trabajo especializado.

Como dice Salomón: «Ay de aquel que hace que su prójimo lo sirva a cambio de nada y no le da su salario».

—Eso no lo dijo Salomón.

—¿A quién le importa quién lo dijo? El principio es el mismo. Tú también sabes cómo invertir con prudencia. Es un buen negocio colocar una parte donde pueda producir intereses.

—En realidad, Jesús tiene una parábola sobre eso.

—¿A favor de ganar intereses?

—Sí, eso.

—Entonces, ¡tienes la seguridad de saber que estás haciendo exactamente lo que él querría que hicieras!

—No vine aquí en busca de consejo, Hadad.

—¿Por qué estás aquí, además de parecer confuso y además más santo de lo que eres y avergonzado? Estás enojado, Judas.

No puedo argumentar contra eso.

—Sí. Mis creencias fueron sacudidas. No sé nada excepto que él es el único y verdadero Mesías, el futuro rey de Israel que se sentará sobre el trono de David. Y que él me ha llamado.

—Y te llamó con un propósito —dice Hadad—. Hasta que lo averigües, por lo menos puedes estar seguro de que haya recursos suficientes para que la misión siga adelante, para que cuando él tome ese trono davídico del que hablas, tú seas su elección natural como Secretario del Tesoro.

¡Secretario del Tesoro!

—Yo… no estaba pensando tan adelantado.

—Te dieron responsabilidad fiduciaria completa, así que deja de querer permiso para mejorar el ministerio o para tomar decisiones de adultos. Todos ellos necesitan madurar, tú necesitas ser compensado, y él necesita liderar. Si crees verdaderamente que Jesús es el futuro rey de los judíos, entonces ayúdalo a actuar como tal. Para eso te tiene con él.

Capítulo 46

PREGUNTAS DE OPCIÓN EXCLUYENTE

El Sanedrín de Jerusalén

Yusef apenas si puede creer que por fin la sesión ha terminado. ¡Vaya calvario! Asiente con la cabeza cordialmente a los colegas que se marchan y espera poder estar solo, una silla cómoda, y tal vez poder dormir una siesta. Samuel y Yani se acercan, y los tres se dirigen a la salida.

—Vaya par de días, ¿no, rabino? —dice Yani.

—¿Aprendiste mucho? —pregunta Samuel. Yusef da un suspiro.

—Principalmente, que tengo mucho que aprender.

—Todos comienzan en algún lugar —dice Yani—. Yo aún no soy parte de los setenta y dos como tú. Agarrarás el ritmo —mientras Samuel se aleja, aparentemente distraído por alguien, Yanni continúa—. Anímate. La sesión de mañana no será tan intensa. Todos tienen que llegar a sus casas antes del sabbat.

—¡Rabino Yusef! —grita Samuel—. ¡Aquí! Ayer no tuve la oportunidad de presentarte a Lehad, hijo de Etnán. Preside el comité selecto sobre la reclamación de Beerseba y la reforma de la frontera sur del que te hablé.

Yusef se obliga a sí mismo a ser cordial a pesar de su cansancio y del hecho de que ese es un comité en el que no tiene el más mínimo interés.

—Es un honor conocerlo, rabino.

—El honor puede que sea mío —dice Lehad—, pero lo veremos por cómo respondes mis preguntas de opción excluyente.

Yani levanta sus cejas, pero Samuel parece alentar alegremente al hombre.

—¡Sí, ciertamente muy afamadas!

Oh, por amor de... piensa Yusef.

—¿Cuáles son?

—¿Abadejo o besugo?

Pero ¿qué dian...?

—Mm.

—Sigue tu primer instinto —dice Yani.

—Besugo.

—¿Sandalias de cuerda o de cuero?

—De cuerda.

—¿Hillel o Shamai?

—¿Por qué? *Vaya, ¿pisé un punto sensible?* —Yo me senté a los pies de Rabban Nicodemo.

—¡El maestro de maestros! —exclama Lehad—. Temido por todos, incluido Shamai, y respetado en toda la tierra. Ha estado ausente por varias semanas en un viaje de investigación. ¿Fue instructor invitado en tu escuela hebrea? Pareces un poco joven para eso.

—Visitó Capernaúm, donde yo residía.

—¿Por qué escogiste Capernaúm?

—Para estar entre los galileos, el pueblo común, lejos de mi hogar familiar en la Ciudad Alta allá.

—Muy noble. Me impresiona. Me hace recordar la historia de Samuel cuando fue a Belén para ungir a uno de los hijos de Isaí para ser el siguiente rey de Israel. Ellos ni siquiera pensaron que David era digno de que lo llevaran delante de Samuel. Uno nunca sabe lo que encontrará en los lugares pequeños y desconocidos.

¿Por cuánto tiempo debo soportar esto?

—Ciertamente —dice Yani, sabiendo que debe esforzarse por ser respetuoso—. El rabino Samuel me dice que estás interesado en trazar de nuevo la frontera sur para englobar la ciudad de Beerseba.

—Así es. Para honrar la promesa original de Dios de las fronteras norte y sur: «Desde Dan hasta Beerseba».

—Podría ser difícil atraer mucho entusiasmo para un plan así cuando están sucediendo muchas cosas con Roma, ¿no crees? —dice Yani.

—Tengo una estrategia —dice Lehad—. Beerseba puede que no parezca un asunto urgente para muchos en el Sanedrín, pero sabemos cómo llamar su atención. El asesinato de Jesús de Nazaret.

Yusef retrocede. *¿Qué?*

—¿Cómo dices? —pregunta Samuel.

—Seguro que lo encontraron en Capernaúm —dice Lehad.

—Desde luego que sí —dice Yusef—, pero…

—El hombre está haciendo enemigos en todas partes. Un grupo de Tel-Dor envió una delegación a Jerusalén para hacer presión a favor de que sea acusado.

—No había oído que se estuvieran moviendo ciudadanos para acusar —dice Samuel. Lehad asiente con su cabeza.

—Afirman que sus acciones condujeron a la muerte de la hija de un hombre. Jesús pone nervioso a Jerusalén, y alguien de la confianza de Pilato se dice que estuvo en un evento en la Decápolis en el que él partió el pan con paganos.

—¿Roma lo está tomando en serio ahora? —pregunta Samuel.

—Si logramos que lo maten —dice Lehad—, causará una gran conmoción y atraerá la atención hacia nuestra causa.

—Perdona —dice Samuel—, pero me sorprende que hables tan livianamente de poner fin a una vida.

—¿No se permite la pena capital solamente en terrenos del templo? —pregunta Yusef—. Y ¿cuándo fue la última vez que el Sanedrín ejecutó una?

—Sangre en las manos —dice Yani— no siempre es igual a un delito.

—La sangre de alguien de Nazaret, nada menos —dice Lehad—. La nación prácticamente nos lo agradecerá.

La casa de Lázaro

Cuando sale el sol, Judas se aparta de los demás mientras ellos empacan e intercambian abrazos, apretones de manos, y expresan sus despedidas. Mientras reúne sus pertenencias de un cuarto interior de la casa, agarra rápidamente la bolsa de monedas del regalo de Juana y pone un puñado en su propia bolsa.

Afuera, se une a los demás mientras Jesús se despide tiernamente de su madre.

PARTE 6

Maltratado

Capítulo 47

LA ABOMINACIÓN

Posada en una aldea en Perea

Empapado de agua de la cabeza a los pies, Juan corre en una huida desesperada en medio de la oscuridad, al haberle ordenado Pedro (a causa de su famosa velocidad) que regrese al cuarto común en el lugar donde se alojan. Toda la comitiva de Jesús, los discípulos y las dos mujeres han cruzado nadando el río Jordán desde Jerusalén y siguen todo lo rápido que pueden, con menos velocidad al cargar a uno de los suyos, el más grande de todos ellos, que ha sido apedreado casi hasta morir.

Juan irrumpe por la puerta, desesperado por limpiar la mesa para que puedan tumbar allí al maltrecho Santiago y contener su hemorragia. Desliza un largo mantel individual que está debajo de una menorá de nueve brazos encendida en su mayor parte, lanzándola al piso junto con un pequeño pedazo de pergamino.

Jesús y Pedro entran con Santiago, que se queja, y lo tumban con cuidado sobre la mesa mientras Juan se ocupa de las heridas con la tela del mantel individual.

Cuando los demás entran, Zeta va a la retaguardia, y entonces empuja a Tamar para que entre y cierra la puerta con cerrojo. Todos se desploman en sillas.

—Dondequiera que vamos —dice Mateo con sus dientes castañeteando—, él... sus enseñanzas...

—Asusta a alguien en el poder —dice Felipe, poniendo una manta sobre los hombros de Mateo.

María de Magdala escurre el agua de su cabello, y parece intentar recuperar el aliento.

—¡Necesitamos prender el fuego! —dice Natanael.

—Necesitamos secar estas ropas antes de que agarremos un resfriado terrible —dice Tadeo.

—Aquello fue terrible —dice Andrés—. ¿Cómo podremos regresar alguna vez allá?

—Sin duda, tendremos que hacerlo —dice Tamar.

—Deberíamos quedarnos aquí de momento —dice Zeta.

—Hablaremos de eso más tarde —dice Pedro.

Santiago el Joven acerca una taza de agua a los labios de Santiago mientras Judas está sentado mirando.

—¿Qué significa todo esto? —pregunta.

Jesús limpia la sangre de un corte en la frente de Santiago, y después se agacha para agarrar el pergamino que Juan había observado que ondeaba en el piso. Al mirarlo, sus ojos se llenan de lágrimas.

Siete días antes, posada en una aldea en Perea
Jesús indica a Santiago el Grande que prenda la vela *shamash* con las llamas de la chimenea. Se la entrega a Pedro, quien la pasa a Tomás en el cuarto de otro modo oscuro. Jesús es conmovido por la profunda tristeza del hombre cuando Tomás mira fijamente la luz que titila sobre su rostro. Tomás recita una *brajá*: «Bendito eres tú, Señor nuestro Dios, Rey del universo, que nos ha dado vida, nos ha sostenido y ha permitido que lleguemos a este periodo».

Tomás pasa la vela a Mateo, quien la usa para prender la parte más exterior de la menorá.

—Y así comienza la fiesta de la Dedicación —dice Jesús.

Todos aplauden y citan al unísono la recitación ritual del *hallel* de los Salmos. Añaden: «¡Bendito el nombre del Señor desde ahora y para siempre! Desde el nacimiento del sol hasta su ocaso, alabado sea el nombre del Señor. Excelso sobre todas las naciones es el Señor; su gloria está sobre los cielos».

Zeta prende una antorcha y la coloca en un candelero en la pared. Parece observar que Tamar está observando y aprieta sus labios.

—¿Qué? —dice él.

—No sé —susurra ella acercándose—. Me gustaba la atmósfera solamente con las velas.

—La menorá no puede hacer la obra de iluminar o calentar —dice él—. Hace frío afuera, y necesitamos ver mejor para la historia del porqué estamos celebrando. Vamos.

Ella lo acompaña a él y a los demás cuando se reúnen en torno a Jesús. El rabino comienza.

—Después de que Alejandro, hijo de Felipe el Macedonio, a quien algunos han llamado Alejandro el Grande pero a quien nosotros llamamos Alejandro...

—¡El Peor! —gritan todos.

—hubiera derrotado al rey Darío de los persas y los medos, lo sucedió como rey. Peleó muchas batallas, conquistó fortalezas y mató a los reyes de la tierra.

Aparece Andrés vestido con un disfraz de armadura de Alejandro con laureles dorados en su cabeza, y pelea con Juan, Santiago el Joven y Tadeo, que llevan todos ellos coronas de papel y blanden espadas de madera. Todos se ríen cuando cada uno de ellos cae muerto con mucho dramatismo.

—Avanzó hasta los confines de la tierra —continúa Jesús— y saqueó muchas naciones, reuniendo un ejército fuerte y gobernando sobre países, naciones y príncipes —Andrés levanta sus brazos e hincha su pecho, exagerando sus victorias—. Entonces —añade Jesús—, se sintió enfermo y percibió que se estaba muriendo.

Andrés se desploma y Natanael lo agarra y lo sienta apoyado en la pared.

—Entonces convocó a sus oficiales más honorables y dividió su reino entre ellos —Andrés llama a Natanael, Zeta y Judas, todos ellos con disfraces macedonios—. Y después murió —Andrés actúa como si le diera un síncope y los tres oficiales se levantan—. De ellos salió una raíz de pecado: Antíoco Epífanes —Zeta saca una máscara roja de monstruo de entre su disfraz y se levanta amenazante.

—Antíoco —continúa Jesús— odiaba a Israel y odiaba a Dios. Atacó Jerusalén en el sabbat, sabiendo que los judíos no pelearían. Entró en el templo y lo contaminó matando un cerdo sobre el altar, derramando su sangre en el Lugar Santísimo y echando los líquidos del puerco sobre los rollos de la Torá, que entonces fueron rasgados y quemados...

—¡La abominación desoladora! Tiembla, oh tierra, ante la presencia del Señor, ante la presencia del Dios de Jacob, que convierte la roca en agua, el pedernal en un manantial de agua —gritan los demás.

Es el momento de dar regalos, de modo que Pedro le da a su hermano un cinturón de cuero de becerro martilleado a mano para sustituir la triste cuerda que lleva normalmente.

María le regala a Tamar un pañuelo tejido a mano.

—Mateo —dice Juan sentándose a su lado—. Tengo algo para ti.

Mateo parece desconcertado.

—Eso... espera, yo también tengo algo para ti.

—Bueno, ¡entonces los dos somos afortunados!

Juan saca una caja pequeña y larga, y Mateo le entrega una bolsa.

—Tú primero —dice Mateo.

—No, tú.

Mateo parece sentir pánico.

—Está bien —dice Juan—. Los abriremos los dos a la vez.

—¡Una pluma nueva! —exclama Mateo.

Juan saca un montón de páginas en blanco.

—¡Ah! —dice.

—Vi que te estabas quedando sin pergamino —dice Mateo.

—Y yo noté que has estado usando la misma pluma desde... bueno, ya sabes, desde los días de antes... cuando todavía eras...

Mateo parece tan conmovido que le da un abrazo torpemente.

—Me alegro de no ser yo el único que lo escribe todo —dice Juan.

Al día siguiente

Tomás usa la vela *shamash* para prender una segunda vela en la menorá, y Jesús continúa hablando.

—Antíoco levantó altares paganos en cada ciudad en Israel y obligó a los judíos a comer carne de cerdo para demostrar su conversión del judaísmo. Si se negaban eran ejecutados, pero Dios levantó a un grupo de luchadores guiados por Judas Macabeo, conocido también como...

—¡El martillo! —gritan todos.

Felipe blande una espada de madera ante Zeta que lleva su máscara roja de monstruo. A Zeta le acompaña Pedro, también con una espada de madera, y Judas con una horqueta. Para mostrar que los macabeos estaban muy superados en número, Zeta, Pedro y Judas son acompañados por el resto de los hombres con togas griegas y espadas de madera. La única audiencia que queda está formada por las dos mujeres.

—Por siete años —dice Jesús—, los macabeos se sublevaron contra los griegos, tan solo un puñado de rebeldes contra cincuenta y seis mil tropas.

Mientras los hombres fingen pelear, María y Tamar animan a los macabeos.

—Hasta que finalmente —dice Jesús—, y se cumplen 190 años esta misma semana, por fin recuperaron Jerusalén, destruyeron la estatua de Zeus en el templo, y volvieron a dedicar el altar —los griegos caen mientras los macabeos vitorean—. Había solamente un problema —continúa—. Encontraron solamente el aceite no contaminado suficiente para prender la menorá del templo y que ardiera durante un día. Sin embargo, milagrosamente, ¡ardió durante ocho noches! Eso les dio el tiempo suficiente para producir una nueva remesa de aceite puro. Por eso celebramos esta fiesta de la Dedicación durante ocho días.

Al día siguiente
María usa la vela *shamash* para prender una tercera vela en la menorá mientras los discípulos se reúnen alrededor de Jesús y recitan: «Estimada a los ojos del Señor es la muerte de sus santos. ¡Ah, Señor! Ciertamente yo soy tu siervo, siervo tuyo soy, hijo de tu sierva; tú desataste mis ataduras. Te ofreceré sacrificio de acción de gracias, e invocaré el nombre del Señor».

Santiago el Grande y Santiago el Joven examinan un bulto en la cabeza de Pedro debido a la batalla fingida entre los macabeos y los griegos.

—Sí que dejó una marca —dice Santiago el Joven. Pedro sonríe.

—Eres más fuerte de lo que crees, Mateo.

Mateo aparta la mirada, claramente avergonzado.

Con su corazón cargado, Tomás escucha ante la danzante luz de la chimenea mientras Natanael y Andrés tocan instrumentos de cuerda y cantan, y Santiago el Joven armoniza.

Todos ellos recitan: «Es mejor refugiarse en el Señor que confiar en el hombre. Es mejor refugiarse en el Señor que confiar en príncipes».

Ahora, todo el grupo está sentado a la mesa cerca de Andrés y Juan, que echan una pulseada. Pedro y Santiago animan cada uno a su hermano mientras Mateo juzga, observando de cerca. Cuando Andrés parece que va venciendo lentamente, los vítores del grupo son más fuertes. Todos parecen asombrados cuando Mateo dice:

—¡Declaro formalmente vencedor a Andrés!

—¡Venganza de los hijos de Jonás! —grita Pedro abrazando a Andrés.

—No puedo creer que Andrés ganó —le dice Natanael a Jesús.

—Ni yo mismo lo anticipaba —dice Jesús. Todos ríen excepto Juan.

—Tengo un anuncio —añade Jesús—. El último día de la fiesta haremos un peregrinaje hasta la Ciudad Santa, donde daré un sermón; una enseñanza —estudia sus caras—. ¿Qué? ¿Es una mala noticia?

Todos parecen excusarse rápidamente.

—No —dice Pedro—. Es estupendo.

—Desde luego que es bueno —dice Tadeo.

—Sí —dice Andrés—, estamos emocionados.

—¡Será maravilloso! —dice María.

Varios otros murmuran su acuerdo.

—Rabino —dice Tomás tan serio como un edicto romano pero sin sonar acusatorio ni enojado—, no fue estupendo, ni bueno o maravilloso la última vez que predicaste un sermón delante de líderes religiosos. No veo ningún motivo para que tus enseñanzas sean aceptables pronto para la clase gobernante de sacerdotes. Deberíamos estar preparados.

Tomás se pone de pie y abandona la mesa. Pedro se levanta para seguirlo, pero Jesús lo detiene.

—Esta ha sido una noche de fiesta que nunca olvidaré —dice Jesús—. Gracias a todos.

Al amanecer

El día cuarto de la fiesta de la Dedicación, Mateo es uno de cuatro discípulos que despierta en un cuarto en el piso superior. Santiago el Grande se frota sus ojos mientras Andrés le muestra con orgullo su cinturón nuevo a Juan, quien mastica una manzana.

—¡Martilleado a mano! —dice Andrés—. Cuero de becerro verdadero.

—¿Qué otro tipo de cuero habría? —dice Juan.

—No puedo dejar de pensar en cuán considerado fue, y de parte de Pedro.

—Estás demasiado cómodo llamando a tu hermano por su nombre nuevo —dice Juan.

—Me da un puñetazo si no lo hago.

—Indudablemente, es una subida de categoría desde esa triste cuerda que solías llevar.

—Mateo, ¿vas a anotar que mi hermano me regaló un cinturón hecho a mano para la fiesta de la Dedicación?

Mateo lo piensa.

—No —dice.

—Necesitamos pensar en el regalo adecuado para Tomás —dice Santiago.

Mateo observa cuán serios se ponen todos.

—Él quiere una sola cosa —dice Juan—, y no podemos dársela. Cualquier cosa que le regalemos le recordará que no puede compartirla con ella.

—Pero no podemos *no* regalarle nada —dice Andrés—. Incluso si parece patético, es el gesto.

—Algo práctico —dice Santiago—. Podría utilizar unas sandalias nuevas.

—¡Tiene sandalias más lindas y cómodas que ninguno de nosotros! —dice Juan.

—Excepto Mateo —dice Santiago.

—Gracias —dice Mateo.

—Pero esas fueron hechas para estar de pie y presumir —dice Santiago—, y no para caminar los kilómetros que recorremos en un día.

—Sí —dice Mateo—. Yo tengo ampollas en los pies. Ah, Tomás, sí...

—Él se duele de tantas otras maneras —dice Andrés— que ni siquiera se da cuenta.

—¿Tenemos dinero suficiente para comprar un par nuevo? —pregunta Juan mientras todos miran a Mateo.

El exrecaudador de impuestos se encoge de hombros y agarra la fabulosa bolsa que contiene la donación de Juana. La siente más ligera de lo normal. Rebusca en ella incapaz de ocultar su confusión.

—¿Mateo? —dice Andrés.

—¿Hay otra bolsa? —pregunta Mateo.

Los demás se encogen de hombros y miran alrededor.

—Pregunta a Judas —dice Santiago.

Momentos después, Mateo encuentra a Judas afuera leyendo detenidamente un mapa.

—Queremos comprar sandalias nuevas para Tomás, como regalo para él.

Judas parece sorprendido.

—¡Él tiene sandalias curtidas importadas de Chipre!

—Pero no están hechas para caminar.

—Entonces debería canjearlas por otras. Podría conseguir tres pares muy funcionales con un canje como ese.

—Apartamos dinero para regalos —dice Mateo.

—Para regalos que nos podamos permitir.

—¿Dónde está la otra bolsa?

—¿De qué estás hablando? Hay solo una. De Juana.

—Pero tiene que haber otra. La miré y contiene solamente la mitad de los siclos que envió Juana.

—Sí —dice Judas—. Los gastamos en la posada. Somos muchas personas y fueron muchos cuartos. Gastamos parte en comida, y después están los regalos.

—He hecho las cuentas y no salen. Sé cuáles eran las cantidades asignadas.

—No sé qué decirte —dice Judas—. ¿Quieres ocuparte tú de la bolsa? Parece que crees que podrías hacerlo mejor que yo.

—No estoy pidiendo tu tarea. Es algo que me gustaría dejar atrás. Pero los hechos son los hechos. Los números no cambian solo porque yo haya dirigido mi atención a otro lugar.

—Tal vez es ahí donde deberías mantener tu atención. Hay vidas en juego, Mateo.

—¿Vidas? *¿De qué diantres está hablando?*

—¡Nuestro pueblo lleva miles de años esperado este momento!

—Soy consciente…

—Estamos en el filo de la historia, Mateo. El Mesías por fin está aquí, pero somos tan ineficaces y nos movemos tan lentamente, ¡que bien podríamos quedarnos sin fondos antes de que él pueda difundir su mensaje!

Mateo no sigue su razonamiento y, sin embargo, Judas sigue adelante.

—Le debemos a toda la nación de Israel ser más escrupulosos con el dinero que se nos ha confiado para su obra. Es demasiado importante —y Judas se marcha, dejando a Mateo sosteniendo la bolsa.

Pedro, Juan, Santiago el Grande, Andrés y Tomás salen de la posada.

—Vamos al pueblo, Mateo —dice Pedro.

Mateo los acompaña mientras Pedro coloca a Tomás en el frente. Santiago se acerca a Mateo.

—¿Pediste a Judas el dinero para el regalo? —le susurra.

—Creo que tendremos que hacer un canje.

—¿Por qué? ¿Judas está siendo tacaño?

—No lo sé.

Capítulo 48

¿UN ACERTIJO?

El templo de Jerusalén

Yusef se ha establecido en el *bet midrash* con rollos, tablillas, tinteros y plumas sobre el escritorio que le asignaron. En este momento ignora todo eso y camina de un lado a otro por el cuarto. Se obliga a sí mismo a regresar a su silla y comienza a escribir de modo febril. Está hallando su ritmo cuando entra su padre, claramente muy animado.

—¡Hijo mío! Me dijeron que te encontraría aquí. Los sirvientes se dirigen al carnicero para comprar piernas de cordero para la fiesta de la Dedicación esta noche. ¿Hay cualquier otro corte que te gustaría? Tu ima está decidida a engordarte.

Yusef escribe intensamente.

—No, gracias. Lo que tú compres será muy suculento.

Su padre pausa, y parece estudiarlo.

—Yusef, ¿van bien las cosas aquí?

—Tan solo necesito terminar este hilo de pensamiento.

—¿A quién estás escribiendo? —Arnán titubea de nuevo—. No es mi intención husmear.

Yusef levanta su mirada de repente.

—Si yo te pidiera pan, ¿me darías una piedra?

—¿Qué?

—Si pidiera a tus sirvientes que fueran al mercado y trajeran un pez, ¿les dirías tú que trajeran una serpiente?

—Eso es absurdo.

—Responde la pregunta.

—¡Nunca! ¡Tú eres mi hijo!

—«Pues si ustedes, siendo malos, saben dar buenas dádivas a sus hijos, ¿cuánto más su Padre que está en los cielos dará cosas buenas a los que le piden?».

—¿Ustedes siendo malos? —dice Arnán—. ¿Es esto un acertijo? ¡Respóndeme!

—Es algo que escuché enseñar a un rabino. Si buscan a Dios, dijo: «Pidan, y se les dará; busquen, y hallarán; llamen, y se les abrirá». Dios no esconderá de nosotros a su mensajero, ¡si tenemos ojos para verlo!

—¿Has estado durmiendo lo suficiente? Tienes los ojos enrojecidos.

Ojalá él lo supiera.

—Estoy inundado de pensamientos que son demasiado difíciles de explicar.

—Bien, consigamos ayuda. Seguro que uno de los sacerdotes puede…

—No me des la espalda, abba.

—Que no haga, ¿qué?

—Por favor. Como el fragmento del sermón que acabo de citar y como tú mismo dijiste, soy tu hijo y te estoy pidiendo una sola cosa: no me des la espalda. A pesar de cómo me vayan las cosas en el Sanedrín, confía en que yo amo a Dios y seré siempre fiel.

Arnán agarra a Yusef por los hombros.

—Nunca he dudado de ti —dice—. Incluso cuando no te comprendía, cuando estuve en desacuerdo con tu decisión

de ir al norte. Te hablé duramente en aquel momento, pero...
—se emociona, y su voz es más marcada—. En lo profundo
de mi corazón pensé que lo que hiciste era noble, y en ocasiones lamento secretamente haber tomado siempre el camino de
menos resistencia en mi vida.

—Me honras mucho más de lo que merezco —dice Yusef.

—Sí lo mereces.

—¿Me apoyarás? —pregunta Yusef.

—Siempre —dice Arnán. Retrocede hacia la puerta—.
Parece que tienes que escribir algo importante. Te dejaré para
que lo hagas.

Capítulo 49

DOLOR

El mercado de Betania

Pedro compra con Mateo, Andrés, Juan, Santiago y Tomás, preguntándose cómo distraer a su amigo que sufre para así poder encontrar para él un regalo apropiado. Andrés da un codazo a Pedro y le indica una caseta que está a varios metros, donde un joven zapatero muestra zapatos y sandalias.

—¿Puedes alejar de nosotros a Tomás un rato?

—Oye, Tomás —dice Pedro—, veamos las casetas donde hay botica. Nos queda poco jabón.

—Eso nunca parece molestar a este grupo.

—Por eso te necesito. No conozco las cosas más sutiles y refinadas —pasean hacia una caseta de fragancias—. Edén dice que no tengo sentido del olfato o el gusto —añade Pedro.

—¿Es cierto?

—No. Ella dice que no sé cómo llamar a las cosas o que uso las palabras incorrectas. Intento elogiar lo que cocina diciendo que algo es dulce, pero no me refiero a que sabe dulce. Me refiero a que está muy bueno.

—Mm —murmura Tomás, entregando a Pedro una muestra—. ¿Qué dirías que es esto?

Pedro lo huele.

—No lo sé. ¿Algún tipo de flor?

—Es herbáceo. Te acercaste —lo acerca a su propia nariz—. Hoja de cedro y albahaca. Tal vez un poco de limón.

—Entonces no me acerqué tanto. Solo estás siendo amable.

Tomás sigue moviéndose.

—Creía que íbamos a buscar jabón.

La charla no está funcionando, piensa Pedro.

—Tomás —dice Pedro mientras recorren las casetas—, ¿qué tal has estado?

—Es tiempo de fiesta.

—No respondiste a mi pregunta.

Tomás se detiene y se encoge de hombros.

—Estamos celebrando la fiesta de la Dedicación. Se supone que debo sentirme agradecido, supongo.

—¿A quién le importa lo que *se supone* que debes sentir? Los macabeos derrocaron a los griegos para que pudiéramos vivir vidas plenas, no que fuéramos figuras de madera.

—Entonces me siento horrible —dice Tomás, avanzando otra vez.

—Gracias.

—¿Gracias? —pregunta Tomás.

—Por decir la verdad. Ese es siempre el mejor lugar para comenzar.

—Lo que me interesa es cuándo terminará.

—¿Hay algún momento en que no te sientas horrible?

Tomás parece pensar en eso.

—Cuando tenemos trabajo importante que hacer, eso hace que piense en otras cosas. Si puedo limitarme a pensar en la tarea que tenemos entre manos, estoy bien. Pero, aparte de eso, en la tranquilidad, todo simplemente...

—Duele.

—¿Lo sabes? —dice Tomás.

—Nunca conocí a la persona que perdí.

Tomás mira fijamente al suelo y da un profundo suspiro.

—Rema me habló del aborto espontáneo de Edén. Las mujeres se cuentan entre ellas esa clase de cosas.

—¿Le dijo lo mal que yo lo tomé?

—No tuvo que hacerlo. Yo estaba en la barca, ¿recuerdas? No fuiste nada sutil.

Pedro resopla.

—No sé lo que significa esa palabra. ¿Recuerdas lo que Jesús me dijo en el mar? Que él permite las pruebas porque prueban lo genuino de nuestra fe y nos fortalecen.

—¿A costa de la vida de alguien?

—Me preguntaba lo mismo en la profundidad de mi dolor, y te aseguro que eso solamente empeoró las cosas.

—Eso no hace que esas preguntas sean erróneas —dice Tomás.

—No, no es erróneo preguntar, pero es erróneo no aceptar la respuesta.

—Simplemente no comprendo por qué él no ayudó a Rema. Hemos visto los milagros que hace, como caminar sobre el agua y multiplicar panes y peces para miles, y manifestar poderes que nadie ha visto en la historia del mundo. ¿Por qué no pudo haber detenido el tiempo justo antes de que ella muriera? ¿O haber hecho que regresara?

Pedro ha visto a Jesús hacer eso mismo, pero tiene prohibido decirlo.

—Cuando doy vueltas en mi mente a estas cosas —dice—, regreso a lo que Dios dijo por medio del profeta Isaías: «Mis pensamientos no son vuestros pensamientos, ni vuestros caminos mis caminos». Él puede crear un mundo donde no tengamos libre albedrío y nada vaya mal nunca, pero eso es claramente el futuro, no el presente.

THE CHOSEN: SOBRE ESTA ROCA

—No cites fragmentos de los profetas, Pedro. Yo conozco todas esas palabras. ¿Fueron de alguna ayuda para ti?

Pedro se alegra de ver que han llegado hasta un vendedor de jabón y que no tiene que responder. Tomás le entrega una barra de jabón.

—Esta es para las mujeres.

Pedro la huele.

—¿Clavo de olor?

—No. Aceite de lavanda. Y estas dos son para los muchachos.

—Bien, sé qué es esto: musgo húmedo.

—Vetiver y albahaca.

—Tal vez soy una causa perdida.

—Sin ninguna duda.

La posada en la aldea de Perea

Esa noche, Felipe prende la quinta mecha en la menorá y todo el grupo recita un salmo: «No a nosotros, Señor, no a nosotros, sino a tu nombre da gloria, por tu misericordia, por tu fidelidad. ¿Por qué han de decir las naciones: ¿Dónde está ahora su Dios? Nuestro Dios está en los cielos; Él hace lo que le place».

Mientras Andrés y Santiago el Joven dirigen a los demás en cantos y música, Tomás abre su regalo. Los otros lo miran a él y sus sandalias nuevas. Judas lanza una mirada de frustración y confusión a Mateo, quien simplemente se encoge de hombros.

Jesús responde a una llamada en la puerta.

—Siento interrumpir —dice el posadero.

—Claro que no.

El hombre le entrega un pedazo de pergamino.

—Alguien dejó esto para ustedes hoy desde el otro lado del Jordán.

El posadero se va, y Jesús mira la nota. Pedro observa su expresión de dolor. Jesús arruga la nota y la lanza al fuego. Pedro se levanta y se acerca a él mientras él avanza hacia las escaleras.

—¿Qué ocurrió?

—Rabino —dice Juan—, ¿estás bien?

—Son noticias de Betania —dice él—. Laz está enfermo.

—¿Enfermo? —dice Pedro—. ¿Qué tan enfermo?

—Muy enfermo.

—¿Qué? —dice Juan—. ¡Acabamos de estar con él!

—Él nunca mostraría que algo iba mal —dice Jesús.

—¿Necesitas ir a verlo? —pregunta Mateo.

—Ahora no. No es una enfermedad que conduce a la muerte —Jesús se voltea con el resto—. Amigos, creo que me retiraré ahora. Ustedes continúen, por favor. Shalom, shalom.

Cuando comienza a subir, el cuarto común se queda en silencio, excepto el crepitar del fuego.

—¿Por qué no...? —dice Pedro—. Andrés, cantemos otro canto. Santiago el Joven, no me canso de oír esa voz. Vamos, vamos.

—Incluyamos a las mujeres en este... —dice Santiago el Joven.

—¡Sí! —dice Andrés—. ¡El canto de Miriam!

—¡Necesito eso! —exclama Tadeo.

—Señoras, por favor procedan —dice Zeta—. Bendígannos.

—¡Alguien tiene que enseñarme! —dice Tamar.

—Está bien —dice Natanael señalando a María—, dice así... —ella lo acompaña—. Cantaré al Señor, porque él ha triunfado gloriosamente...

Tamar repite la frase y ellos continúan, enseñándole a modo de frase y repetición.

Al día siguiente

Los discípulos y las mujeres trabajan al aire libre haciendo harina para pan. Algunos separan las hierbas del trigo, y otros llevan las gavillas al patio de trilla. Y otros la golpean con piedras antes de separar el grano de la paja. Entonces es molida a mano hasta ser harina.

—Tengo una idea —anuncia Juan—. ¿Y si establecemos puntos de donación en las diversas aldeas que visitamos?

—¿Quién manejaría los fondos? —pregunta Mateo—. Y ¿cómo nos los harían llegar?

—Dondequiera que hemos estado —dice Judas—, Jesús conectó de modo especial con alguien, ¡a veces incluso con cientos! La recogeríamos al llegar.

—No lo entiendo —dice Natanael.

—Nombramos a una persona en cada aldea —dice Judas— que pueda decirles a otros que creen en el mensaje de nuestro rabino que pueden apoyar su obra recolectando ayuda para que así tenga un buen apoyo la próxima vez que los visite.

—¿Cómo aprobaríamos su carácter y si es confiable? —pregunta Pedro.

—Podemos pedir referencias, cartas de recomendación.

—Si Jesús estuviera preocupado por la financiación —dice Felipe—, ¿no creen que ya habría establecido algo como eso?

—Si lo hubiera hecho —dice Judas—, no estaríamos nosotros mismos aventando trigo y moliendo. Podríamos comprar la harina en el mercado.

—Por una parte, a mí me gusta aprender cómo se hace —dice Mateo.

—El trabajo manual te gusta —dice Tadeo—, cuando has estado mucho tiempo sentado, ¿no, Mateo?

Judas parece perturbado al perder la atención de ellos.

—¿Nadie? ¿De veras?

—Hemos comprado harina antes, Judas —dice María—, pero este no es uno de esos momentos.

—En palabras de Quelet, el predicador —dice Santiago el Joven—: «Hay un tiempo señalado para todo, y hay un tiempo para cada suceso bajo el cielo». Este es un tiempo para que nosotros mismos hagamos la harina.

Capítulo 50

OBSTÁCULOS

Mientras el grupo está sentado bajo la sombra de un árbol de casia comiendo un almuerzo ligero, Juan hace la ronda con un jarro de agua, rellenando los vasos de todos. Se acerca a Judas en último lugar y se sienta a su lado.

—Estaba pensando en tu idea que nos dijiste antes.

—¿Te gusta?

—Yo también tuve una idea hace varias semanas atrás.

—¿Sobre sostener el ministerio?

—No directamente. En realidad no, ni siquiera indirectamente. Mi hermano y yo pedimos a Jesús algo que queríamos, basándonos en nuestra propia comprensión y nuestras propias ambiciones. Y te digo que a él no le gustó nada. De hecho, quedó afligido por lo poco que comprendíamos.

Judas asiente con la cabeza.

—Yo estaba ahí. Pero ¿crees que estoy sugiriendo esto por falta de comprensión?

—Es *tu* idea.

—¿Él no quiere que seamos creativos o pensemos de modo crítico usando los dones que Adonai nos dio para servirlo a él?

—He estado aquí desde que él anunció quién es, todavía hay muchas cosas que no comprendo.

—No estoy presumiendo —dice Judas—. Busco comprender. Quiero reducir la presión, la incertidumbre por los recursos, ¡para que podamos trabajar en edificar el reino que él está aquí para edificar!

—No cuestiono tus intenciones —dice Juan.

—¿Qué cree que debería hacer?

—Preguntarle *a él*.

Esta es mi oportunidad, decide Judas al encontrar a Jesús en un campo. Parece estar observando a un pastor en la distancia sentado en la puerta del redil enfrente de su rebaño. Judas se acerca calladamente. Mientras observan, el pastor se levanta y llama a las ovejas.

—¡Fer! ¡Mabe! ¡Suni!

Jesús sonríe.

—Él las llama por su nombre. Yo tengo ovejas y pastores en mi mente, Judas. ¿Hay algo en la tuya?

—Lo único que quiero es ver venir tu reino.

—Bueno, ese es un punto muy bueno para conversar. Yo también quiero que veas eso.

—Quiero que todos lo vean —dice Judas—, y quiero eliminar cualquier obstáculo que haya en el camino.

—¿Obstáculos?

—Limitaciones. Barreras. Cualquiera que sea tu visión, y sé que está por encima de mis mejores sueños, quiero asegurarme de que nunca seas demorado por no tener recursos suficientes. Tú nos dijiste que seamos mansos como palomas pero también sabios como serpientes. ¿No hay sabiduría en eso?

—¿Se agotó la donación de Juana? —pregunta Jesús.

—No, pero queda poco. Con las celebraciones de la fiesta y los regalos...

Jesús dirige su atención otra vez a las ovejas y parece pensar profundamente.

—Mm...

—Estaba pensando —dice Judas— que podríamos establecer puntos de donación en cada una de las aldeas que visitamos, y así...

—Tienes razón en que mi visión para el mundo es más grande lo que tú sueñas. Quiero que prestes mucha atención a mi sermón mañana; a los eventos que lo rodean y a tus propios sentimientos.

Judas queda desconcertado y siente que sus ideas prudentes han sido recibidas con una clara indiferencia.

Capítulo 51

EL MENSAJE

Capernaúm

Lleno de emoción, a Zebedeo no le importa hacer él solo esta entrega de aceite. Él mismo cargó en su carreta los dos cántaros y está deseoso de impresionar a sus clientes más importantes. Se mueve por las calles y llega a las puertas de la sinagoga, divisando a su hombre en lo alto de los escalones.

—¡Jairo! —grita—. ¡La primera prensa, un día entero antes! ¡Con antelación!

Jairo parece indiferente. De hecho, serio.

—Zebedeo, entra, rápido.

—Yo... pero el aceite...

—Déjalo por el momento. Haré que alguien se ocupe. Por favor, es urgente.

Él sube las escaleras y sigue a Jairo hasta su oficina. El administrador del templo cierra la puerta y ambos se sientan.

—¿Están bien mis muchachos? —pregunta Zebedeo—. ¿Qué ocurre?

—El rabino Yusef, que se aseguró un siento en el Gran Sanedrín en Jerusalén, ¿lo recuerdas?

—Desde luego.

—Se ha enterado de un complot de un grupo de fariseos que dirigen un comité sobre la reclamación de Beerseba para que pase de Edom a Judea.

—¿Qué?

—Quieren que Jesús sea ejecutado para llamar la atención a su causa.

—¿Qué tiene que ver Jesús con fronteras de tierras?

—Nada —dice Jairo—. Conozco a estos hombres por el tiempo que estuve en Jerusalén, y estoy seguro de que apenas si saben lo que él enseña. Esto es totalmente político. Matarlo sería puramente para el beneficio de su causa.

—¿Sobre qué base? Sé del edicto emitido desde Jerusalén, pero no era una sentencia de muerte. ¡Ni nada parecido!

—La Torá contiene pasajes que prescriben la pena de muerte para la falsa profecía y por quebrantar el sabbat. Lo único que ellos necesitan es un incidente. Un paso en falso.

Zebedeo menea su cabeza.

—Toda clase de personas quebrantan el sabbat…

—Él no es toda clase de personas, Zebedeo. Esta situación está cargada de peligro. Jesús causa mucha controversia.

—¡Él es el Mesías!

—Pero parece que no el que ellos están buscando. Y, de todos modos, esto no se trata realmente sobre Jesús. Están obsesionados con sus planes, y son ignorantes.

—Claramente la ignorancia no es rival para quién es Jesús. Eso nunca se interpondría en su camino.

—No sé, Zebedeo.

—¿A qué te refieres con que no lo sabes?

—*Debemos* avisar a tus hijos de esta amenaza inminente; los afecta a ellos al igual que a todos nosotros.

—¿Puedes enviar a un mensajero de la sinagoga?

Jairo menea negativamente su cabeza.

THE CHOSEN: SOBRE ESTA ROCA

—Es demasiado arriesgado. El Sanedrín tiene ojos y oídos en todas partes, especialmente con el historial de Jesús aquí en Capernaúm.

—Entonces, ¿en quién podemos confiar? —dice Zebedeo. Ve claramente que Jairo está pensando—. ¿Qué?

Momentos después, Zebedeo está en su casa, lanzando ropa a una pequeña bolsa y hablando con Salomé.

—Serán solamente unos pocos días, una semana como mucho. Jairo me envía con una carta de presentación para algunos de sus colegas en el departamento de mantenimiento del templo en Jerusalén —le dice.

—¿*El* templo? —dice ella.

—¿Estaría hablando de otro templo? Él endosa la calidad de mi aceite y su idoneidad para el uso en los ritos sagrados.

—¡Zeb! ¡Esto es impensable! ¡El honor? ¿Tu aceite? ¿En *el* templo?

—Mientras estoy en Judea, me desviaré para encontrar a Santiago, Juan y los demás para llevar un mensaje a Jesús.

—¿Un mensaje?

Él besa su frente mientras se dirige a la puerta.

—No te preocupes, mi amor. Confía en Adonai.

—Ten cuidado, por favor —dice ella—. ¡Por lo menos déjame mandarle comida a los muchachos!

—¡No hay tiempo! —dice él—. ¡Shalom, shalom, Salomé!

Ella ve desde la puerta mientras él se sube a la carreta.

—¡Diles a los muchachos que los amo!

Capítulo 52

EL SERMÓN

Posada en una aldea en Perea, al amanecer

Jesús dirige a los demás a postrarse y orar el salmo *hallel* al unísono: «Te rogamos, oh Señor: sálvanos ahora; te rogamos, oh Señor: prospéranos ahora. Bendito el que viene en el nombre del Señor;desde la casa de Adonai os bendecimos. El Señor es Dios y nos ha dado luz».

Jesús añade tranquilamente: «Amén».

Mientras la mayoría de ellos empaca y se prepara para marchar, Pedro observa que Juan mira tristemente a Tomás al otro lado del cuarto.

—¿Qué ocurre? —le pregunta.

—La última vez que Jesús predicó en público terminó en tragedia, especialmente para Tomás.

Pedro le da un apretón en el hombro.

—Vamos.

Ya avanzada la mañana, Pedro indica a Judas que ponga algunas monedas en la palma de un capitán que los transporta cruzando el río Jordán hasta un paisaje extenso. Desde allí caminarán unos veinticuatro kilómetros hasta Jerusalén.

Cuando llega el crepúsculo esa tarde, Pedro se siente cansado, empapado de sudor y, sin embargo, seco y polvoriento de rodillas para abajo. Sabe que los demás, Jesús incluido, están en el mismo estado, pero la incomodidad física es la menor de sus preocupaciones.

Cuando llegan a los atrios del templo y pasan al lado de la zona de intercambio de ganado que supervisan los fariseos, Jesús se detiene para acariciar suavemente la lana de una de las ovejas. Mira a Pedro y se voltea con los demás.

—Escuchen con atención —dice—. El que no entra por la puerta en el redil de las ovejas, sino que sube por otra parte, ese es ladrón y salteador.

Este es un inicio interesante, piensa Pedro.

—Pero el que entra por la puerta, es el pastor de las ovejas. A este le abre el portero, y las ovejas oyen su voz; llama a sus ovejas por nombre y las conduce afuera. Cuando saca todas las suyas, va delante de ellas, y las ovejas lo siguen porque conocen su voz —continúa Jesús.

Pedro se distrae por los fariseos del ganado que hablan entre ellos y señalan a Jesús. Se acercan.

—Pero a un desconocido no seguirán —continúa Jesús—, sino que huirán de él, porque no conocen la voz de los extraños.

—Mm, no estoy seguro de seguir lo que dice —indica Natanael.

—Esta figura literaria que usas —dice Pedro—, ¿podrías decirla con más claridad?

Ahora que los fariseos están escuchando también, Jesús continúa.

—Esto es importante. Yo soy la puerta de las ovejas. Todos los que vinieron antes de mí son ladrones y salteadores, pero las ovejas no les escucharon.

Uno de los fariseos se voltea con otro y le susurra al oído, y seguidamente éste se marcha apresurado.

—Yo soy la puerta —dice Jesús—; si alguno entra por mí, será salvo; y entrará y saldrá y hallará pasto. El ladrón solo viene para robar y matar y destruir.

El fariseo regresa con un clérigo más anciano.

—Yo he venido para que tengan vida, y para que la tengan en abundancia. Yo soy el buen pastor; el buen pastor da su vida por las ovejas. Pero el que es un asalariado y no un pastor, que no es el dueño de las ovejas, ve venir al lobo, y abandona las ovejas y huye, y el lobo las arrebata y las dispersa.

Ahora se acerca hacia Jesús un líder religioso vestido elegantemente y otro robusto y con vestimentas más desgastadas.

—El huye porque solo trabaja por el pago y no le importan las ovejas —continúa Jesús—. Yo soy el buen pastor, y conozco mis ovejas y las mías me conocen, de igual manera que el Padre me conoce y yo conozco al Padre, y doy mi vida por las ovejas.

Pedro observa que los demás ven a los intrusos y su obvio enojo.

—Tengo otras ovejas que no son de este redil —dice Jesús—; a esas también me es necesario traerlas, y oirán mi voz.

—Otras ovejas que no son de este redil —dice el clérigo más anciano—. ¿Te refieres a los gentiles?

Judas lo hace callar, y a Pedro le entretiene la expresión de asombro del clérigo. Sencillamente la gente no hace callar a los fariseos.

—Y serán un rebaño con un solo pastor —dice Jesús—. Por eso el Padre me ama, porque yo doy mi vida para tomarla de nuevo.

—Eso no es real —dice el que va bien vestido—. No hay resurrección.

Pedro decide que debe de ser un saduceo.

—Por lo menos no hay una sobre la cual algún hombre mortal pudiera tener autoridad para ejecutarla —añade el robusto— una vez que perece.

—¡Tenemos que hacer algo! —susurra Judas a Pedro.

—Simplemente prestar atención.

—¡Alguien tiene que llamar a Shamai de inmediato! —dice el líder anciano.

—Está fuera porque es festivo —dice el hombre robusto.

—¿Cómo puedo prestar atención —dice Judas— con estos hombres hablando e insultándolo?

—Jesús no especificó a qué prestar atención —dice Mateo.

Pedro se emociona cuando Jesús dirige su mirada directamente a los líderes religiosos.

—Nadie me la quita, sino que yo la doy de mi propia voluntad. Tengo autoridad para darla, y tengo autoridad para tomarla de nuevo. Este mandamiento recibí de mi Padre.

Los discípulos responde con preguntas, pero también lo hacen los líderes religiosos que gritan por encima de ellos. Judas los confronta.

—¿Quieren callarse para que podamos escuchar a nuestro rabino?

—Estas no son las enseñanzas de un rabino creíble, ¡sino de una persona *demente* y trastornada!

—Subraya mis palabras —dice Judas—. Lamentarás haber dicho eso.

—Cuida tus palabras —dice un fariseo de alta estatura—. Estás hablando a un miembro del Gran Sanedrín.

—Judas —susurra Pedro—, ven aquí. Te estás perdiendo todos los detalles.

Mientras el sol desciende, los clérigos se apiñan y Ozem, el anciano, habla.

—No vi su cara cuando fui a la Decápolis para investigar, pero Jesús de Nazaret es el hombre que partió el pan con la multitud de gentiles allí.

—El hereje en el discurso de Shamai indica que es una persona muy versada y un maestro destacable —dice el saduceo Gedera—. Estos son los desvaríos de un loco.

—O de alguien poseído por un demonio —dice otro de los fariseos.

—Si está poseído —dice Gedera—, ¡debe ser expulsado del templo! ¡Impuro!

—¿A qué se refiere al decir *mi padre*? —dice Zebadías—. Ciertamente no habla de igual manera que Dios por medio del profeta Isaías: «Mas ahora, oh Adonai, tú eres nuestro Padre, nosotros el barro, y tú nuestro alfarero».

—El *nosotros* es Israel —dice Ozem—. ¡Todos nosotros somos hijos de Dios!

—Entonces, ¿de qué *padre* está hablando?

—Shamai reporta —dice Gedera— que afirma ser el Mesías.

—Yo llegué tarde la última vez —dice Ozem—. No será así esta… —pero cuando se voltea para confrontar a Jesús, el hombre ha guiado a sus seguidores hacia el pórtico de Salomón. Los líderes religiosos se apresuran para alcanzarlos—. ¡Tú! —grita Ozem—. Tú eres Jesús de Nazaret, ¿no es cierto?

—¿Por cuánto tiempo nos mantendrás en suspenso? —dice Zebadías—. Si eres el Cristo, dínoslo claramente.

—Se lo dije —responde Jesús—, y ustedes no creen.

—¿Cuándo? —demandan los clérigos al unísono.

—¿Cuándo nos lo dijiste?

—¡Blasfemo!

Al oír eso, transeúntes y escribas se acercan corriendo.

—Las obras que yo hago en el nombre de mi Padre, estas dan testimonio de mí…

—¿A qué te refieres con *mi padre*? —pregunta Ozem.

—Pero ustedes no creen porque no son de mis ovejas.

—¿Pronuncias esta profanación entre los pilares del pórtico de Salomón? —dice Zebadías—. ¿Es que no tienes vergüenza?

—Mis ovejas oyen mi voz, y yo las conozco y me siguen.

—¡Dijo que él es el Cristo y que nosotros no creímos! —dice Gedera—. Esta blasfemia es suficiente para la pena capital, ¡y estamos en el recinto del templo!

—¡Piedras! —exclama Zebadías—. ¡Necesitamos piedras! Pedro se pone muy nervioso cuando los escribas agarran piedras, y los discípulos se juntan detrás de Jesús.

—Y yo les doy vida eterna y jamás perecerán, y nadie las arrebatará de mi mano.

—¡Nadie puede otorgar vida eterna! —grita Gedera—. Tu irreverencia, tu herejía, ¡será purgada de este lugar sagrado!

—Rabino —dice Pedro—, tal vez deberíamos…

Jesús extiende sus brazos como para proteger a su rebaño.

—Mi Padre que me las dio es mayor que todos, y nadie las puede arrebatar de la mano del Padre. Yo y el Padre somos uno.

Zebadías lanza una piedra, que no golpea a Jesús cuando éste se agacha. Otra piedra procedente de otra dirección alcanza a Juan. Mientras vuelan más piedras, Santiago el Grande se pone delante de Jesús. Una piedra golpea en la cabeza a Santiago, y cae al suelo.

Pedro y los otros se apresuran a ayudarlo.

—Les he mostrado muchas buenas obras del Padre —grita Jesús—. ¿Por cuál de ellas me apedrean?

—¿Buenas obras? —dice Zebadías—. Si has hecho alguna, ¡no te apedreamos por eso! Es por blasfemia; ¡porque tú, siendo hombre, te haces Dios!

—¿Ustedes me llaman blasfemo porque dije que soy el Hijo de Dios?

—Quien dice tal cosa —dice Zebadías—, ¡debe morir conforme a la Ley de Moisés!

—Ustedes conocen muy poco la Ley de Moisés.

—¡Guardias! —grita uno de los fariseos—. ¡Que alguien llame a la guardia del templo!

—¡Arréstenlo! —grita Ozem.

Zeta ocupa la posición donde estaba Santiago y agarra una de las piedras lanzadas. La lanza al suelo con fuerza y cruje sus dientes, y parece tener deseos de pelear.

Juan agarra a Jesús por el brazo e intenta apartarlo de allí.

—Si no hago las obras de mi Padre —continúa Jesús—, no me crean; pero si las hago, aunque a mí no me crean, crean las obras; ¡para que sepan y entiendan que el Padre está en mí y yo en el Padre!

La multitud ataca, y Pedro se une a Zeta, Felipe y Santiago el Joven para intentar refrenarlos. María se acerca a Santiago el Joven. Judas observa con intención, y Tomás se mantiene a un lado, con expresión de terror en su rostro. Andrés y Mateo apartan de allí a María y Tamar mientras más piedras rebotan contra las columnas y la turba se enfurece.

Consiguen todos ellos librarse y escapar del templo, con Pedro y Jesús arrastrando a un Santiago tambaleante. Muchos de los demás están sangrando y cojean, pero todos mantienen un ritmo notable dadas las circunstancias.

—¿Por qué corre Jesús? —demanda Judas—. ¿Por qué no puede pelear si es el...?

—¡Más adelante, Judas! —grita Juan.

—¡Lejos de los caminos! —dice Zeta—. ¡No podemos ir por los caminos!

Entran en el bosque y siguen corriendo bajo la luz de la luna. Cuando finalmente llegan al Jordán, Pedro decide que no hay tiempo para esperar un barco y guía a todos al agua.

Capítulo 53

LAS NOTICIAS

Posada en una aldea en Perea

Empapado de agua de la cabeza a los pies, Juan corre en una huida desesperada en medio de la oscuridad, al haberle ordenado Pedro (a causa de su famosa velocidad) que regrese al cuarto común en el lugar donde se alojan. Toda la comitiva de Jesús, los discípulos y las dos mujeres han cruzado nadando el río Jordán desde Jerusalén y siguen todo lo rápido que pueden, con menos velocidad al cargar a uno de los suyos, el más grande de todos ellos, que ha sido apedreado casi hasta morir.

Juan irrumpe por la puerta, desesperado por limpiar la mesa para que puedan tumbar allí al maltrecho Santiago y contener su hemorragia. Desliza un largo mantel individual que está debajo de una menorá de nueve brazos encendida en su mayor parte, lanzándola al piso junto con un pequeño pedazo de pergamino.

Jesús y Pedro entran con Santiago, que se queja, y lo tumban con cuidado sobre la mesa mientras Juan se ocupa de las heridas con la tela del mantel individual.

Cuando los demás entran, Zeta va a la retaguardia, y entonces empuja a Tamar para que entre y cierra la puerta con cerrojo. Todos se desploman en sillas.

—Dondequiera que vamos —dice Mateo con sus dientes castañeteando—, él... sus enseñanzas...

—Asusta a alguien en el poder —dice Felipe, poniendo una manta sobre los hombros de Mateo.

María de Magdala escurre el agua de su cabello, y parece intentar recuperar el aliento.

—¡Necesitamos prender el fuego! —dice Natanael.

—Necesitamos secar estas ropas antes de que agarremos un resfriado terrible —dice Tadeo.

—Aquello fue terrible —dice Andrés—. ¿Cómo podremos regresar alguna vez allá?

—Sin duda, tendremos que hacerlo —dice Tamar.

—Deberíamos quedarnos aquí de momento —dice Zeta.

—Hablaremos de eso más tarde —dice Pedro.

Santiago el Joven acerca una taza de agua a los labios de Santiago mientras Judas está sentado mirando.

—¿Qué significa todo esto? —pregunta.

Jesús limpia la sangre de un corte en la frente de Santiago, y después se agacha para agarrar el pergamino que Juan había observado que ondeaba en el piso. Al mirarlo, sus ojos se llenan de lágrimas.

Desesperado por saber qué ha afectado tanto a Jesús, Pedro comienza al oír el sonido de un medio de transporte que se detiene afuera de la puerta. Levanta sus brazos para hacer callar a todos, y Zeta mira apartando una cortina.

—¡Es Zebedeo!

Juan va corriendo a la puerta y la abre rápidamente mientras María se acerca a Jesús.

—¡Abba! —exclama Juan—. ¿Por qué estás aquí? ¿Qué ha sucedido?

—¡Dímelo tú! —dice Zebedeo—. ¡Estás empapado y sangrando! —se apresura hacia la mesa—. ¡Santiago!

—Estoy bien, abba —dice Santiago con dificultad.

Jesús entrega la nota a María y se desploma en una silla.
Ella la lee.

—Lázaro ha muerto —anuncia.

—¿Cómo sucedió eso? —dice Santiago el Joven.

—Pedro —dice Judas—, tú nos dijiste que el rabino dijo...

—Maestro —dice Pedro—, nos dijiste que su enfermedad
no llevaría a la muerte.

Jesús se seca las lágrimas.

—Regresaremos a Judea.

—Rabino —dice Pedro—, no hace ni dos horas que intentaron apedrearte allí.

—¿*Apedrear*? —dice Zebedeo.

Juan señala a Santiago.

—Así es como sucedió.

—¿Y vas a regresar a eso? —pregunta Andrés.

—No es seguro —dice Zeta.

—Rabino —dice Mateo—, tal vez tus amigos estarían de
acuerdo en que demoremos el regreso, y podrían agradecerlo.

—Nuestro amigo se ha dormido —dice Jesús—, pero iré y
lo despertaré.

—¡Espera! —exclama Natanael—. ¿Está dormido? Rabino,
¿de qué estás hablando? ¿Qué decía la nota?

—Si está dormido —dice Judas—, entonces se recuperará.
No hay necesidad de que te pongas en riesgo.

—¿Dormido como aquella niña? —masculla Santiago.

—¡Santiago! —dice Juan.

—La nota dice *muerto* —indica María.

—Rabino —dice Pedro—, dinos lo que pretendes hacer.

—Lázaro ha muerto —dice Jesús—, y por causa de ustedes
me alegro de no haber estado allí, para que crean. Están a punto
de tener un fundamento más firme sobre el cual creer.

Tomás parece sacudido hasta lo más hondo de su ser.

—Rabino —dice Natanael—, dijiste que estaba dormido. ¿Te sientes bien?

—¿Qué tiene que ver su muerte con nuestra creencia? —pregunta Mateo.

—Vengan conmigo —dice Jesús—, y se lo mostraré. Todos pónganse ropa seca. El sol saldrá pronto.

—No lo entiendo —dice Judas.

Tomás habla con un tono de voz firme.

—Si vemos a regresar a Judea, bien podría ser a la casa de Lázaro... —mira fijamente a Jesús—, para que muramos con él.

María examina el rostro de Jesús, pero él no establece contacto visual con ella.

—Juan y Zeta no pudieron protegerte de todas las piedras —dice ella—. ¿Dónde te duele?

—Por todas partes —responde él—. Me duele todo el cuerpo, por dentro y por fuera.

Finalmente la mira a los ojos.

—Yo también me duelo por dentro —dice ella—. ¿Por qué?

Él da un suspiro.

—Porque has estado escuchando —entonces sube al piso superior.

Con la ayuda de su padre, Santiago se levanta de la mesa y se pone de pie, haciendo gestos de dolor. Juan le pregunta si puede caminar.

—Llegué hasta aquí, ¿no?

—Me refiero tú solo.

—¿Por qué me gritaste hace un minuto?

—Porque se suponía que no debíamos hablar...

—Muchachos, muchachos —dice Zebedeo—. Tengo que hablar con ustedes de algo.

—¿Está bien ima? —pregunta Juan—. ¿Por qué viniste hasta aquí sin enviar aviso?

—No podíamos arriesgarnos a que el envío fuera interceptado.

—¿No podíamos? ¿Nosotros? —dice Juan.

Zebedeo hace un gesto hacia sus heridas.

—Esto les sucedió en Jerusalén, ¿a manos de quién?

—De líderes religiosos —dice Juan—. Intentaron apedrear a Jesús y arrestarlo.

—¿Con qué acusaciones?

—Lo normal —dice Santiago.

—Blasfemia —dice Juan—. Falsa profecía.

—¿Fue premeditado?

—No, lo oyeron enseñar.

—Jairo recibió una carta de una fuente dentro del Sanedrín. Lo que les sucedió a todos ustedes... está a punto de empeorar.

PARTE 7

Conocedor del dolor

Capítulo 54

UN TESORO PARA TODOS LOS TIEMPOS

Año 60 d. C. Las montañas de La Sainte Baume, Galia

Nunca ha permitido que un alma que no fuera invitada ni siquiera se acerque a la cueva, y Etiena no va a hacer hoy una excepción. Aunque sus amigos y clientes le dicen que podría lucir más femenina, ella refuerza su aspecto como parte de su armadura. Ya sea alguien con planes para la mujer que la han contratado para proteger o solamente un vagabundo perdido, tan solo una vislumbre de su cabello rojizo y alborotado, su rostro bronceado por el sol, y la monstruosidad que es su arco hecho a mano y sus flechas, y esas personas de repente regresan a los caminos públicos.

Hoy, Etiena ha estado probando su habilidad para patrullar el enclave del follaje del monte sin hacer ningún ruido mientras la lluvia convierte el terreno en barro. Una carreta se detiene en el camino que hay abajo y lentamente sale de él una figura encapuchada, que lleva un morral y se apoya sobre una vara. El personaje paga al conductor y espera hasta que él se marcha. *Interesante*, piensa Etiena. *No quiere que nadie sepa dónde se dirige.* Ella saca una flecha de su aljaba y levanta el arco a la vez que se oculta.

Supone que la figura es un hombre, pero ni siquiera puede diferenciar si es su dolencia o su edad lo que hace que su caminata de subida por el frondoso bosque parezca tan doloroso. Él se toma su tiempo, usando con destreza su vara como bastón para caminar y fijando sus pasos mientras asciende las empinadas cuestas. Parece saber exactamente dónde va. Etiena está preparada. Él tendrá que pasar por su lado para llegar a la cueva, y eso no va a suceder mientras ella esté vigilando. Hoy no.

Etiena se mueve silenciosamente detrás de un árbol grande que sirve como centinela a un amplio saliente que conduce a varias entradas de cuevas. Contiene la respiración mientras sus pasos laboriosos se acercan. Justo cuando él aparece, ella emerge con su arco tenso, la punta de la flecha a centímetros de su rostro.

—Suelta la vara —le dice. Él obedece y levanta las manos—. ¿Quién eres, y cómo encontraste este lugar? —él se retira la capucha—. ¡Mateo! —ella baja el arco—. Por amor del cielo, ¿por qué la capucha?

—Está lloviendo —dice él con el precioso tono de voz que ha usado durante décadas.

—Deberías haber avisado para que estuviéramos preparados.

Él parece perplejo.

—Pensé que el punto era que la gente no debe poder descubrir dónde está ella.

—Zeta tiene a personas que hacen entrar y salir cartas a hurtadillas. Tú sabes eso.

—¿Etiena? —dice una voz desde el interior de la cueva—.
¿Quién es? ¿Qué está ocurriendo?

—Un invitado espontáneo, mi señora —dice Etiena, dando
un paso a un lado cuando sale María de Magdala.

Al ver a su viejo amigo, los ojos de María se llenan de lágrimas.

—Espero que este no sea un momento inoportuno —dice él, y
los dos se funden en un abrazo. Él se retira un poco como si quisiera
contemplarla—. Sigue siendo inusualmente agradable mirarte.

María se burla.

—Veo que tu vista comienza a fallar.

—Está bien —dice Etiena—, entren los dos. Los otros nunca
me perdonarán si mueren aquí afuera.

Dentro, Mateo se quita su túnica y abre su bolsa.

—No puedo creer que hayas recorrido todo este camino
—dice María— con el peligro que supone, ¡y con tu edad!

—*Nuestra* edad —dice él. Era importante —saba de la bolsa
una inmensa carpeta de cuero atada con cuerda—. María, lo he
terminado.

¿De veras?

—¿Tú…?

—No podía arriesgarme a enviarlo con un mensajero.
Quiero que tú lo leas, por favor, y me expreses tus ideas. Yo tenía
que estar aquí para eso.

Llorando de nuevo, María acuna el manuscrito tan valioso
como si fuera un niño.

—No puedo creerlo. Mateo, has trabajado muy duro y por
mucho tiempo. Será un tesoro para todos los tiempos.

—Estoy aquí para ocuparme de eso —dice él—. Nos sobrevivirá. Hasta ahí sabemos.

—Sé que tengo razón —dice María, también sabiendo que
ha hecho sentir incómodo a Mateo.

—Acérquense al fuego —dice Etiena—. Tienen que conseguir secarse.

Cuando se acomodan, es Mateo quien habla.

—Antes de decir nada más, me temo que tengo malas noticias —dice.

María siente el desánimo.

—Me he acostumbrado a eso.

—Podría haberte enviado la noticia —dice él—, pero pensé que, como pensaba venir, te lo diría en persona.

Ella se da cuenta de que a él le cuesta decirlo.

—¿Quién es? —pregunta ella.

Él traga saliva.

—Santiago el Joven —susurra.

¡Oh, no! Solamente oír la noticia le agota.

—¿Cómo? ¿Dónde?

—María, no querrás saber...

—No, quiero saberlo. Puedo manejarlo.

—En el Bajo Egipto —dice él—. El rey Hircano hizo que lo atravesaran con una lanza.

Ella da un grito ahogado.

—¿Y qué de Onia y las muchachas?

—Por fortuna, no estaban ahí para presenciarlo.

—Gracias a Dios.

—Los hombres de Zeta se las llevan de allí para quedarse con Ninfa y su esposo en Colosas. Pablo ha estado enviando cartas a la iglesia allí.

—Deberían estar a salvo —dice María—. Le escribiré a Onia. Ella lo amaba mucho.

—¿Qué le dirás?

—Le diré que él ya no sufre. Tuvo dolor toda su vida y muy pocas veces se quejaba.

—Voy a quedarme despierta toda la noche y leer tu manuscrito —dice María después, tras una cena escasa pero deliciosa—. Quiero revivirlo todo. Incluso las partes difíciles.

Extrañamente, Mateo no responde. Algo parece inquietarlo.

—¿Sucede algo, Mateo? Por eso viniste, ¿no? Para que yo leyera...

—Sí, sí —dice él pareciendo inquieto—. Yo solo... algo que observé...

—¿Qué? —ella sigue su mirada hasta su escritorio, sobre el que hay fragmentos de pergamino—. Escribo cartas ahí.

—Mis disculpas —dice él—. No es mi intención curiosear, pero no pude evitar observar que esos fragmentos no parecen cartas.

—¿Los leíste?

—¡No! No, nunca lo haría. Solo me parecieron extraños.

—Mateo, deja que lea tu volumen. No te ocupes con mis garabatos.

—Estoy seguro dc que son algo más sustancial que garabatos.

—¿Por qué estamos hablando de esto? —dice ella, observando que la mente de él da vueltas como si estuviera triturando una piedra de molino.

—El pergamino es caro —dice él—. Vives lejos de mercaderes o de la civilización. Nadie en tu posición o en la mía desperdicia papel.

—Es verdad —dice ella—. No desperdicio.

—María, yo valoro tus pensamientos, y me gustaría leerlos. ¿Me dejarías hacerlo?

María capta la mirada de Etiena mientras la joven ordena la mesa. ¿Debería ser sincera con Mateo y admitir lo que ha estado intentando crear con su pluma?

—Está bien —añade él—. Sabes que estoy aquí para ti, ahora y siempre.

Ella vuelve a mirar a Etiena, cuya mirada parece animarla.

—Últimamente he tenido sueños —le dice a Mateo— acerca de algunos de los tiempos más oscuros.

—¿Oscuros?

UN TESORO PARA TODOS LOS TIEMPOS

—En mi vida y la de él, y de otros entre nosotros. He estado escribiéndolos para no olvidarlos, intentarlo reunirlos en... no sé, algo solo para mí.

—Lo entiendo —dice él—. Siento haber curioseado. Me gustaría que compartas solo lo que te resulte cómodo compartir.

Ella estudia su expresión y voltea su mirada hacia el escritorio y los fragmentos de pergamino. *¿Debería?* Se tranquiliza y se voltea de nuevo hacia él.

—Tal vez puedo compartirlo contigo, mi viejo amigo. Estoy deseosa de leer tu relato, pero te leeré algunas de mis reflexiones primero si quieres.

Capítulo 55

¿HASTA CUÁNDO, OH SEÑOR?

Posada en una aldea en Perea, tres décadas antes
Entonces, así es como va a ser, decide Pedro. Si hubiera sabido hasta dónde llegaría el peligro cuando decidió por primera vez seguir a Jesús, aun así lo habría hecho. Sin embargo, podría haberle dado tranquilidad. Tal vez por eso Jesús le puso un nombre nuevo y un apodo. Pues bien, si él va a ser la Roca, será la Roca. Se alegra de tener a su lado a Zeta y Santiago el Grande, especialmente en esta decisión de regresar a una escena de tumulto y caos.

Cuando todo el grupo se reúne afuera, Zeta corta las ramas de un árbol y Santiago es atendido por su padre, quien toca la venda que lleva sobre su frente.

Zeta aparece con dos varas de caminar recién fabricadas y entrega una de ellas a Santiago, quien asiente con su cabeza. Zeta va hasta donde María y Santiago el Joven están llenando cantimploras.

—Santiago —dice Zeta—, hice esta para ti. Puede que sea más fuerte que la que usas normalmente —Santiago parece sorprendido y conmovido—. Para el viaje de hoy —añade Zeta—. Peleaste con valentía cuando intentaron arrestar a Jesús ayer. Ni siquiera titubeaste.

—No íbamos a permitir de ningún modo que eso ocurriera —dice Santiago.

—¿Y yo? —dice Pedro—. ¿Recibo también una vara para caminar?

—¿Estás muy malherido? —pregunta Zeta.

—Solo bromeaba.

—Este no es día para bromas —dice Zeta.

—Eso está por ver —dice María—. Haremos la *Shiva* o no.

Pedro se pregunta qué cree ella que Jesús quiso decir con que Lázaro estaba dormido.

Mientras el grupo camina por el sur hacia Betania, Juan se apresura para alcanzar a Tomás.

—Estaba pensando en lo que dijiste.

—Gracias, a propósito —dice Tomás.

—¿Por qué?

—Las sandalias. Apenas notaba cuán incómodas eran las caras. Hoy estoy disfrutando realmente de la caminata.

—Eso nos hace uno —dice Juan—. Entonces, ¿qué quisiste decir anoche con ir donde Lázaro?

—Dije lo que dije.

—¿Para que podamos *morir* con él?

—Si regresamos a Judea y nos matan, como intentaron hacer ayer, entonces esa es la voluntad de Dios. Y, si la voluntad de Dios es que muramos con Jesús, por lo menos ya no tendré que sentir nada.

—A eso pensé que te referías. En nuestra fe, generalmente no se ve con buenos ojos desear la propia muerte. En las últimas palabras del último libro de Moisés, Dios dice que si es entre la vida y la muerte, entre la bendición y la maldición, deberíamos escoger la vida.

—Me pregunto lo que eso significa —dice Tomás— cuando alguien no tiene esa opción.

—Solo digo que deberías esperar vivir.

—Es la naturaleza de la vida misma, Juan. Eso es lo que todos llevan semanas diciendo. Solo el tiempo separa al uno del otro.

—Estamos en medio de circunstancias notablemente inusuales.

—No, Juan, no son circunstancias inusuales. Hemos sido forzados a aceptar que la muerte es parte de la vida.

Más atrás, Pedro se acerca a Santiago el Grande.

—¿Cómo te sientes?

—Me las arreglaré. Pedro, escucha, anoche mi mente estaba nublada por el golpe en la cabeza. ¿Dije algo acerca de la hija de Jairo?

—Habla en voz baja.

—Entonces *sí* dije algo. Tal vez ahora no importa. Lázaro está muerto. Jesús dijo que lo despertará, y los dos sabemos lo que eso significa.

—Bueno, sabemos lo que eso *puede* significar.

—Jesús dijo que se alegra de no haber estado allá para evitar la muerte de Lázaro —dice Santiago—, y que lo que vaya a suceder es su voluntad, lo cual significa que no tenemos motivo para temer.

—Haces que parezca muy sencillo.

—El dolor tiene su modo de allanar las cosas —dice Santiago.

En otro lugar en el grupo que sigue a Jesús, Judas pregunta a Natanael.

—¿Cómo fue antes de que yo llegara aquí?

—Más tranquilo.

—¿Te refieres a que hablo demasiado?

—Algunas veces —dice Natanael—. Pero me refería a que éramos relativamente desconocidos. No había ni fama ni infamia. Nadie había intentado nunca apedrearnos, pero eso no fue culpa tuya.

—Bueno, si no soy yo, ¿ha ido mal algo?

—Mm, ¿no lo crees, Judas? Lázaro está muerto.

—¡A eso me refiero! Vamos de camino a nuestra tercera *Shiva* en tres meses.

—¿Y?

—Él es el Mesías. ¿Acaso no deberíamos estar ganando, y no perdiendo constantemente? Ir de un lado a otro en ceniza y cilicio todo el tiempo no se parece mucho a la gloria.

—Solo Jesús sabe cómo es la verdadera gloria —dice Natanael.

—Indudablemente no puede ser esto.

Cerca del final de la fila, María camina junto a Santiago el Joven que muestra dolor claramente, con su cojera agravada por la violencia del día anterior.

—Tú dijiste que haremos la *Shiva* o no —dice él—, pero ¿no fuiste tú quien leyó la nota de que Lázaro estaba muerto?

—Sí. Pero está lo que dijo Jesús después de que yo la leyera.

—Dormido. Despertarlo. ¿Conoces el canto de David: «¿hasta cuándo, oh Señor?».

—He oído las primeras líneas —responde ella—. No lo tengo memorizado.

—No te diré cómo vivir tu vida —dice Santiago con un guiño—, pero es uno bueno para memorizar.

—¿No lo son todos?

—Comienza con estas grandes preguntas: «¿Hasta cuándo, oh Señor? ¿Me olvidarás para siempre? ¿Hasta cuándo esconderás de mí tu rostro?».

—Yo he estado ahí —dice María.

—Y, sin embargo —dice él—, termina con aceptación e incluso alabanza. «Mas yo en tu misericordia he confiado; mi corazón se regocijará en tu salvación. Cantaré al Señor, porque me ha colmado de bienes».

—He hecho eso —dice ella—, aunque no de modo muy hermoso.

—Pero en la mitad está esta línea: «Considera *y* respóndeme, oh Señor, Dios mío; ilumina mis ojos, no sea que duerma el sueño de la muerte». Sueño y muerte se usan a veces de manera intercambiable.

—¿Responde eso tu pregunta sobre por qué dije que haremos la *Shiva* o no?

—Antes de partir a nuestras misiones, le pregunté a Jesús sobre la ironía de que se me diera a mí poder para sanar a otros y aun así seguir cargando con esta cojera.

—¿Qué dijo él?

—Me explicó parte de eso, y fue hermoso, pero no significa que no sigo sintiendo dolor. Los dolores agudos ya estaban empeorando regularmente antes de lo que sucedió ayer. Creo que estoy llegando a pensar que, si Jesús va a despertar a Lázaro del sueño, ¿no provocará preguntas incluso más grandes de aquellas que ya he considerado?

—Desde luego que sí, y entonces lidiaremos con ellas. No tiene caso angustiarse por eso ahora.

Caminan en silencio hasta que Santiago lo interrumpe.

—¿Es todo esto lo que esperabas?

—Santiago, no le desearía a nadie lo que yo atravesé, pero estar perdida todos esos años significa que nunca esperaba otra cosa sino oscuridad. Sombras constantes, gritos en la noche, voces extrañas. Incluso la luz del día me parecía oscuridad con solo momentos poco frecuentes cuando entraban rayos de luz. Ahora eso ha cambiado. Desde que él me llamó por mi nombre, todo ha sido luz más o menos, con pedazos ocasionales de oscuridad que duelen tanto como antes, solo que ahora son la excepción. He tenido mucha práctica con el dolor, con la pérdida, con preguntas sin respuestas, de modo que ahora estoy agradecida por la luz. Yo no soy especial, Santiago. Por favor, compréndelo. Esta no es una perspectiva envidiable. Ha sido obtenida solo mediante el tormento.

—Me gustaría que mi propio tormento me concediera el mismo nivel de aceptación y sabiduría que tú has hallado —dice él. —Me queda mucho camino por recorrer. Y tú *has* madurado. A ti y a Tadeo los conozco por más tiempo, desde aquel primer sabbat en mi diminuto apartamento cuando yo no sabía lo que hacía.

—Tadeo y yo tampoco lo sabíamos. Ninguno de nosotros podría haber soñado hacia dónde se dirigía todo esto.

—Y seguimos sin saberlo —dice ella.

Capítulo 56

¿CREES ESTO?

La casa de Lázaro

La madre de Jesús se tambalea, con dolor en su corazón por la asombrosa pérdida del mejor amigo de su hijo. Está sentada agarrando a su tocaya, la hermana del fallecido Lázaro. Media docena de otras personas, con vestimenta que ha sido rasgada, hacen la *Shiva* detrás de ventanas cubiertas de cortinas de terciopelo negro. Aquí y allá, platos de huevos cocidos permanecen en su mayoría intactos.

Marta, la otra hermana de Lázaro, está sola ante una ventana. *Pobres amigas*, piensa María.

Llega un hombre vestido de negro, y Marta se apresura a darle la bienvenida.

—¡Arnán! —exclama—. ¿Cómo está tu hijo?

—Yusef está bien, Marta. Que Adonai les consuele, junto con todos los dolientes de Sion y Jerusalén. Esta tierra es un lugar peor sin Lázaro. Nos fue arrebatado demasiado pronto.

María se levanta y se acerca, y Marta le presenta a Arnán como un viejo socio de negocios de su hermano proveniente de Jerusalén.

—La edad de oro de la construcción en la ciudad santa ha terminado con la muerte de Lázaro —dice él—. Verdaderamente no había herrero más grande en toda la tierra.

—Él era familia para mí —dice María—, y un querido amigo de mi hijo.

María siente la mirada penetrante de Marta cuando hace referencia a Jesús. Ella sabe que Jesús se enteró y todavía no ha llegado, y ese es un tema sensible. Por fortuna, este visitante parece ajeno a eso.

—Muy querido por todos —dice él.

Se abre una puerta a sus espaldas. María se voltea.

—Hola, Jabes —dice Arnán.

—El abogado de nuestra familia —susurra Marta a María.

—¿Está todo en orden? —pregunta Arnán.

—Como se esperaría de Lázaro. Marta, tu hermana y tú estarán bien cuidadas. Sus propiedad, sus bienes, y todo el dinero pasará directamente a ustedes, con una cláusula especial que dice que los recursos se usarán en parte para incluir el cuidado continuado de una María de Nazaret, hija de Joaquín.

María apenas si puede respirar. Con José en el cielo, Jesús no mucho tiempo para este mundo, y sus hermanos que tienen empleos modestos, se había resignado a una existencia de escasez.

—Lázaro nunca dijo nada —se las arregla para decir.

—¿Por qué debería sorprenderme de que Lázaro tuviera amistad con alguien de Nazaret? —dice Arnán.

—Él nunca fue elitista —dice Jabes.

—Nos criamos allí —dice Marta.

Arnán tose y se ruboriza.

—Me disculpo. No quería ser irrespetuoso.

—Marta —dice Jabes—, la mayor parte del dinero está en el banco, pero hay algo en la caja fuerte en su oficina.

—¿Podemos hacer esto más tarde? —pregunta ella.

—Desde luego —responde él entregándole una llave—. Si necesitas algo en el corto plazo… Ah, cuando estaba llegando, Neftalí me dijo que les dijera que hay un grupo que se acerca para ver a Lázaro.

—¿Cuántos? —pregunta ella.

—Más de diez, y vienen desde el Jordán. Dijo que les dijera: «Él está llegando».

Marta entrega la llave a su hermana y sale por la puerta apresurada.

No ha pasado tanto tiempo desde que Jesús reprendió a Marta acerca de sus prioridades; sin embargo, la punzada de haberlo decepcionado y el ánimo que recibió en su espíritu por su consejo se han desvanecido tras la estela de su pérdida devastadora. No puede negar que está incómoda con él, sea el Mesías o no. Años antes de que él fuera revelado como el escogido de Dios, todos lo conocían como el mejor amigo de su hermano, y eso no había parecido cambiar desde la última vez que los visitó. *Entonces, ¿dónde ha estado?* Un verdadero amigo habría acudido de inmediato.

Ahora, ella va corriendo por las calles de la aldea hacia las puertas, esperando interceptarlos a él y a su seguidores en el camino. Justo afuera de las puertas, aparecen en el horizonte, con Jesús liderando el camino. Ella sabe que él la ve porque detiene a todo el grupo. Ella camina lentamente, recomponiendo sus pensamientos hasta que está cara a cara con él. Sigue sin estar segura de qué va a decir.

—Señor, si hubieras estado aquí, mi hermano no habría muerto —dice.

—Marta…

—Intento no estar enojada porque no viniste antes, Señor. Tan solo estoy…

—Confusa.

Ella asiente con su cabeza.

—Y devastada —añade él—. Lo comprendo.

—Aun ahora, yo sé que todo lo que pidas a Dios, Dios te lo concederá.

—Hija mía…

—¿No será así? Sea lo que sea para darnos esperanza o alivio, sé que puedes…

—Tu hermano resucitará.

—Yo sé que resucitará en la resurrección, en el día final. Eso es mucho tiempo de espera.

—No hablo de esa resurrección. Yo *soy* la vida que vence a la muerte.

Marta ve que incluso los discípulos tienen los ojos abiertos como platos ante esas palabras, y Juan ha sacado su cuaderno de cuero y su pluma.

—No lo entiendo —dice ella.

—Yo soy la resurrección y la vida; el que cree en mí, aunque muera, vivirá, y todo el que vive y cree en mí, no morirá jamás —Jesús hace una pausa—. ¿Crees esto?

—Yo he creído que tú eres el Cristo, el Hijo de Dios, el que viene al mundo. Entonces, creo incluso lo que no entiendo.

—Ahora que estoy aquí, la muerte física no interrumpe nuestra vida eterna.

¿Qué está diciendo?

—Yo creo que tú eres el Cristo. Eso lo sé.

—Es todo lo que necesitas por ahora. Rápido, ve a llamar a tu hermana.

Ella regresa corriendo atravesando las puertas.

—Maestro —dice Pedro—, deberíamos…

—Esperaremos aquí.

—Discúlpame, rabino —dice Mateo—, pero ¿se supone que entendamos todo lo que tú estás diciendo?

—Admito que yo me pregunto lo mismo —dice Pedro.

Jesús parece triste.

—Supongo que todavía no.

Tomás se queda quieto. Juan se acerca, pero antes de que pueda decir nada, es Tomás quien habla.

—No confío en mis oídos, y me da mucho miedo confirmar lo que creo que acabo de oír.

De nuevo en su casa, Marta encuentra a su hermana tranquilizada por la madre de Jesús.

—Él está aquí —dice Marta—, y te llama.

—¿A mí? ¿Ahora? ¿Él está aquí?

—Afuera de las puertas de la aldea.

—¿De quién están hablando? —pregunta Arnán a Jabes mientras la joven María se apresura hacia la puerta.

Entra un saduceo, quien le habla mientras ella pasa por su lado.

—Hermana de Lázaro, que Adonai te consuele, junto a todos los dolientes de Sion y Jeru…

Pero ella se ha marchado.

—Supongo —dice Jabes— que ha ido al sepulcro a llorar allí.

—Entonces no debiera estar sola —dice Arnán, y todos ellos salen para seguirle.

La madre de Jesús sabe que la joven María no se dirige al sepulcro de Lázaro. La siguen por las puertas de la aldea hasta donde está Jesús delante de sus seguidores en el camino. La joven María se arroja a sus pies.

—Señor, si hubieras estado aquí, mi hermano no habría muerto. ¡Enviamos a decírtelo! ¿Por qué no viniste?

María, la madre de Jesús, lo mira, lo cual parece llenarlo de emoción.

—¿Por qué esperaste? —dice la joven María—. ¿Por qué?

Jesús parece dirigirse a todos ellos.

—Les mostraré por qué. ¿Dónde lo pusieron?

—Señor, ven y ve —dice Marta.

Jesús ve a su madre entre el grupo y piensa en cómo le afectará su propia partida inminente. Y a los discípulos. Jesús llora mientras rodea con sus brazos a su madre, a Marta y la joven María, y camina con ellas hacia el sepulcro. Pasan al lado de Tomás, quien parece caminar sonámbulo.

—¿Quién era este hombre para Lázaro? —pregunta Arnán a Jabes—. ¿Es familia?

Jabes menea su cabeza.

—Nunca lo he visto.

—Nunca lo he visto así —dice Andrés a Pedro—. ¿A qué se refería al decir «les mostraré por qué»? Mostrar ¿a quién?

Natanael se acerca a ellos.

—Dijo que Lázaro no moriría de esta enfermedad. ¿Qué está ocurriendo?

Pedro intenta callarlos a los dos.

—¡Ha sanado a muchos enfermos y abrió los ojos de ciegos! —dice Andrés—. ¿No podría haber evitado que Lázaro muriera?

—Mantengan la calma —dice Pedro.

—¡Él está *llorando*! —dice Andrés.

—Y ¿qué vas a hacer al respecto? —pregunta Pedro.

—¿Está enojado con nosotros? —dice Natanael.

—¡Dejen de hacer preguntas! —dice Pedro—. Simplemente observaremos.

Pedro observa que Tomás se ha detenido y comparte una mirada temeros con Juan, quien regresa parea ayudar a Tamar a que logre que el hombre se mueva.

—Vamos, hermano —dice.

Capítulo 57

EL FINAL
DE LA *SHIVA*

El sepulcro de Lázaro

Jesús es consciente de la gran multitud que hay tras él cuando su madre y las hermanas de Lázaro lo conducen hasta un sepulcro sellado por una piedra inmensa colocada en un terreno zanjado. Todos sus discípulos están presentes, junto con Zebedeo (el padre de Santiago y Juan), María Magdalena, Tamar, amigos y socios de la familia de Lázaro, dolientes profesionales, y numerosos viandantes y clérigos, incluido un saduceo.

Jesús se seca las lágrimas.

—Quiten la piedra —dice Jesús simplemente.

Algunos dan un grito ahogado y otros murmuran, pero nadie se mueve.

—¿No fui claro?

—Señor —dice Marta—, ya hiede, porque hace cuatro días que murió.

—Marta, seguramente sabes que ese es un asunto menor. ¿No te dije que si crees, verás la gloria de Dios? Tu prioridad en este momento es la fe —se voltea con los demás—. ¡Les digo otra vez que quiten la piedra!

Zeta, Pedro, Andrés y Zebedeo se juntan a un lado de la piedra. Zeta supervisa y dirige el esfuerzo, contando hasta tres e instando a todos a utilizar la fuerza de sus piernas. Jesús agarra la mano de su madre mientras uno de los de los dolientes grita de miedo y otros retroceden. Mateo se coloca detrás de Felipe y echa un vistazo.

Los cuatro gruñen mientras van rodando lentamente la piedra. Cuando se ven las fauces oscuras y enormes del sepulcro, se tapan la nariz y la boca y se retiran para juntarse con la multitud. Nadie se mueve ni habla.

Jesús exhala y mira al cielo.

—Padre —dice—, te doy gracias porque me has oído. Yo sabía que siempre me oyes; pero lo dije por causa de la multitud que me rodea, para que crean que tú me has enviado.

—¡¿*Enviado*?! —grita el saduceo.

—¿Qué está haciendo Jesús? —pregunta Tomás.

—Nos lo dijo anoche —dice María Magdalena—. ¿No lo recuerdas?

—Está haciendo esto para que nosotros y muchos otros creamos en él —dice Santiago el Joven.

—Nosotros ya creemos en él —dice Juan.

—No todos y en todo —dice María.

Jesús se acerca al sepulcro.

—¡Lázaro! ¡Ven fuera!

Se oyen pasos sobre la gravilla en el interior, y aparece lentamente una figura envuelta en vendas de lino que van cayendo con cada paso.

Una mujer da un grito. Otros huyen.

La joven María se desploma, llorando.

—Láza… Lá…

—Ahora —dice Jesús reprimiendo una sonrisa—, desátenlo. Libérenlo de esas vendas.

Marta y la madre de Jesús se apresuran hacia Lázaro, dejando visibles su rostro y sus piernas. Él parece intentar enfocar su mirada.

—¿Marta? —dice, con su boca reseca.

—Sí, hermano. ¡Estoy aquí!

—¿Qué sucedió?

—Tú… ¡has regresado!

Jesús agarra con sus dos manos el rostro de Lázaro.

—¿Jesús? ¿Estoy soñando?

—No es un sueño —dice Jesús—. Recién despertaste.

—¿Estaba dormido?

Jesús asiente con su cabeza, sobrepasado, y acerca su frente contra la de Lázaro.

—Es la tierra de los vivos, hermano.

—Gracias.

—Siento que tuviera que ser de este modo. Pero tampoco lo siento, porque hay un plan más alto en todo esto.

—Confío en ti —dice Lázaro bajando su mirada—. Mm, sé que gusta mantenerme humilde, pero debajo de estas vendas estoy desnudo.

—Y podrías darte un baño.

—Pero estoy hambriento.

—No seas dramático —dice Jesús—. Solo pasaron cuatro días.

—¡Cuatro!

La madre de Jesús sonríe.

—La siesta más larga de tu vida.

La gente corre para difundir la noticia, y cuando uno de ellos pasa al lado del saduceo, grita.

—¡Es real! ¡Las historias de Jesús de Nazaret son verdad!

Parece que al saduceo le sobresalen los ojos.

—¿De Nazaret? ¡Tengo que regresar a Jerusalén!

—¿Qué pasa?

—¡Jesús de Nazaret!

—¿Sabes quién es? —pregunta Jabes.

—El nombre me resulta familiar —dice Arnán.

—Tengo que regresar, ¡ahora mismo!

Mientras sale corriendo, Arnán lo llama.

—¡No puedes marcharte ahora! ¡Necesitamos descubrir lo que acaba de suceder!

—Creo que está claro lo que acaba de suceder —dice Jabes.

—Pero ¿*cómo*?

Los dolientes intentan acercarse a Jesús, pero Pedro, Zeta y Zebedeo los bloquean.

—Por favor, oigan todos —dice Pedro—, regresen a sus casas. Ya no hay una *Shiva*.

—¿Por qué no le dices a la gente que no diga nada? —pregunta Santiago el Grande a Jesús—. ¿Por qué hiciste esto delante de tantos?

—Es tiempo, Santiago. Lo entenderás.

—¡Esto lo es todo! —dice Judas muy contento—. ¿No lo ven? Esto unirá a todos. ¡Ahora nadie podrá negarlo a él!

Pero Tomás se ha derrumbado y está sobre el suelo a cuatro patas, dando un grito ahogado. Juan y Tamar van rápidamente hasta él.

—Está bien —dice Juan—. Te traeremos agua.

Natanael le da una cantimplora a Juan. Tomás le da un fuerte golpe. Jesús se acerca entonces.

—¿Qué has hecho? —demanda Tomás a Jesús.

—Tomás, por favor. Ven. Conversaremos.

—¿Cuándo? ¿Pronto? Estoy cansado de que siempre sea *pronto*.

—Tomás —dice Juan—, no. Aquí no.

—¡Sí, aquí sí! Rabino, mírame a los ojos.

—Lo hago. Siempre lo haré.

—¡Esa no es la respuesta! ¿Por qué Lázaro y no Rema? ¿Por qué no tu propio primo? ¡Esto es enfermizo!

Arnán y Jabes se acercan, pero Pedro los intercepta.

—Sentimos interrumpir —dice Arnán—, pero tenemos que hablar con Jesús inmediatamente.

—Nuestro rabino tienes cosas que atender —dice Pedro.

Jesús se arrodilla hasta estar cara a cara con Tomás.

—No espero que lo entiendas ahora. No lo espero. Lo que el Padre permite, lo que yo permito, a fin de hacer su voluntad y aumentar la fe de su pueblo; puede ser demoledor. Para ti y, sí, incluso para mí.

Tomás inclina su cabeza.

—Es demasiado. No lo entiendo.

—Lo sé —dice Jesús mientras caen lágrimas por sus mejillas—, y eso hiere mi corazón. Pero quédate conmigo, por favor. Lo entenderás a su debido tiempo —da un beso en la cabeza a Tomás y se pone de pie para encarar a Arnán.

—Lo que hiciste ahora molestó mucho a un saduceo —dice el padre de Yusef.

—Alguien a quien me alegra molestar en este momento.

—Ya partió hacia Jerusalén —dice Jabes—. Conozco a los de su clase. Causará problemas.

—Imagino que lo hará.

—¿De veras no te importa?

—Sí me importa —dice Jesús volteándose hacia la casa—. Por eso hice esto. Pero ahora necesito estar con nuestro amigo.

Capítulo 58

VAYA DÍA

La casa de Lázaro

Marta no puede comparar nada con esto. Apenas es capaz de formar las palabras, incluso en su mente, para acomodar la realidad de lo sucedido. Una cosa fue cuando Jesús le reprendió por estar demasiado ocupada en hacer *cosas* cuando debería haberse enfocado solamente en él. Ella había pensado que lo que hizo fue preocuparse en exceso por él y sus seguidores. Sin embargo, como siempre, él le corrigió con amabilidad y amor.

Y entonces, tras perder de modo tan horrible a su precioso hermano mucho antes de su tiempo, ¡había perdido la paciencia con el propio Mesías! ¡Imagina! Incluso lo había confrontado, demandando saber por qué tardó tanto tiempo en llegar sabiendo que Lázaro estaba a punto de morir.

Bien, el maestro le había mostrado el motivo, ¿no era cierto?

Ahora, mientras ella y su hermana atienden a su hermano en el baño, lo único que siente es gratitud y asombro. ¿Quién ha visto nunca a alguien resucitado? Ella no puede comprenderlo.

Lázaro, por quien había hecho la *Shiva* por cuatro días, está de pie en la bañera de alabastro en ropa interior mientras ella y su hermana María frotan, enjuagan su cuerpo, y le ayudan a vestirse.

—¿Estás recuperando las fuerzas? —pregunta María.

—Más y más con cada minuto —dice él, comenzando a sonar normal.

—¿Y los viejos dolores? —pregunta Marta. Él siempre ha sido un gran trabajador.

—¿Y el chasquido en tu rodilla? —dice María.

Lázaro extiende su pierna. *¡Clic!*

—Sigue estando ahí —dice él.

—No serías tú si no lo tuvieras —dice Marta.

—¿Cómo fue? —pregunta María.

—Ya lo dije. Como un sueño profundo.

—¿No viste a Ima o a Abba? —dice María—. ¿Y al tío Lamec con su extraño y único ojo?

—¡María! —dice Marta.

—¡Me aterraba cuando yo era una niña —dice ella—. Lázaro, ¡tú lo llamabas Cíclopes!

—A Abba nunca le gustó eso —dice él—. Consideraba paganos a los antiguos poetas griegos.

—Me pregunto si tendrá los dos ojos en la resurrección —dice María.

Lázaro mira más allá de sus hermanas.

—Ojalá hubiera alguien a quien pudiéramos preguntar…

Marta se voltea.

—¡Rabino!

—¿Cómo te sientes, amigo? —pregunta Jesús.

—Todavía tiene el chasquido en su rodilla —dice María.

Jesús se encoge de hombros, sonriendo.

—Sí —dice Lázaro—, estamos agradecidos, pero sí que tenemos algunas ideas para la próxima vez.

—El Padre me concede un solo milagro por persona —dice Jesús, y todos ríen—. Señoras, si es posible, ¿podría tener un momento a solas con Lázaro?

María sonríe.

—¿Acaso vamos a decir que no?

Las hermanas se van al cuarto principal donde todavía quedan restos de la *Shiva*, huevos cocidos y vasos. Marta se desploma en una silla mientras María se sirve un vaso de vino y se apoya contra la pared.

—Casi lo dije en voz alta: «Vaya día».

—Sí —dice Marta—. Eso no llegaría a expresarlo del todo —su hermana parece estudiarla—. María, ¿por qué me miras de ese modo?

—Simplemente estás sentada.

—¿Y?

—Mira este lugar. Es un desorden total. No estás ocupada limpiando y ordenando.

Marta solamente puede sonreír.

—Dame un trago de eso —dice ella.

María le da el vaso.

—Me gustaría que hubiera algún modo de poder recompensarlo —dice.

¿Recompensarlo?, piensa Marta.

—¿Qué se le regala a alguien que puede resucitar muertos? ¿O que alimenta a miles con unos pocos panes y peces? ¿Qué podría él necesitar?

—Bueno, está claro que no *necesita* nada. Tal vez ese sea el caso.

En el otro cuarto, Lázaro está sentado cerca de la ventana junto a Jesús, preguntándose cómo se espera que uno responda a un milagro.

—¿Te sientes mejor? —pregunta Jesús.

—Eso es quedarse corto.

—Sin duda tienes mejor aspecto.

Eso debería esperar, piensa Lázaro riendo.

—¿Gracias? Debería pensar que luzco muy recuperado tras una siesta de cuatro días.

Eso parece poner serio a Jesús.

—Mm... —dice—. Cuatro días de sueño...

—Pero no fue así realmente. Lo sé.

Jesús está sentado mirando por la ventana, y Lázaro tiene que preguntar.

—¿Por qué lo hiciste?

—Debería haber previsto que tendrías preguntas.

—Lo digo en serio. ¿Por qué yo?

Jesús parece dolido, tal vez cargado.

—No se trata tanto de *quién* como de *cuándo*. Me alegra que fueras tú, desde luego, pero...

—No comprendo.

—Se me acaba tiempo, Laz. Esta fue la última.

—La última ¿qué?

—Señal pública.

—¿No habrá más milagros?

—No a este lado del...

—A este lado de ¿qué?

—Tengo que hacer una confesión —dice Jesús.

—Pero no has hecho nada malo.

—No es una confesión de pecado. Algo que no sabes y debo reconocer.

Lázaro no puede imaginar nada que él no sepa acerca de un amigo al que ha apreciado durante toda su vida.

—Indudablemente, no hay profundidad en eso —dice.

—Cuando te pusiste enfermo al final de la fiesta, tus hermanas enviaron la noticia a donde nos alojábamos en Perea.

—¿La fiesta de la Dedicación? Hoy fue el último día según mis cuentas.

—Recibimos la nota el día quinto.

—Yo me marché al atardecer del día cuarto. Probablemente mientras el mensajero iba de camino.

—Aun así, no vine enseguida. Tenía algo que hacer, un sermón que predicar en Jerusalén.

¿Jerusalén?

—¿En el templo? ¿Cómo fue?

—Bien —dice Jesús livianamente—, además del intento de apedreamiento, pensé que estuvo por encima del promedio.

—¡Apedreamiento! Entonces, supongo que ya no te vas a contener.

—No, no puedo. El tiempo ha llegado. Pronto tendrán éxito en hacer lo que intentaron ayer.

—¿El apedreamiento o el arresto?

—Ya lo verás.

—Un momento, no —dice Lázaro—. No hagas eso.

—Lázaro, por favor, solamente escucha. La demora, los cuatro días que tus hermanas se dolieron y sufrieron, necesito que sepas que no fue por crueldad…

—¡Yo nunca pensaría eso de ti!

—Sino para que la gloria de mi Padre fuera revelada a todos en lo que ocurrió hoy. Fue doloroso para mí ver a todos ustedes que sufrieron por esto. Incluso más doloroso que era necesario para quienes fueron testigos de ello, especialmente mis propios seguidores. Pero están aquellos para quienes esta situación desencadenará una serie de acontecimientos.

—¿No ha sido así con los líderes religiosos desde el inicio? A ellos no les gusta ni lo entienden.

—Esto es diferente —dice Jesús—. Ahora tienen fundamentos más firmes para el castigo. Son hombres. Deben guardas las apariencias.

—Te has vuelto innegable.

—Ellos no pueden aceptar eso. Y mis seguidores no lo entenderán. Se lo he dicho en tres ocasiones, y es como si fueran incapaces de oír.

—Yo mismo me siento incapaz de oír —dice Lázaro.

—¿Incluso después de lo que sucedió hoy?

—¡Soy humano!

—¡Y yo también! —dice Jesús.

Lázaro queda asombrado.

—Pero tú eres el Hijo de Dios.

—Eso también.

—Entonces, no lo entiendo.

—La mayoría no lo entenderá —dice Jesús—. Estar frustrado es humano, y yo estoy frustrado con mis estudiantes porque constantemente no entienden, por olvidar lo que he hecho. Estoy enojado por cómo los líderes religiosos han torcido la fe hasta convertirla en un teatro cobarde de fingimiento. Y tengo miedo de lo que está por llegar: la copa que debo beber para cumplir la voluntad del Padre.

—Me estás asustando.

—Has estado en el sepulcro, ¿y tienes miedo?

—Por ti. ¡Te amo! No quiero verte sufrir.

—El Hijo del Hombre debe sufrir muchas cosas.

—Eso no significa que tenga que gustarme —dice Lázaro.

—El profeta Isaías les hizo muchas advertencias.

Lázaro examina su memoria.

—Sí, sí. «Fue despreciado y desechado de los hombres, varón de dolores y experimentado en aflicción». Eran palabras escritas en un rollo. Ahora que sé que hablan de ti, en carne y hueso, es otra historia.

—Una historia necesita su final —dice Jesús.

Voces inquietas y agitadas afuera hacen que Lázaro mire hacia la luz de la luna. Tomás camina de un lado a otro detrás de la casa, seguido por Juan que parece intentar calmarlo. El resto de los discípulos y las mujeres no están muy lejos.

—¿Necesitas marchar? —dice Lázaro.

Jesús se levanta y cierra la cortina pero menea negativamente su cabeza.

—Les hablaré con detalle durante la Pascua. No quedará nada por decir. Esta noche, el que tiene el corazón quebrantado no puede aceptar mi amor o mis palabras. Sus hermanos lo sostendrán. Vamos, hagamos que comas algo.

Capítulo 59

HECHO AÑICOS

Afuera de la casa de Lázaro

Judas se siente solo a pesar de que está entre el resto de los discípulos y las mujeres, y se siente tan preocupado por Tomás como los demás. El hombre sigue sufriendo, y justo cuando su horrible tristeza parecía que estaba a punto de calmarse por lo menos un poco, Jesús demuestra que puede resucitar a alguien de la muerte. No es extraño que Tomás se haya sumergido en una miserable tristeza y ahora esté enfurecido.

Tomás agarra una jarra de barro y la levanta sobre su cabeza.

—¡Tomás, no! —grita Juan, pero es demasiado tarde. Tomás la lanza contra el pozo, donde se hace añicos.

—Tendremos que sustituir esa jarra —dice Mateo, y Judas solo puede menear su cabeza. Que lo haga Mateo.

—¿Sí, Mateo? —le reprocha Tomás—. ¿Por qué? Porque cuando Lázaro pierde algo, ¿se merece que se lo devuelvan? Pero cuando otras personas pierden algo, entonces…

—Porque es respetuoso hacerlo —dice Mateo.

—Lo respetuoso sería no romper la jarra en un principio —añade Natanael.

—Ya estoy harto de lo respetuoso —dice Tomás—. Estoy harto de todo.

—No lo dices de veras —dice Andrés.

—¡Entonces dime a qué me refiero!

—Estás sufriendo —dice Pedro—. Lo entendemos.

—¡No, no lo entienden! Si lo hicieran, ¡estarían tan ofendidos como yo!

—No tiene caso medir el sufrimiento, Tomás —dice Felipe.

Judas está de acuerdo y se siente desesperado por ser el pacificador.

—Lo que ocurrió hoy debería unirnos a todos más que nunca. Tenemos que dejar a un lado nuestros agravios personales y prepararnos para que las cosas cambien, y mucho.

Judas se asombra cuando Tomás le lanza una mirada abrasadora. Se siente agradecido cuando Juan se coloca entre ellos.

—No se refiere a ti, Tomás —dice Juan—. No dijo eso. No te preocupes. Tan solo cálmate —aparta a Tomás a un lado.

Sintiendo la necesidad de defenderse, Judas continúa.

—Aborrezco lo que él está atravesando —dice—, de veras. Pero piensen en lo que sucedió hoy. Decenas de dolientes vieron con sus propios ojos lo que ocurrió. Los líderes religiosos se verán obligados a admitir quién es Jesús verdaderamente, y trabajarán *con* él ahora para unirnos contra nuestros opresores. ¡Este es uno de los días más grandes en la historia de nuestro pueblo!

—Estoy de acuerdo —dice Santiago el Grande—. Tan solo necesitamos ser sensibles al estar cerca de Tomás.

Zeta no parece convencido.

—A los líderes religiosos de Jerusalén no les gustan las personas que son más poderosas que ellos, Judas.

—Correcto —dice Felipe—. No estoy seguro de que este momento signifique lo que tú piensas.

Judas está seguro de que tiene la razón.

—Si no les gusta, Jesús puede apagarlos como si fueran una lámpara, con una sola palabra.

—Eso es algo sobre lo que aún me pregunto —dice Mateo—. ¿Por qué Jesús no habló e hizo la sanidad desde la distancia, del modo en que lo hizo por el sirviente de Gayo?

—Quería que estuviéramos allí —dice Tamar— para ver quitada la piedra y ver a Lázaro salir del sepulcro con las vendas de enterramiento.

—También quería que participáramos —dice Tadeo—. Él podría haber quitado la piedra y desatado a Laz con una sola palabra.

—Nos lo dijo anoche, Mateo —dice Santiago el Joven—, para que pudiéramos creer.

—¡Sin duda funcionó para mí! —dice Judas.

—Si Jerusalén oye esto y cree —dice Santiago el Grande—, ¿podría ser esto el inicio del ejército? *Ahora hablas correctamente*, piensa Judas.

—¿Cuándo ha dicho Jesús algo sobre un ejército? —dice María—. Nunca.

—Él se deshizo de mi daga —dice Zeta.

—Lo siento —dice Judas—, pero algunos de ustedes le están dando demasiadas vueltas a esto. Miren, el tiempo para refrenarse ha pasado.

—Pero él no nos pidió otra cosa sino que vayamos con él y observemos —dice Tamar—. ¿Por qué estamos discutiendo algo más que no sea eso?

—Porque podríamos perder a Tomas por esto —dice Santiago el Grande.

—Él dijo ayer que nada ni nadie podría arrebatarnos de su mano —dice Pedro.

—Bueno —dice Judas—, lo dijo de quienes él llamo sus verdaderas ovejas, quienes oyen su voy y creen en él. Tal vez Tomás no es una de las ovejas verdaderas.

—¡Cómo te atreves! —exclama María.

—¿Se ha apoderado de ti el diablo? —pregunta Andrés.

—Retira esas palabras —dice Natanael.

—Por favor, cálmense todos —dice Pedro.

—Por favor —dice María—, no deshonres a Jesús actuando de este modo.

—Ella tiene razón —dice Pedro—. Ya es tarde. Pasaron muchas cosas en los dos últimos días. Descansemos.

—Lo siento —dice Judas—. De veras. Yo amo a Tomás. Es que estoy emocionado por la posibili...

Santiago el Joven da un grito, se le doblan las rodillas mientras se retuerce de dolor, y se agarra a su bastón para evitar desplomarse. Tadeo y María acuden en su ayuda y lo sostienen.

—Está bien —dice él—. Estoy bien —pero siente otro espasmo.

—¿Desde la pelea de ayer? —pregunta Andrés.

—Su dolor estaba empeorando desde antes —dice Tadeo.

—Los dolores agudos llegan en oleadas —dice María.

—Tomás tiene razón —dice Santiago el Grande—. ¿Por qué todos los demás son sanados pero no Santiago?

—No quiero que esta noche hablen de mí —dice Santiago haciendo una mueca de dolor—. Creo que deberíamos hacer lo que dijo Pedro y descansar un poco.

—¿Cómo podrás descansar tú? —dice Natanael—. ¿En este estado?

—Eso es algo entre Dios y yo. Igual que deberían serlo la mayoría de las cosas sobre las que han estado discutiendo esta noche.

—Queremos que estés bien —dice Andrés.

—Gracias —dice Santiago, con la agonía escrita en su rostro—, pero quedarse observando no conseguirá nada.

—Las hermanas han preparado los mismos cuartos donde nos quedamos la última vez —dice María.

—Y no dormirán hasta que lo hagamos nosotros —dice Tamar—. Es irrespetuoso mantenerlas despiertas hasta tan tarde.

—Tiene razón —dice Zeta—. Me voy a dormir. Vamos.

Natanael asiente con la cabeza hacia Santiago.

—Pero ¿qué de él?

—Yo me quedaré con él hasta que se le pase —dice Tadeo.

—Solo necesito unos minutos —dice Santiago.

—Pedro y yo podemos juntar a Juan y Tomás —dice Andrés—. Adonai en el cielo sabe que seremos necesarios los tres.

Mateo pregunta a Santiago si está seguro de que estará bien. María asegura a Mateo que ella y Tadeo cuidarán de él.

Mientras Judas y el resto caminan hacia el interior de la casa, María y Tadeo sostienen a Santiago.

—María —dice él—, ya tienes tu respuesta. No haremos la *Shiva*.

Ella asiente con su cabeza.

—Esta noche no. Pero todavía siento tristeza.

—Yo también la siento —dice Tadeo.

—Creo que se debe a que Judas tiene razón —dice Santiago—. Esta fue la señal pública más grande.

—Ya no tenemos que preguntarnos cuándo será *pronto* —dice María.

Capítulo 60

LAS REFLEXIONES DE LA MAGDALENA

Las montañas de La Sainte Baume, treinta años después
Aunque él mismo está débil, a Mateo le resulta estremecedor ver a su vieja amiga como una mujer anciana, aunque sigue siendo bella. Apenas si puede contener su emoción por la posibilidad de oír lo que María ha estado escribiendo, en especial al saber por experiencia cuán demandante puede ser la tarea. Ella parece nerviosa mientras reúne los fragmentos de sus notas y parece colocarlas en orden.

—Mientras más leía los cantos de David —dice ella—, más necesidad sentía de expresar a Jesús uno de los mío. Por favor, has de saber que todavía no está terminado lo que vaya a ser.

El viento afuera sopla, gime y llega al interior de la cueva lo suficiente para hacer que dancen las llamas de las lámparas y las antorchas.

—Pocas veces permitías que la gente conociera tus pensamientos —dice Mateo—, pero cuando lo hacías, yo siempre lo agradecía.

Por fin ella se calma, se aclara la garganta y comienza a leer.

—La oscuridad no es ausencia de luz. Eso sería demasiado sencillo. Es más incontrolable y siniestro; no es un lugar sino un vacío. Yo estuve allí una vez. Más de una vez. Y aunque no podía verte ni oírte, tú estabas allí esperando. Porque la oscuridad no es oscura para ti. Al menos, no siempre.

¡Cómo extraña Mateo al maestro!

—Tú lloraste —continúa María—, no porque tu amigo estuviera muerto sino porque pronto lo estarías tú, y porque no podríamos comprenderlo o no querríamos, o ambas cosas. La oscuridad que llegaría era demasiado profunda para que la entendiéramos, pero así también era la luz. Una tenía que llegar antes que la otra. Siempre fue así contigo. Y lo sigue siendo.

Cayeron lágrimas de tus ojos, y después de los nuestros, antes de que toda luz en el mundo se apagara y el tiempo mismo quisiera morir contigo. Algunas veces regreso a ese lugar, o más bien él regresa a mí sin ser invitado: la noche que pareció eterna hasta que no lo fue. Amarga, y después dulce, pero de algún modo la amargura permaneció en la dulzura y nunca se ha ido.

Tú nos dijiste que así sería. No con palabras sino con cómo viviste: el varón de dolores y experimentado en aflicción. Esa aflicción no era lo que queríamos ver, de modo que intentamos apartar la mirada, y al hacerlo consumamos tu propia esencia, de la cual las personas esconden sus rostros.

Pero poco después no pudimos escondernos de ella más de lo que podíamos detener el atardecer. O el amanecer. Recuerdo que tú deseabas que pudiera haber otro camino, y al mirar atrás yo también lo deseo. Todavía no sé por qué tuvo que ser de ese modo, lo amargo mezclado con lo dulce. Tal vez nunca lo entenderé. Por lo menos a este lado de...

La casa de Lázaro, treinta años antes
El resucitado está sentado a solas al lado de la luz de la vela, preguntándose, preguntándose, con sus propias vendas funerarias en sus manos.

Cuarto de Samuel, Jerusalén
El fariseo despierta por una llamada urgente en su puerta. Son noticias extrañas y transformadoras que llegan desde Betania.

Hogar de Shamai, Jerusalén
Un saduceo llama a la puerta con fuerza hasta que el líder del Gran Sanedrín aparece con su camisa de dormir y un candelero en su mano. Son noticias de Betania que lo cambiarán todo.

La casa de Lázaro
La joven María entra en la oficina de su hermano, abre la caja fuerte, y agarra una cantidad extravagante: trescientos denarios, el salario de un año de un obrero común.

En el piso superior, Pedro termina de limpiar y poner una venda nueva en la herida de Santiago el Grande en la cabeza, y lo ayuda a acostarse. Al otro lado del cuarto, Santiago el Joven batalla para encontrar una postura cómoda. Zeta sopla y apaga todas las velas.

En otro de los cuartos, Tomás está tumbado sobre su lecho, mirando el reloj de sol que le regaló a su amada Rema. Es lo único que puede hacer para evitar romperlo en mil pedazos; pero lo coloca en una bolsita de algodón y apaga su vela.

En el cuarto de invitados de las mujeres, mientras Tamar se mete en su cama, María Magdalena se acerca a la ventana para apagar la vela. Ve a Jesús afuera acercarse a la jarra que Tomás hizo añicos contra el pozo. Une dos de los pedazos, recorriendo con su dedo los bordes afilados. Parece pensar profundamente. María sigue observando mientras él camina en dirección al sepulcro de Lázaro.

PARTE 8

El tiempo ha llegado

Capítulo 61

SIN TACHA

Jerusalén, año 1004 a. C.

Aunque es satisfactorio regresar de conquistar a un enemigo, el rey David está deseoso de estar fuera del foco de la adulación pública, y llega al palacio donde esperan Abigaíl y Daniel, su hijo de cuatro años. Se detiene justo antes de colocarse a la vista de las puertas de la ciudad para cambiarse y ponerse ropas elegantes de rey y montar un caballo blanco resplandeciente y adornado de modo llamativo.

Él y su séquito que lo sigue son pronto recibidos por su súbditos, quienes alinean el camino hacia la ciudad con sus propias capas y abrigos. Y, cuando él entra por las puertas, pétalos de flores caen como lluvia, estallan los aplausos, y la música anuncia su llegada. Él responde a los saludos con ramas de palma, sonriendo y levantando un puño.

A Dios sea la gloria, piensa, a la vez que también entiende que el pueblo necesita eso: necesita verlo a él, la personificación de la bendición del Señor en victoria. Está contento por darles lo debido, pero estará más contento aún tras puertas cerradas en su propia ciudadela.

Cuando David entra despreocupadamente en el palacio, Daniel corre hacia sus brazos.

—¡Hijo mío! —dice David, cargándolo—. ¡Por fin estoy en casa!

Deja al niño en el piso con un beso mientras su esposa se acerca, y se dan un abrazo.

—¿Ya terminó? —dice Abigaíl.

—¡Los amonitas están derrotados!

Abigaíl da un grito ahogado e indica a su hijo que aplauda.

—Y ni un momento demasiado temprano —añade David—. Es casi la Pascua. ¿Ya ha sido elegido el cordero?

—Examinado y aprobado por los levitas esta mañana.

—¿Se han hecho las declaraciones?

—Ellos no dijeron nada. Puedo...

—No, yo lo haré. Daniel, ven conmigo.

Afuera unos momentos después, David sostiene una manta mientras el pequeño y él esperan en el patio. Aparece un sirviente con un cordero guiado con una cuerda.

—Ah, aquí está —dice David—. Exactamente de un año. Sin tacha. Quedan seis días para la Pascua, de modo que hoy ungimos sus patas.

—¿Por qué, abba?

—Porque vivirá con nosotros en nuestra casa por cinco días. Tenemos que marcarlo como especial y mantenerlo limpio. ¿Lo entiendes? —David extiende la manta para el animal y frota sus tobillos y sus patas con aceite.

—¿Limpio? —dice Daniel.

—Sí, porque será lo que llamamos cordero pascual, el que se ofrece como sacrificio para hacer expiación por nuestros pecados. El aceite huele bien, ¿cierto?

Daniel asiente con su cabeza mientras David carga el cordero en la manta y se dirigen adentro. Cita la Torá para su hijo: «Es un sacrificio de la Pascua al Señor, el cual pasó de largo las

333

casas de los hijos de Israel en Egipto cuando hirió a los egipcios, y libró nuestras casas».

Esa noche, la familia de tres miembros y el cordero están al lado de la chimenea. Abigaíl sirve un plato de *matzá*.

—Incluso la familia real come pan sin levadura durante la Pascua —dice David.

—Cuando Dios redimió a nuestro pueblo y nos hizo libres en Egipto por medio de Moisés —dice Abigaíl mientras le da un pedazo a Daniel—, nuestros ancestros tuvieron que marcharse con tanta rapidez que no hubo tiempo para dejar fermentar el pan. Por lo tanto, tomaron la masa antes de añadir la levadura y la cargaron sobre sus hombros en recipientes cubiertos con tela.

—Y Dios nos ordenó que no olvidáramos nunca —dice David—. Tengo otra historia de la Pascua que contarte, una que se remonta hasta el día en que ellos se marcharon sin tener tiempo para que el pan fermentara.

Agarra una caja larga y delgada y se la entrega a Daniel. El muchacho la abre con entusiasmo para encontrar en ella una brida de burro...

Capítulo 62

ASUSTADO

Jerusalén

Isaí ha creado un vínculo improbable con Verónica al compartir historias únicas. Ambos sufrieron largos periodos de dolencias físicas que los dejaron sin esperanza hasta que fueron sanados. Cuando los atrios del templo rebosan de peregrinos que están en la ciudad para la Pascua e indudablemente para ver a Jesús, Isaí y Verónica debaten a Gedera, el celebrado líder del Sanedrín que está en lo alto de la escalinata. El saduceo había demandado saber de cualquiera que pudiera demostrar los rumores acerca del predicador canalla y blasfemo y supuesto hacedor de milagros.

La multitud que hay a su alrededor se multiplica.

—Se ha difundido la noticia de que él resucitó a un hombre que llevaba cuatro días muerto en Betania —dice Isaí—, y hubo más de cien testigos.

—Fueron testigos solamente de que el hombre salió caminando del sepulcro —dice Gedera—. No lo vieron entrar, lo cual significa que podría haber sido fingido.

—¿Por qué habrían ido tantas personas a hacer la *Shiva* si el hombre no estuviera realmente muerto?

—¡Él orquestó espectáculos más elaborados en el pasado! —dice Gedera.

—Yo tuve hemorragias por doce años —dice Verónica—, y mi fe en él me sanó. Eso no es ningún espejismo.

—¿Quién puede corroborar los hechos de tu supuesto estado anterior? —pregunta Gedera.

—¿De veras estamos hablando de esto? —dice Isaí.

—¿Dónde está Jesús ahora? —dice Gedera con tono de desprecio—. ¿Aparecerá para la fiesta?

—Dudo de que se pierda la Pascua —dice Verónica.

—A menos que tenga algo que ocultar —dice Gedera, y la multitud protesta—. El cobarde no mostrará su rostro —añade.

—¿Cómo puedes llamarlo cobarde cuando no hace ni una semana se enfrentó a ti y a los otros cuando intentaron apedrearlo y arrestarlo? —dice Isaí.

—No nos tomamos la blasfemia a la ligera. La ley ordena que demos muerte a los falsos profetas. ¿Querrían que no cumpliéramos con nuestra obligación?

—Yo sé lo que me sucedió —dice Verónica.

—Y *yo* sé lo que me sucedió a mí —dice Isaí.

—Él es el Cristo —dice Verónica—, y en lugar de aceptar su poder, ustedes se sienten amenazados porque él será su autoridad cuando sea rey.

—¡Bruja insolente! —exclama Gedera—. ¡Te retractarás de tus palabras!

—Y si no, ¿qué? —dice Isaí—. ¿También la apedrearán?

—¡Háblanos más sobre Jesús! —alguien grita entre la multitud.

Observando toda la escena desde el balcón de la mansión del gobernador, Poncio Pilato se dirige a Aticus, el Cohortes Urbana.

—Si entendiera algo de esto sería notable, ¿no crees? Judíos de todos los rincones del mundo conocido. Podría prescindir de la matanza interminable de corderos, los gritos, y la sangre…

—Has leído la historia —dice Aticus—. ¿Qué hay que entender?

—Supongo que me refería a que si me *importara* —dice Pilato—. Si me importara, sería realmente notable.

—Puedes decirte a ti mismo lo que quieras, Poncio, pero apuesto a que, si mirara en tu biblioteca, habrá un pedazo de pan sin levadura.

—Basta. Sabes que lo he comido todo —Aticus resopla, y Pilato continúa—. ¿Por qué no ha enviado Tiberio más tropas? Conoce el grado de este peregrinaje. La población se duplica y vuelve a duplicarse.

—No son solo los números —dice Aticus—. Es el fervor. Tal vez está probando si puedes pasar una semana sin incidentes. No lo sé.

—Una prueba que tengo intención de pasar, con tu ayuda. ¡Oh, Aticus! ¿No has oído sobre el fantasma? Todos hablan sobre el fantasma de Betania —examina la expresión de Aticus y continúa—. Entonces, ¿es verdad?

—¿Y qué si lo es? Una resurrección de la muerte. Un cadáver, y al minuto siguiente recuperado por completo.

—La locura supersticiosa de esta gente no tiene fin —dice Pilato.

—Entonces, ¿no lo crees?

—Desde luego que no. Pero los judíos se han juntado antes en torno a fenómenos menores que éste y con consecuencias letales.

—Ahora estás pensando con claridad —dice Aticus—. No importa si es verdad o no. Solamente importa que ellos creen que lo es.

—Lo que me preocupa es lo que le preocupe a Caifás —dice Pilato—. No sé si él lo cree o no, pero puedo ver que está asustado.

—Probablemente no lo cree, pero le asusta que el pueblo lo crea.

—Estarás bien —añade Aticus cuando Pilato se queda callado y parece él mismo alarmado—. Tan solo necesitas saber si la llegada de un hechicero judío es algo bueno o muy malo para ellos.

Capítulo 63

LA COMPRA

Una botica en Betania

María, la hermana de Lázaro, tiene una misión. Se pregunta: *¿Qué puedo regalar a la persona que me ha dado el mayor regalo de todos?* El mejor amigo de su hermano, su propio amigo de toda la vida, ha sido revelado como el Mesías, el Hijo del Dios altísimo. Y para ella quedó demostrado en términos innegables cuando resucitó a Lázaro. No hay precio demasiado alto, ni presente demasiado generoso. Otros pueden pensar que ha perdido el juicio, y muchos lo piensan ya, pero no hay nada que impedirá que ella siga lo que hay en su corazón.

María le dice a la dueña de la botica que está buscando algo *muy* especial, sabiendo muy bien que minimiza inmensamente lo que desea. La mujer le muestra diversos aceites esenciales. Sabe que eso ni siquiera se acerca a estar a la altura, especialmente con trescientos denarios en cuatro bolsitas, pero escucha educadamente cuando llega el frasco.

—Este se llama «Ensenada» —dice la mujer—. Tres partes de mirra y dos partes de casia. Muy agradable de quemar para purificar una casa. Diez denarios —María lo huele y menea negativamente su cabeza—. Y este —continúa la mujer— es «Cleopatra». Cuatro partes de ciprés y una parte de mirto, en aceite de rosas. Muy bueno para la piel y el cabello. Quince denarios. De primera calidad.

—No la calidad suficiente —dice María.

—¿Cómo?

Es el momento de poner todas las cartas sobre la mesa.

—Quisiera ver sus aceites que no están a la venta. Sé que los tiene. He estado en cenas con personas muy ricas.

—Oh, señora, ofrezco esos aceites solamente a mis clientes más fieles y más pudientes, con dinero en efectivo.

Está a punto de saber cuán pudiente es María. María deja caer una bolsa de terciopelo llena de monedas sobre la mesa, y la vacía. La perfumera recorre con sus dedos las monedas.

—Espera aquí —le dice.

Entonces regresa con un frasco pequeño y envuelto en seda.

—Derivado de una variedad de flor de madreselva de las montañas de Nepal, que se usa para ungir a reyes en China y la India, protegido en un frasco de alabastro de primera para controlar la temperatura; nardo puro.

La mujer deja ver el frasco de cuello largo, el cual deja sorprendida a María. Solamente el frasco costaría más de lo que ella ha pagado nunca por una fragancia. La perfumera se pone un guante de terciopelo con gestos dramáticos, descorcha el frasco con cuidado, e introduce con reverencia un palito de muestra. Mantiene su mano enguantada debajo del palito cuando lo sostiene y lo acerca a la nariz de María.

Impresionada; no, más bien sobrepasada, María siente que sus cejas se elevan de modo involuntario.

—¿Cuántas onzas quisieras llevarte?

—El frasco entero.

La perfumera se ríe.

—Querida, eres encantadora. Pero, de veras, ¿cuánto quieres? ¿Una onza y media?

—Le dije que el frasco entero —María pone sobre la mesa otras dos bolsitas de terciopelo.

La perfumera parece quedarse sin palabras.

—Yo... no es posible. Este frasco costaría más del salario de medio año, y necesito el suministro para satisfacer las demandas de mi clientela más pudiente. Serían necesarios varios meses para obtener otro frasco. Es...

—Tienes que escucharme —dice María—. Esto es para el rey más importante que el mundo ha conocido jamás —saca la cuarta y última de las bolsitas—. Trescientos denarios —María envuelve el frasco en la seda—. Tómate libre el resto del año.

Capítulo 64

UNA CATÁSTROFE

El Gran Sanedrín, Jerusalén

Yusef imaginó por años cómo sería ser un miembro de este cuerpo tan augusto, pero ni una sola vez imaginó un día como éste. Decidido a mantener ocultos sus sentimientos personales todo el tiempo posible, ahora teme no poder mantenerse en silencio. No puede saber lo que eso significará para él y para su futuro, pero esta controversia es más grande que él. De hecho, es superior a todos los reunidos. Lo que decidan hacer con respecto a Jesús determinará la propia legitimidad de su llamado y propósito. Si no se trata sobre el Mesías profetizado, ¿por qué razón existen ellos?

Con el propio sumo sacerdote Caifás en el asiento principal, el saduceo Gedera está en el piso. Alrededor de Yusef se sientan ansiosos colegas provenientes de todas las facciones religiosas. El aire mismo parece cargado de recelo. Yusef solo puede darle vueltas a cuál es la posición sobre el asunto de su colega y viejo amigo Samuel. Ha sentido agitación en la mente del hombre, no muy distinta a la suya propia.

—Ya sea por hechicería o necromancia u otras artes oscuras —dice Gedera—, no podemos negar por más tiempo que estas supuestas señales son cada vez una actuación mayor, cada una de ellas más extravagante y causante de mayor histeria que la anterior.

Eso se pasa de la raya, decide Yusef. Se pone de pie rápidamente, abandonando toda cautela.

—Decimos que son solamente actuaciones, pero ¿y la resurrección de un Lázaro de Betania?

—No hay ninguna prueba —interviene el gran Shamai—, ¡pero rumores como estos son exactamente el motivo de que este charlatán sea una catástrofe para esta institución!

Yusef reconoce al homólogo de Shamai, el secretario de Hillel, un hombre llamado Dunash.

—¿Nadie en esta sala ha considerado las implicaciones si el hombre ciertamente fue resucitado de la muerte? —dice.

—¡Eso es lo que hacemos en este momento! —dice Gedera.

—¡No! —exclama Yusef—. Estamos trazando una estrategia para mantener el *statu quo* y esperar que estas señales no puedan ser reales.

—Sobre este asunto, yo estoy con Gedera —grita el robusto fariseo Zebadías—. ¡Jesús de Nazaret no es Elías el tisbita! Solamente Elías puede resucitar a alguien de la muerte.

—¿Y si él *es* Elías? —dice Yusef—. El honorable Nicodemo se encontró con él en Capernaúm y observó que…

—¡Siéntate, Yusef! —grita Shamai—. Nicodemo sigue ausente, pero estoy seguro de que estaría de acuerdo en que tú no sabes lo que dices.

Pero Yusef no se sienta.

—¡Mi propio padre fue a hacer la *Shiva* por Lázaro y fue testigo del milagro!

Eso hace que la sala quede en silencio, e incluso Shamai muestra su furia en sus ojos y su nariz.

Samuel se pone de pie.

—¡Por favor, escuchen todos! Las posibles falsas enseñanzas...

—¿*Posibles*? —grita Shamai.

—De Jesús de Nazaret y sus supuestas señales son precisamente el motivo por el que vine a estudiar a Jerusalén al principio. Tengo el registro más completo de sus palabras y obras. Este asunto de Elías merece una investigación.

Surgen gritos entre todo el concilio, pero Samuel continúa hablando con voz más fuerte aún.

—¡Iré a Betania y yo mismo le preguntaré si afirma ser Elías!

—No tenemos ninguna pregunta más, Samuel —dice Zebadías—. ¡El hombre afirmó ser Dios durante la fiesta de la Dedicación!

—Si le permitimos seguir así —dice Gedera—, todos creerán en él. Lo estoy viendo de primera mano incluso ahora. Y los romanos querrán evitar una revuelta. Pilato llegará y nos arrebatará nuestros puestos aquí, ¡y destruirá a toda nuestra nación!

La sala se convierte de nuevo en una cacofonía mientras Samuel apela a su líder.

—Sumo sacerdote Caifás, ¿puedo marcharme?

Caifás se pone de pie y la sala se tranquiliza, y todos los demás están sentados ahora.

—Gedera —dice—, tú no sabes nada. Yo he recibido una profecía de Dios, y creo que habla exactamente sobre este asunto. La profecía es que un hombre morirá por el pueblo para que nuestra nación no perezca. Puede que Jesús sea ese hombre. Nosotros mismos nos ocuparemos antes de que haya un alzamiento. Roma no nos destruirá. Estarán agradecidos.

—La única respuesta —dice Zebadías— es el arresto inmediato y la ejecución, como ha dicho Caifás.

—¡Yo no dije inmediato! No se nos permite legalmente ejecutar a nadie, con excepción de un apedreamiento ritual dentro de los atrios del templo. Si la muerte de Jesús ha de ser pública, y un espectáculo, es Roma quien debe ejecutarla. Si nos movemos con demasiada rapidez, ellos no reconocerán el favor que les hemos hecho.

—Pero ¿cómo? —dice Gedera por encima de los murmullos que muestran acuerdo.

—Herodes Antipas y su corte llegarán pronto a Jerusalén para la fiesta —dice Caifás—, y asistirán a la cena anual de estado con la administración de Pilato. Me ocuparé de que salga a relucir el tema.

—El rey Herodes es patético —dice Shamai—, y no debiéramos endosar su asistencia a esa cena mañana.

—Asegurarnos de que nuestra voz se oiga allí, Shamai, no es lo mismo que endosarlo. Me aseguraré de que le esté esperando una carta en el recinto de Herodes aquí en la ciudad cuando él llegue. Esta reunión queda clausurada.

Caifás se marcha rápidamente hacia sus aposentos mientras el concilio explota con preguntas a gritos.

Samuel agarra a Yusef, lo saca de la sala y lo lleva a su oficina, donde cierra la puerta.

—Esto ya no se trata de Dios para ellos, Yusef —le dice.

—¿Y te das cuenta ahora?

—Sospechaba que algunos de ellos estarían totalmente carentes de conciencia, buena voluntad o devoción verdadera a la Torá, pero esto lo demuestra más allá de toda duda.

—¿Qué vas a hacer?

—Dices que tu padre estuvo en Betania para...

—Sí. Era un buen amigo de Lázaro; lo es, debería decir.

—¿Podría él organizar un encuentro con Jesús? —pregunta Samuel—. He observado al hombre, lo he confrontado e incluso oré con él, pero nunca he conversado abiertamente con él sin tener una agenda prevista.

—¿Y ahora no tienes una agenda prevista?

—Si es verdad que él tiene poder sobre la vida y la muerte...

—Sin duda así debe ser —dice Yusef—. Mi padre es un hombre racional, no dado al sensacionalismo.

—Entonces simplemente quiero saber cuáles son sus intenciones. Después de todo, queremos las mismas cosas. ¿Acaso no queremos mantener la fe y honrar la Ley de Dios?

—Me pregunto si es tan sencillo como lo que dices.

—No estoy sugiriendo que nada de esto sea sencillo, pero en el Sanedrín tenemos a un solo reaccionario hacia Jesús. Tal vez todos, yo mismo incluido, nos hemos ofendido con demasiada rapidez por sus palabras. Yo no había considerado la suma de su enseñanza y sus obras como dignas de un examen justo y abierto de mente.

—El Sanedrín está muy por encima de eso —dice Yusef.

—Tu padre podría por lo menos llevarnos hasta Lázaro, ¿no?

—Eso creo que sí.

—Entonces, acudamos a él de inmediato.

Capítulo 65

EL
AGRADECIMIENTO

Capernaúm

Gayo ya no sale a patrullar, pero justifica un recorrido ocasional para observar y supervisar, para asegurarse de que sus tropas estén haciendo el trabajo. *Sí, eso es*, dice para sí. *Gestionando al ir paseando.*

La verdad, sin embargo, es que quiere y necesita conectar con nuevos amigos. No hay nadie entre su propio pueblo a quien pueda contarle su cambio de opinión y de corazón radicales tras lo que Jesús hizo por él. Emprende camino hacia la casa de Pedro, donde Edén, Salomé, que es la madre de dos de los discípulos de Jesús, y Jairo, el administrador del templo, cargan equipaje en una carreta.

—Esa época del año otra vez —dice Gayo.

—¡Pretor! —dice Edén con una sonrisa.

—Es Gayo, por favor.

—Gayo —dice ella entonces.

—Su Pascua siempre facilita un poco mi trabajo. La ciudad se queda casi vacía.

—Eso imagino —dice Jairo con un guiño—. ¿Nos extrañarás?

Gayo se ríe, pero el hecho es que sí los extrañará. Sin embargo, le resta importancia.

—No es que tengamos la semana libre. ¿Quiénes son los que no viajan?

—Los ancianos —dice Jairo—. Los que tienen hijos pequeños, los enfermos, sus cuidadores.

—Tiene sentido.

—Pero ellos siguen observando la comida *séder*.

—Sí, *séder* —dice Gayo—. Soy consciente de eso.

—Puedes esperar ver en el mercado un repunte de la demanda de manzanas, nueces y canela para el *jaroset*.

—Manzanas, nueces, canela...

—¿Vas a preparar tu propia mezcla? —pregunta Jairo.

—Este año no —dice Gayo, volteándose con Edén—. ¿Estarás con tu esposo en la fiesta?

—Ese es el plan.

—Entonces, eso significa que verás también...

—Sí, eso espero. No puedo imaginar no verlo.

Gayo de repente se encuentra intentando reprimir las lágrimas.

—Es extraño. Me gustaría ir con todos ustedes.

—Podrías venir —dice Edén.

—No, causaría problemas, y tengo que pensar en mi familia. En mi familia completa, gracias a él. Por favor, dile a Jesús que le envío mi gratitud y amor.

—Lo haré.

—Y dile a Pedro que dije shalom, shalom. Asegúrate de decirlo dos veces.

—No lo haría de ningún otro modo —dice ella.

—¡Es momento de marcharse! —dice Jairo.

—Todos se alegrarán de saber de ti —dice Edén—. Especialmente Jesús. ¿Seguro que no quieres venir?

—Gracias por transmitir los mensajes. No los demoraré más.

—¿Llegamos tarde? —grita Shula mientras ella y Bernabé corren hacia la carreta.

—¡Casi! —dice Jairo—. Deben agradecérselo al pretor de Capernaúm. Si él no se hubiera detenido para conversar, podrían haber perdido el transporte. Todavía debemos recoger a Mical y a mis hijos.

—¡Espero que disfrutes de tu semana libre! —dice Bernabé.

—Es nuestro primer peregrinaje de Pascua —dice Shula mientras se sube—. Nunca he visto el sagrado templo. ¿Puedes creerlo?

Capítulo 66

EL ENTIERRO

La casa de Lázaro

Judas se levanta de la cama justo antes del amanecer y camina de puntillas a un cuarto lateral donde traslada en silencio algunas monedas de la bolsa del grupo a su propia bolsa y ajusta los números en su libro de cuentas.

Un sonido metálico afuera le asusta y se esconde, y entonces echa un vistazo. Tomás sale de un pequeño cobertizo con llevando una pala en una mano y algo que Judas no puede distinguir en la otra. Tomás se dirige al bosque.

Judas sale de la casa en silencio, esforzándose mucho por cerrar la puerta sin que haga ruido, y sigue a Tomás desde cierta distancia. Se coloca detrás de un árbol cuando Tomás se detiene en un claro y cava un agujero. Deja allí el reloj de sol que compró para Rema, lo mira fijamente por un momento, y entonces lo cubre de tierra. Se queda allí de pie, aparentemente con reverencia, antes de dirigirse con cara seria de regreso a la casa.

Judas sigue sin ser visto pero no puede apartar su mirada del nuevo montículo de tierra. Ese reloj de sol era totalmente nuevo y nunca se usó…

Recinto de Herodes en Jerusalén, en la mañana
Juana antes habría considerado eso un gran privilegio, algo que algún día contaría a sus nietos, la llegada de una caravana espléndida de carretas con un grupo de cortesanos, el rey, su esposa, su propio esposo Chuza, y Casandra, hasta que descubrió la aventura amorosa entre Casandra y Chuza. Ahora, pasa por alto la pompa y circunstancia, y preferiría estar en cualquier otro lugar.

—Nunca he visto la ciudad tan llena de gente para la Pascua —dice el rey.

—Te digo que es por todos los rumores sobre ese mago de Nazaret —dice su esposa.

—Vaya lugar de procedencia para un mago —dice Chuza—. ¿De quién aprendería sus trucos, de una cabra?

—Él vendrá para la fiesta, ¿no es cierto? —dice Casandra, sin intentar ni siquiera su mirada al esposo de Juana.

—¡Eso espero! —dice Herodes mientras un sirviente le entrega un rollo a Chuza—. Por mucho tiempo he esperado conocerlo. Parece muy entretenido.

—Majestad —dice Chuza—, es del sumo sacerdote Caifás. Parece que es urgente.

Herodes ojea el rollo y frunce el ceño.

—Caifás —musita.

Capítulo 67

GLORIA

La casa de Lázaro

A pesar de lo mucho que extraña a Edén y las ganas que tiene de que esté con ellos para la fiesta, a Pedro le encantan los tiempos como ese con Jesús, los amigos de Jesús, el resto de los discípulos, la madre de Jesús, Tamar y María Magdalena. Incluso Zebedeo está allí, disfrutando de una exquisita y abundante cena preparada, como siempre, por Marta. La única persona que falta es la hermana de Marta, quien Marta dice que está «quién sabe dónde». Sin embargo, tan ocupada y ajetreada como siempre, parece haber cambiado en su corazón. Ella dice eso sin ninguna indicación de resentimiento o rencor, y ha preparado con alegría la cena con la ayuda de Magdalena, Tamar y la madre de Jesús.

Pedro no puede olvidarse de que está cenando de modo informal con un hombre resucitado, pero ahí están sentados, y con el propio Mesías. Pedro anticipa que Jesús les dará alguna enseñanza, como hace normalmente cuando hay tantas personas reclinadas con él a la mesa. Se siente extraño participar en una conversación normal en un momento como éste, pero Pedro siente curiosidad.

—Quedan seis días, Lázaro —le dice—. ¿Has elegido tu cordero?

—Sí, está ahí detrás. Todavía hay que hacer los rituales y traerlo —se voltea hacia Jesús—. Siempre que tú estás aquí, parece que descuido todas mis obligaciones.

—No eres descuidado —dice Jesús—. Tenemos que aprovechar al máximo nuestro tiempo juntos.

Alguien llama a la puerta, y Lázaro pregunta a Marta si esperan a alguien. Ella se levanta.

—Nadie sabe dónde está María, pero ella no llamaría a la puerta.

—Estos días deberíamos tener cuidado con quién permitimos que entre —dice Pedro mientras ella se dirige a la puerta.

Marta mira entre las cortinas.

—¡Es Arnán!

—¡Ah, hazlo entrar! —dice Lázaro—. Puede ocupar el sitio de María hasta que ella regrese.

—Ah, vienen otros dos con él.

Pedro mira rápidamente a Lázaro, preguntándose si eso es prudente.

—Arnán es de confianza —dice Lázaro.

—Desde luego —dice Jesús.

—Circunstancias mucho mejores que la última vez que viniste a mi puerta —dice Marta al darles la bienvenida.

—Perdón por la interrupción —dice Arnán—. Traje conmigo a un miembro del Sanedrín.

—Samuel —dice Jesús.

El hombre parece sorprendido.

—Tú… ¿me recuerdas?

—Desde luego que sí.

Otros discípulos parecen tan sorprendidos como Pedro. ¿Estos dos hombres tienen una historia?

—Me siento aliviado de no haber cometido un terrible error al traerlo a él aquí —dice Arnán—. También nos acompaña un recién llegado al Sanedrín, es…

—Yusef —dice Tamar.

¿Qué es esto?

—Él es quien nos advirtió en Jotapata que alguien te buscaba —le dice Andrés a Jesús.

Samuel vuelve a parecer sorprendido.

—¡Era yo! Te estaba buscando.

Vaya.

Jesús sonríe.

—Pues bien, me encontraste. Y felicidades a los dos por sus nombramientos; los mejores de Capernaúm. ¿Quieren acompañarnos?

Mientras los discípulos se mueven para hacerles espacio, Judas se inclina hacia Pedro.

—Esta es una oportunidad extraordinaria para una alianza estratégica.

Pedro no está tan seguro.

—Ya veremos.

Los tres hombres se sientan.

—Rabino —dice Arnán—, tenemos motivos para creer que te espera peligro en los niveles más altos del liderazgo del templo.

—Nunca habría esperado eso —dice Jesús, para asombro obvio de los visitantes—. Estoy bromeando —añade—. Continúen.

—Jesús de Nazaret —dice Samuel—, tu situación se ha convertido en un asunto de vida o muerte.

—Siempre lo ha sido.

—¡Intentaron apedrearlo en los atrios del templo! —dice Lázaro.

—Nos referimos a que tu fama ahora ha pasado a ser más que fama —dice Yusef—, no solo en números sino también en debate —entonces indica con su cabeza a Lázaro—, últimamente a causa de él.

—Lo siento —dice Lázaro—. Intentaré no morir la próxima vez.

—No —dice Jesús—. Todo es parte del plan.

—¿Tu ruina? —pregunta Samuel—. ¿Eso es parte de tu plan? Porque todo esto se dirige hacia ese punto.

—¿Es eso lo que vinieron a decirme? —pregunta Jesús.

—Te llamaste a ti mismo el Hijo del Hombre.

—Ya empezamos otra vez —dice Pedro.

—No estoy aquí para refutar eso o para ofenderme esta vez —dice Samuel—. Estoy abierto.

—Me doy cuenta —dice Jesús—. Puedo verlo en tus ojos.

—Si eres quien dices que eres, ¿cuál es tu plan? Toda la ciudad de Jerusalén está esperando tu llegada para la Pascua, algunos con los brazos abiertos y otros con dagas. ¿Tienes un ejército del que no conocemos? Si eres más que un rabino, tendrás que derrocar algo más que a Roma; también a muchos líderes religiosos. No te acompañarán en tu misión.

—Tal vez tú puedas ayudarles a hacerlo —dice Judas—. Esta es la semana.

Pedro observa que Jesús ignora a Judas.

—¿Qué te gustaría ver, rabino Samuel? —le dice—. Sin considerar quién es, ¿cuál es *tu* esperanza para un Mesías?

—Dar entrada a un nuevo reino davídico que expulse a nuestros opresores y restaure la justicia y la gloria para Israel.

Pedro puede ver que Judas está de acuerdo con eso.

—Gloria —dice Jesús.

—Sí —dice Samuel—. Sobre un trono glorioso. Con prosperidad para todos, una nueva edad de oro con Israel como una luz para las naciones, revelando a Dios a los pueblos del mundo.

—Y tú… ¿qué harás *tú* en ese día?

Samuel parece desconcertado.

—¿Adorar? Servir, espero. ¿Cómo es posible que pueda saberlo hasta que llegue ese día?

—Yo te lo diré —dice Jesús—. Cuando el Hijo del Hombre venga en su gloria, y todos los ángeles con Él, entonces se sentará en el trono de su gloria; y serán reunidas delante de Él todas las naciones; y separará a unos de otros, como el pastor separa las ovejas de los cabritos. Y pondrá las ovejas a su derecha y los cabritos a su izquierda. Entonces el Rey dirá a los de su derecha: «Venid, benditos de mi Padre, heredad el reino preparado para vosotros desde la fundación del mundo. Porque tuve hambre, y me disteis de comer; tuve sed, y me disteis de beber; fui forastero, y me recibisteis; estaba desnudo, y me vestisteis; enfermo, y me visitasteis; en la cárcel, y vinisteis a mí».

«Entonces los justos le responderán, diciendo: «Señor, ¿cuándo te vimos hambriento, y te dimos de comer, o sediento, y te dimos de beber? ¿Y cuándo te vimos como forastero, y te recibimos, o desnudo, y te vestimos? ¿Y cuándo te vimos enfermo, o en la cárcel, y vinimos a ti?». Respondiendo el Rey, les dirá: «En verdad os digo que en cuanto lo hicisteis a uno de estos hermanos míos, aun a los más pequeños, a mí lo hicisteis».

Todos parecen sorprendidos, y Pedro observa que Samuel se mueve con incomodidad. Jesús continúa.

—Entonces dirá también a los de su izquierda: «Apartaos de mí, malditos, al fuego eterno que ha sido preparado para el diablo y sus ángeles. Porque tuve hambre, y no me disteis de comer, tuve sed, y no me disteis de beber; fui forastero, y no me recibisteis; estaba desnudo, y no me vestisteis; enfermo, y en la cárcel, y no me visitasteis». Entonces ellos también responderán, diciendo: «Señor, ¿cuándo te vimos hambriento, o sediento, o como forastero, o desnudo, o enfermo, o en la cárcel, y no te servimos?». Él entonces les responderá, diciendo: «En verdad os digo que en cuanto no lo hicisteis a uno de los más pequeños de estos, tampoco a mí lo hicisteis».

—Esta es una enseñanza difícil —dice Samuel tras una pausa larga y evidente.

—No sé cómo hacer que lo sea menos —dice Jesús.

—El Hijo del Hombre —dice Samuel—, el Mesías, ¿se identifica con la gente más baja? ¿Los hambrientos, los pobres, los forasteros?

—He enseñado esto desde la primera frase que pronuncié en el monte.

Mateo asiente con su cabeza.

—Pero ¿cuál de todos los requisitos y tradiciones de la Torá que sostuvieron nuestros antepasados?

—El profeta Miqueas resumió en su esencia las cosas —dice Jesús—, y ustedes lo pasaron por alto. «Él te ha declarado, oh hombre, lo que es bueno. ¿Y qué es lo que demanda el Señor de ti, sino solo practicar la justicia…».

—«…amar la misericordia, y andar humildemente con tu Dios?» —Samuel termina la frase—. Sí, pero ¿cómo cuadras eso con la conclusión del *Qohelet* en el *ketuvim*? «La conclusión, cuando todo se ha oído, es esta: teme a Dios y guarda sus mandamientos, porque esto concierne a toda persona».

—Un mandamiento nuevo les doy: que se amen los unos a los otros, como yo los he amado —responde Jesús. Su mirada parece englobar a Pedro y a todos los demás—. En esto conocerán todos que son mis discípulos, si se tienen amor los unos a los otros.

—¿Y qué del templo, los sacrificios, la ley, las fiestas? —dice Samuel—. ¿Acaso no es al guardar estas cosas como las naciones conocerán que somos el pueblo de Dios?

—El templo, los sacrificios, la ley, las fiestas; todos se cumplen en mí.

—¿Tú los *eliminarías*?

—Dije que se *cumplen*, no que los elimino.

—No entiendo la diferencia.

—La ley solo puede llegar hasta un punto, pero ahora que yo estoy aquí...

Se abre la puerta, y todos se voltean para ver a María, con sus ojos llenos de lágrimas y temblando, que tiene un hermoso frasco de alabastro. Marta va rápidamente hacia ella.

—¿Estás bien? ¿Dónde has estado?

Samuel se voltea con Jesús.

—Estabas diciendo...

Pero la joven María se acerca a Jesús y se arrodilla a sus pies.

—¿Qué sucede? —pregunta Samuel—. ¿Quién es ésta?

—Mi hermana María —dice Lázaro.

María deja el frasco en el piso, lo abre y libera la extravagante fragancia.

—¡María! —exclama Marta.

—¡Es nardo! —dice Judas, dando un grito ahogado.

Aparentemente ajena a todos, María unge los pies de Jesús vaciando el frasco sobre ellos, y el aroma inunda todo el cuarto.

—¡Permites que tu hermana toque sus pies! —dice Samuel—. ¡Eso es humillante!

—¿No has escuchado nada de lo que dijo el maestro? —pregunta Lázaro.

María deja al descubierto su cabeza, lo cual parece horrorizar a Samuel.

—¡Muy bien! —dice—. Ya es suficiente. Jesús...

Ella comienza a secar sus pies con su propio cabello.

—Te digo otra vez, Samuel —dice Jesús—, que no hay ninguna ley en la Torá que ordene a las mujeres que se cubran el cabello. Es solo una tradición.

—¿La estás *elogiando*? ¿La estás excusando?

—Samuel —dice Yusef—, no conocemos a esta familia. No es nuestro pro...

—Bendito eres tú, rey del universo —dice María llorando—, porque has hecho bien todas las cosas...

—Yusef, Arnán —dice Samuel—, tenemos que irnos.

—Rabino Samuel —dice Arnán—, lo entiendo, pero tenemos que…

—Ella está realizando un acto inapropiado abiertamente, sin vergüenza, y él lo permite mientras lo llaman Dios. ¡No podemos estar contentos de haber presenciado esto sin hacer nada!

—Una investigación abierta, dijiste. Veamos lo que él dice.

Judas agarra el frasco de alabastro y parece venirse abajo.

—Nardo puro. De la más alta calidad. Esto… podríamos haberlo vendido por más de doscientos denarios…

—¿Qué te inquieta, Judas? —pregunta Jesús.

—¿Por qué no se vendió este ungüento por cientos de denarios?

—Recién contaste la historia —dice Samuel— de que cuidar de los pobres es lo mismo que cuidar del Mesías.

—Sí —dice Judas—. Podríamos haberlo dado a los pobres. ¡Es un desperdicio! ¿Dónde conseguiste el dinero para comprarlo, María?

—Déjala —dice Jesús—. Buena obra ha hecho conmigo. Porque a los pobres siempre los tendrán con ustedes; y cuando quieran les podrán hacer bien; pero a mí no siempre me tendrán.

Samuel parece indignado y María, la madre de Jesús, quebrantada. Jesús continúa.

—Ella ha hecho lo que ha podido; se ha anticipado a ungir mi cuerpo para la sepultura.

—¿*Sepultura*? —dice Natanael.

—¿De qué estás ha…? —dice Judas.

Pedro les indica que callen.

—¡Dejen que termine!

—Y créanme —dice Jesús—. Dondequiera que el evangelio se predique en el mundo entero, también se hablará de lo que ella ha hecho, para memoria suya.

Samuel se pone de pie rápidamente.

—Lo que ha dicho tu seguidor es correcto. Este acto fue un desperdicio, desvergonzado, y contradice todo lo que dijiste antes sobre los pobres y humildes.

—Dijo que siempre los tendremos con nosotros —dice Lázaro.

—La idea misma de que tal desvergüenza sea proclamada en el mundo entero como parte de tu evangelio, cuando en cambio debería ser un acto reprobado, reprendido y condenado es... no puedo... yo no puedo estar en el mismo cuarto que esta abominación.

—Parece un problema personal —dice Andrés.

—¡Yo quería creer! —dice Samuel mientras se aproxima a la puerta con rapidez—. Vine aquí para darte una oportunidad, y la has arruinado.

—Siento no haber podido ayudarte —dice Jesús, y Pedro oye la compasión en su tono de voz.

Samuel se marcha dando un portazo.

Mientras Arnán y Yusef están sentados y horrorizados, Judas habla.

—Rabino, ese no es un hombre al que queramos molestar si buscamos unir a nuestro pueblo.

Jesús ignora sus palabras y mira a Yusef, con sus cejas elevadas.

—¿Para sepultura? —dice Yusef.

El cuarto se queda en silencio, y lo único que se oye es el llanto de María. Pedro siente la misma sensación pesada de pérdida y tristeza que cree que los demás están experimentando. Todos están sentados e inmóviles excepto Tomás, que bebe el resto de su vino y pone su vaso sobre la mesa haciendo ruido.

Judas sale afuera para aclarar sus ideas. Samuel, de pie al lado de una carreta, parece meditar mientras espera a sus compañeros de viaje.

—¡Tú! ¿Adónde vas?

—Yo… no lo sé —dice Judas.

—Tú eres es que preguntó por qué no se vendió el nardo para dar el dinero a los pobres.

—No estoy seguro de si debería hablar contigo —dice Judas.

—Creo que tú eres el único en ese cuarto que tiene juicio.

—No se requiere mucho juicio. Yo solo subrayaba los hechos. Si la parábola que él contó fuera verdad, entonces todos deberían haber visto que ese desperdicio era incongruente, y debería haber habido más disensión.

—¿Qué vas a hacer?

—Yo no soy como tú. Creo que *él* es el elegido. Hablé porque quiero que todos entendamos esto. Y tenemos una oportunidad con la llegada de la Pascua de unir a más de un millón en nuestro pueblo contra nuestros opresores. Esto es demasiado importante como para que estemos divididos.

—Estoy de acuerdo contigo. Nuestro pueblo debería estar unido.

Se abre la puerta y Lázaro ve que Yusef y Arnán salen.

—Será mejor que me vaya —dice Judas.

—¿Puedo volver a hablar contigo?

Judas se despide con un gesto.

—Me disculpo de nuevo por el arrebato —dice Arnán en la puerta—. Si lo hubiera sabido, no habría…

—No, Jesús quería conversar con él. Se alegró de que vinieran. Samuel tomó su decisión.

—Quiero que sepas que yo no comparto su indignación —dice Yusef—. Por favor.

—Lo sé —dice Lázaro—. Buena suerte en el camino de regreso. Podría ser incómodo.

Capítulo 68

¿REY?

Cena de estado, salón de banquetes en Jerusalén, en la noche

Juana conoce su lugar y decide mantenerse callada a menos que se dirijan directamente a ella mientras ella misma y Chuza, su esposo mujeriego, cenan con el rey Herodes, su esposa Herodías, el gobernador Poncio Pilato (extraordinariamente jovencito) y su esposa Claudia, e incluso Casandra, la amante de Chuza. De nuevo le sorprende cuán emocionante le habría parecido no hace tanto tiempo atrás un acontecimiento tan emocionante con celebridades tan destacadas.

El rey parece mordisquear a regañadientes el pan sin levadura, mientras el gobernador parece darse el gusto al comerlo.

—Poncio —dice Herodes—, muestra cierta solidaridad conmigo al disfrutar de las cosas más exquisitas, y deja de fingir que te gusta nuestra comida.

Pilato come.

—No sé por qué odias tanto ser judío. Me gusta este pan.

Juana estira su brazo para agarrar un *matzá*, y el gesto de su esposo elevando sus cejas no le pasa desapercibido.

—Sin embargo —añade Pilato—, no disfruto al acomodar a estas multitudes sin precedente.

—Háblame de eso —dice el rey—. No puedo creer que logramos llegar hasta aquí sin pisotear a alguien.

—Tú no lo habrías notado si lo hubiéramos hecho —dice Pilato.

—Tú sí sabes por qué hay tantos aquí este año, ¿cierto? —dice Herodes—. Muchas veces la gente encuentra excusas para no venir. Su ima no se siente bien, o su caballo está a punto de parir, o se han lastimado un tobillo y el viaje es demasiado largo. Pero este año…

—Este año ¿qué? —dice Pilato con una sonrisa.

—¿Me estás diciendo que de veras no lo sabes?

—Quiero oírte a ti decirlo —dice el gobernador.

Herodes mira a su esposa.

—Hay cierto tipo de… hacedor de milagros que…

—Di su nombre —dice Pilato.

—Jesús de Nazaret —dice la esposa del gobernador.

Él le lanza una mirada.

—¡Por el Hades y Estigia, Claudia! Él iba a decirlo.

—Nazaret —musita Herodes—. Nunca ha salido de allí nadie importante o destacado.

—El hecho de que Claudia y yo conozcamos su nombre sugiere otra cosa.

—Bien —dice el rey—, nadie *inherentemente* importante. Admito que tengo curiosidad por la percepción que otros tienen de él.

Pilato se ríe a carcajadas.

—Eso imaginaría, viendo que las palabras *nuevo rey* han llegado incluso hasta mi casa.

—¿*Qué* palabras? —pregunta Herodías.

—¿Escuchaste concretamente *rey*? —dice Herodes.

—Estoy seguro de que fue solo una broma —dice Pilato—, pero ¿qué del asunto del hombre de Betania, el que dicen que él resucitó de la muerte?

Herodes hace un gesto despectivo con su mano.

—El sumo sacerdote me aseguró que se están investigando esas afirmaciones. Según Caifás, que no es dado a la exageración, si se confirma que Lázaro resucitó, las masas aquí se levantarán y estarás ante una insurrección a escala de los macabeos.

—¿No dijiste que solo sentías curiosidad, y antes de eso que no era nadie de importancia? —dice Pilato—. ¿Ahora haces referencia a los macabeos? ¿Qué estamos contemplando aquí?

—Son palabras de Caifás, no mías —dice Herodes.

—Si todo se reduce a Lázaro —dice Pilato—, entonces todos son penosamente inexpertos en el arte de la astucia y el engaño. Es pueril.

—Entonces, si yo soy infantil —dice el rey—, ¿cuál sería tu movimiento?

—Si quieres deslegitimizar a Jesús demostrando que Lázaro sigue muerto, asegúrate de que sigue estando muerto.

—Se refiere a matar a Lázaro —le dice Herodías a su esposo.

Que sea Herodías quien afirma lo que es obvio, piensa Juana.

—Sé a lo que se refiere, querida —dice Herodes—. Transmitiré tu idea, gobernador.

—Un momento —dice la esposa de Pilato—. Si Jesús sí resucitó a Lázaro, y Caifás hace matar a Lázaro, por qué no iba a resucitarlo Jesús otra vez?

—Bueno, eso sería realmente un punto importante, ¿no es cierto? —dice Pilato levantando su copa de vino ornamentada.

Juana se pregunta por qué Jesús resucitó a Lázaro y no a su propio primo. Se disculpa y se acerca con su copa en la mano a un balcón con vistas a Jerusalén, que rebosa del ajetreo de peregrinos sentados junto a sus pequeñas fogatas.

De inmediato, la esposa del gobernador le acompaña.

—Caminan cientos de kilómetros hasta una ciudad llena de gente con opciones de alojamiento poco satisfactorias —dice

Claudia—. ¿Tú crees tanto en algo? Me pregunto cómo sería tener esa clase de creencia.

Juana estudia a la mujer.

—Nosotros los judíos creemos cosas.

—¿Y si te costaran algo, querida? ¿Creerías entonces?

A Juana ya le costó algo, pero quiere mantener la conversación.

—No comprendo —dice.

La esposa de Pilato parece alejarse de cualquier lugar oscuro del que procedió esa pregunta.

—Lo siento mucho. Eres Juana, ¿cierto? Yo soy Claudia.

—Lo sé. Gracias.

—Juana, no puedo imaginar cómo te debiste sentir en eso.

¿Qué quiere dar a entender? ¿Qué sabe ella?

—¿Cómo me sentí?

—Chuza y Casandra.

—Ah… —Juana se siente aliviada al saber que habla de eso.

—El descaro —dice Claudia—. Traerla aquí bajo el disfraz de ¿qué? ¿Que tú necesitabas una compañera de viaje? Repugnante.

—Bueno, la verdad es que hablas de algo que yo ya he zanjado. Ya no dormimos en la misma cama.

—Poncio y yo tampoco.

—¿Sí?

—Nada escandaloso. Él dice que últimamente doy muchas vueltas.

—¿Es cierto?

—¿Cómo iba a saberlo? Creo que está teniendo problemas para dormir.

Juana titubea.

—Entonces, ¿él se toma a Jesús en serio?

—Intenta no hacerlo. O mejor dicho, espera no hacerlo.

—¿Por qué no?

Está claro que Claudia tiene algo que da vueltas en su mente y parece estar debatiendo si decirlo o no.

—Tal vez sea el vino o que hace tiempo que no hablo con una mujer inteligente, pero mira, no es ningún secreto que el nombramiento de Poncio se debió tanto a la influencia de su padre como a sus propias calificaciones. Y quizá algunas de sus acciones han sido un intento de compensar eso. De cualquier modo, la reprensión que le hizo Tiberio será la última que reciba.

—Ya veo.

—Supongo que espera que la tensión que hay en el aire sea por otra cosa y no por el nazareno.

—Tengo una mala sensación al respecto —dice Juana.

—Entonces —dice Claudia—, o las dos tenemos una mala intuición, o algo grave está a punto de ocurrir.

Juana da un sorbo a su bebida.

—¿Qué puede hacer alguien como yo? Me siento como si fuera atrezo en el teatro del poder. Decoración.

—Creo que podríamos ser algo más que eso —Claudia hace un gesto hacia los peregrinos—. Si creyéramos tanto en algo como creen ellos…

Capítulo 69

DESAPARECIDO

La casa de Lázaro, al amanecer

Juan se despierta y ve que el lecho de Tomás está vacío.

—¡Natanael!

Natanael se da media vuelta en su propia cama.

—¿Qué?

—Tomás no está.

Se apresuran al piso inferior, donde Juan encuentra a María Magdalena preparando el desayuno.

—¿Dónde está Jesús? —le pregunta.

—Salió temprano con Zeta y Mateo. Le dijo a Lázaro que se quedara y pasara desapercibido por un tiempo. Dijo que el resto de nosotros debíamos encontrarnos con él en el monte de los Olivos a mediodía, listos para viajar.

—¿Has visto a alguien más salir de la casa?

—No, ¿qué pasa?

—¡Tomás está desaparecido!

Los tres salen afuera rápidamente, llamando a Tomás, y lo encuentran detrás de la casa desplomado al lado del pozo con dos botellas vacías a sus pies.

—¡Tomás! —grita Juan, pero cuando se acercan, él vomita.

—Oh —dice Juan—. Hermano. Lo siento.

Natanael saca un cubo de agua.

—Buscaré una planta de silfio —dice María.

Cuando Natanael y Juan intentan que Tomás beba del cubo, él se da media vuelta, muy pálido, y vomita otra vez.

Santiago el Grande, Zebedeo y Pedro salen corriendo de la casa, y Juan se da cuenta de que se temen lo peor.

—Está borracho —dice.

—Gracias al cielo —dice Zebedeo.

—Yo no diría eso —dice Pedro—. Está hecho un desastre.

—Ya no quiero seguir aquí —musita Tomás.

Juan le dice que calle.

—Vas a estar bien.

—No quiero seguir.

—No lo dices en serio —dice Juan, acercando el cubo a su boca—. Toma, bebe.

—Juan —dice Pedro—, no empujes el cubo en su cara.

—Hazlo tú entonces.

—¿Shalom? —una voz agradable proviene del frente de la casa.

—¡Es Edén! —exclama Pedro—. Están aquí.

Juan entra en modo pánico.

—Rápido, llevémoslo dentro. ¡Santiago, ayuda a Pedro! ¡Nadie puede verlo en este estado! —Pedro, Santiago y Natanael levantan a Tomás y ponen sus brazos sobre los hombros de los dos—. Entremos por la parte trasera. Abba y yo iremos.

Zebedeo y él se apresuran a ir al frente de la casa donde Edén y Salomé se acercan con sus cosas del vieje. Por mucho que intente actuar con normalidad, Edén se percata.

—¿Qué es, Juan? ¿Qué sucedió? ¿Dónde está Pedro?

—Pedro está bien. Jesús está bien.

Zebedeo da un abrazo a su esposa.

—¿Están bien los muchachos? —pregunta ella.

—Todo está bien —dice Zebedeo—. Saldrán enseguida. Tomás está enfermo, eso es todo. Lo están atendiendo.

Está claro para Juan que Edén no se cree nada de eso.

—¿Enfermo? —dice ella.

Salomé también lo mira fijamente, y él se siente acorralado. Da un suspiro.

—Tomás está batallando con preguntas, como algunas con las que batalló Pedro en el tiempo de la alimentación de la multitud. Soy tentado a decir que lo está manejando peor que Pedro.

Capítulo 70

UN DÍA CADA VEZ

El monte de los Olivos

Mateo siente más curiosidad con el paso de las horas. Justamente cuando pensaba que en cierto modo comenzaba a entender lo que Jesús pretende, el rabino habla con más cautela. Todo parece una parábola; sin embargo, al haber sido testigo del último milagro, el más espectacular e innegable de todos, su fe es sólida como una roca. Segura y firme. No sabe qué significan esas palabras sobre una muerte lúgubre, pero se siente privilegiado de ser invitado ahora junto con Jesús y Zeta.

Desde lo alto del monte, Jesús señala a Betfagé.

—Vayan ustedes a esa aldea y de inmediato encontrarán un asna atada y un pollino con ella, sobre el cual nadie se ha sentado. Desátenlos y tráiganlos.

¿Lo dice en serio?, se pregunta Mateo.

—¿Quieres que robemos ganado?

—Mm. Que los pidan prestados.

—¿Cuáles son los términos del préstamo?

—Si alguien les pregunta por qué los desatan, digan: «El Señor los necesita».

Mateo parpadea.

—¿Quieres tomar prestado un burro?

Por alguna razón, esto hace que incluso Zeta, que normalmente se muestra estoico, reprima una sonrisa. Jesús se ríe.

—¿Qué? —dice Mateo.

—Nada —dice Zeta—. Vamos.

Mientras los dos bajan el monte hacia la aldea, Aticus surge de entre la línea de árboles, se cubre la cara con su capucha, y los sigue desde cierta distancia.

Jesús levanta su mirada al cielo. *De verdad estamos haciendo esto, ¿no?*

Se voltea al oír pasos. Es su madre.

—Te dejaste tu morral en tu cuarto —dice ella.

—A propósito. Sabía que tú sabrías que lo necesitaba. El desarrollo de este día ha sido muy largo.

—Generaciones —dice ella.

—Y, como José no está aquí para ver el momento, pensé que sería adecuado que tú lo trajeras. Lo representa a él, y es un modo de que los tres podamos estar juntos hoy.

Ella le entrega el morral.

—Lo que dijiste ayer sobre el perfume, que ella estaba preparando tu cuerpo para la sepultura, ¿sabes qué tan duro es oír eso para una madre?

—Ya no puedo protegerte de esto, Ima. Lo siento. Podría ser mejor si te quedas con Lázaro. Tal vez eso sería lo más amoroso que quisiera que tú hagas.

—Un día cada vez —dice ella—. Pero quiero entrar contigo en la ciudad.

Betfagé

Mateo recorre las calles de este diminuto suburbio de Jerusalén, y Zeta y él van ojeando por todas partes. Él ve un caballo, un buey, algunas ovejas, mercaderes… ¡un burro!

—¡Allá! —dice, pero alguien se monta sobre él y se marcha—. En el cual nadie se ha sentado nunca —se recuerda a sí mismo.

Por fin, en un barrio residencial, detecta un asna atada a un poste afuera de una casa de alguien adinerado. A su lado está un joven pollino.

—Debe ser ese —dice Zeta mientras se acercan y comienzan a desatarlo.

Mientras lo hacen, sale un obrero de la casa y comienza a dar de comer a las gallinas, de espaldas a ellos. Canturrea mientras trabaja. Se voltea de repente, y parece asombrado.

—¿Quiénes son ustedes?

Mateo se siente culpable, descubierto, de pie allí con el pollino sujetando el extremo de la cuerda.

—¿Se llevan el pollino de mi maestro?

Mateo titubea.

—El Señor lo necesita —dice, con voz demasiado fuerte.

—Nuestro maestro —dice Zeta.

—Un momento —dice el obrero—. No sé qué tipo de arreglo hicieron…

—¿Alguna vez se ha sentado alguien sobre este pollino? —dice Mateo.

—¿Qué?

—Por favor —dice Zeta—. Respóndenos.

—Ah, no, nadie. Nació hace diez semanas. Pero ¿qué significa todo esto?

—El Señor lo necesita —dice Zeta.

El obrero parece sorprendido.

—¿Son ustedes seguidores del nazareno que resucitó a Lázaro?

—¿Conoces los profetas? —dice Zeta—. ¿Especialmente los de después del exilio?

El obrero asiente con su cabeza.

—De Zacarías —dice Zeta—. «Regocíjate sobremanera, hija de Sión. Da voces de júbilo, hija de Jerusalén. He aquí, tu rey viene a ti, justo y dotado de salvación, humilde, montado en un asno, en un pollino, hijo de asna».

—¿*Este* pollino? —pregunta el obrero—. ¿Hoy?

Zeta y Mateo asienten, y el obrero susurra con urgencia en medio de sus lágrimas.

—¿A qué están esperando?

En cuanto Mateo y Zeta están fuera de su vista, el obrero se monta en el caballo de su maestro y recorre galopando a toda velocidad los casi dos kilómetros que hay hasta Jerusalén. Se detiene de repente delante de una masa de peregrinos.

—¡Él viene! —grita—. ¡Está de camino! ¡Jesús finalmente está aquí! —desmonta y sube corriendo la escalinata hasta los atrios del templo—. ¡Jesús de Nazaret está de camino a Jerusalén! ¡Entrará por las puertas del oriente!

La multitud se desata mientras Verónica e Isaí se acercan rápidamente al obrero.

—¿Estás seguro? —dice ella.

—Sus seguidores me lo aseguraron. Pronto entrará en la ciudad.

—Me pregunto si mi hermano está con ellos —dice Isaí.

—¡Solo hay un modo de averiguarlo! —dice ella, y los dos se unen a las masas que atraviesan en oleadas las columnas resplandecientes.

Capítulo 71

¡HOSANNA!

Jerusalén

A Juana y Chuza les han asignado su propia carreta, que ahora está atascada entre la masa de tráfico de peatones que corren y gritan, pasando por su lado en dirección contraria. Juana se siente extrañamente emocionada, además de que le da un respiro para no tener que hablarle a su esposo. Se pregunta cuánto tiempo deberá estar obligada a soportar esta duplicidad irónicamente descarada.

Sin duda, él sabe que ella está al tanto. Y, al mostrar en público a su amante, incluso en presencia de ella, parece estar desafiándola a que hable, a que diga algo, a que haga algo. Es como si él creyera que ella nunca renunciaría a su vida de privilegio, y nunca lo avergonzaría a él o lo dejaría al descubierto. Si el rey mismo puede desechar a su esposa para casarse con la esposa de su hermano, ¿quién llamará la atención a uno de sus ayudantes principales por vivir como le plazca?

—¡Este caos infernal! —exclama Chuza—. ¿Por qué nadie controla a esta gente? —asoma su cabeza por la ventanilla— ¡Conductor! ¡Sigue adelante!

¿De veras quiere que pase por encima de toda esta gente? Mientras los peregrinos avanzan, incluso chocándose contra la carreta, Chuza resopla y maldice. Entre la multitud, Juana oye el nombre de Jesús. ¡Deben saber algo que ella no sabe! Ella se ha acercado mucho a echar su suerte por completo junto al hombre que ha llegado a creer que es el Mesías, como hacen sus muchos seguidores y parece que todos esos peregrinos. ¿Es ahora el momento?

A escondidas, pone una mano sobre la puerta, con su pulso acelerado y la respiración entrecortada. Va a hacerlo; realmente lo hará. Da un suspiro profundo y mira por última vez a su esposo. Está claro que él no le presta atención, lo cual no es nada nuevo, y está centrado en las multitudes y en su propia incomodidad. Ella abre la puerta.

—Adiós, Chuza —le dice, y baja de un salto para desaparecer entre la multitud.

A pesar del estruendo, ella puede oírlo.

—¿Qué estás haciendo, Juana? ¡Juana! ¡Regresa aquí! ¿Estás loca?

¿Regresar? ¿En serio? Ella ni siquiera titubea, y ni siquiera se voltea. La sonrisa de Juana hace que le duelan las mejillas mientras la multitud le arrastra.

Yusef oye la conmoción y dice a su padre Arnán que acuda a la puerta frontal de su casa para ver qué es todo eso. Niños se suben a las palmeras, cortan ramas y las lanzan a la multitud. Cuando pasa la multitud, agarrando las ramas de palma y ondeándolas, una mujer grita: «¡Hosanna! ¡Hosanna al Hijo de David!», y otros también lo dicen, gritando la frase.

—¡Yo la conozco! —dice Yusef—. Es Verónica, ¡la mujer que Jesús sanó!

Los dos bajan la escalera y se unen a la multitud.

El monte de los Olivos
La madre de Jesús está llena de tristeza, sabiendo lo que todo eso presagia. Los discípulos llegarán pronto, junto con sus queridos amigos Tamar, María Magdalena, Zebedeo, Salomé, Edén, la familia de Jairo, e incluso Bernabé y Shula. Acercándose a su hijo, abren su morral y sacan la famosa caja. Y entonces llegan Zeta y Mateo con el hijo de un asna.

Con lágrimas en sus ojos, María acaricia con su mano la mejilla de Jesús.

La mansión del gobernador, Jerusalén
Claudia está de pie en el barandal de su balcón, emocionada por lo que está viendo. Poncio se acerca a ella, claramente molesto pero también temeroso, siente ella. Regresa adentro, y ella continúa asimilando la escena con emoción en su corazón.

Calle de Jerusalén
Juana encuentra a un mercader que normalmente vende las mejores ramas de palma a sirvientes que las usan para abanicar a sus amos. Las multitudes casi lo pisotean en su deseo de comprar. De repente, sintiéndose generosa, Juana quiere que todos tengan al menos una rama, tal vez más.

—¡Todas! —dice ella, dándole un puñado de monedas—. ¡Me quedaré con todas!

Reúne un fajo de ramas y lo desata rápidamente, entregándolas a judíos emocionados por todas las direcciones.

El rabino Samuel intenta hacerse camino entre una multitud que normalmente se separaría para dejar paso a un fariseo. Está decidido, deseoso de ver lo que Jesús hará o dirá si ciertamente viene a la ciudad. El hombre está arriesgando su vida, eso sin duda. Samuel tiene que concederle eso; sin embargo, probablemente obtendrá lo que pide.

Una mujer vestida con elegancia y cargada con un fajo de ramas de palma las está distribuyendo, y lanza una a su cara.

Él la acepta reflexivamente antes de tirarla al suelo, indignado. ¿Celebrar a este loco? De ninguna manera.

Residencia del sumo sacerdote
Caifás mira por una ventana, al oír los cantos que llegan hasta él desde las calles.
«¡Hosanna! ¡Hosanna al Hijo de David!».
Este loco, piensa, *¡este blasfemo nos está dando ventaja!*

El monte de los Olivos
María, la madre de Jesús, es consolada por la llegada de los discípulos, a pesar del dolor que sabe que llegará. Los hermanos a los que Jesús llamó los Hijos del Trueno van en la retaguardia, cargando prácticamente al desaliñado Tomás, pobre hombre. Realmente ha sufrido, como también ha sufrido Pedro y como también ella debe sufrir.

Mientras Zeta y Mateo quitan con cuidado la brida al pollino, ella abre la caja. Algunos han oído y conocen la historia que hay detrás de la histórica brida. Todos se quedan callados cuando su hijo parece mirarlos a cada uno a la cara, uno cada vez. María ve la expresión de expectación, orgullo, incertidumbre, alegría, temor, indiferencia, esperanza. Y amor.

—El tiempo ha llegado —les dice Jesús—. Debo hacer la voluntad de mi Padre que está en el cielo. Sé que todos ustedes tienen muchas preguntas, y habrá tiempo para eso. Pero, por ahora, ¿quieren venir conmigo?

Es Pedro quien responde por todos ellos.

—Señor —dice— ¿adónde iremos si no? Solo tú tienes palabras de vida eterna.

María ve tristeza, tal vez rotundidad, en la sonrisa de Jesús.

—Sin importar lo que suceda esta semana —dice él—, a pesar de lo que vean, piensen, sientan o hagan, quiero que sepan que en este mundo los amé como a mis hijos. Y los amaré hasta el final.

Jesús desliza suavemente la vieja brida en la boca del pollino y levanta las riendas de cuero por encima de su cuello. Cuando monta al diminuto animal, María nota el clamor en la distancia: vítores, cantos, gritos, y el sonido del shofar. Su amado hijo presiona suavemente sus talones sobre los costados del animal, y pese a que nunca antes ha sido montado, meramente da pasos al frente como si de algún modo supiera cuál es su papel.

En contraste con el ruido que se oye abajo, lo único que María oye en el monte son los suaves pasos del pollino y la brisa primaveral. Algunos de quienes Jesús ama lo siguen agarrados de la mano, y todos parecen llenos de ansiedad, anticipación y fe. María sabe que no tienen ni idea de lo que les espera, aunque son muy conscientes del peligro.

Cuando la Ciudad Santa se levanta de modo majestuoso sobre el horizonte, ella decide recordar cada detalle, y tal como hizo en el nacimiento de este hombre-niño tan singular, guardar y meditar estas cosas en su corazón.

Reconocimientos

Gracias a:
Mi asistente, Sarah Helus
Mi agente, Alex Field
Mi editora, Leilani Squires
Carlton Garborg y Michelle Winger de BroadStreet
Y al amor de mi vida, Dianna